LA PRINCESA PACA

ROSA VILLACASTÍN
Y MANUEL FRANCISCO REINA

LA PRINCESA PACA

La gran pasión de Rubén Darío

PLAZA JANÉS

Papel certificado por el Forest Stewardship Council®

MIXTO
Papel | Apoyando la
silvicultura responsable
FSC® C117695

Penguin
Random House
Grupo Editorial

Primera edición con esta encuadernación: febrero de 2024
Segunda reimpresión: diciembre de 2024

© 2014, Rosa Villacastín y Manuel Francisco Reina
© 2014, 2024, Penguin Random House Grupo Editorial, S. A. U.
Travessera de Gràcia, 47-49. 08021 Barcelona

Printed in Spain – Impreso en España

ISBN: 978-84-01-03541-8
Depósito legal: B-794-2024

Impreso en Arteos Digital, S. L.

L 0 3 5 4 1 A

A Francisca, con todo mi amor,
a Carmen, mi madre, y a Ángeles, mi hermana,
por tanta felicidad como me han dado,
y a todas aquellas mujeres a las que la historia
les ha negado el lugar que les corresponde

ROSA VILLACASTÍN

A Francisca Sánchez no se le incluye en la lista escandalosa de las favoritas de los grandes hombres, ni en el de las concubinas, ni entre los novelescos o aventureros amores bohemios o literarios, sino en una zona única donde todo presiona para que se olvide su ilegitimidad y sólo se piense con el corazón en lo que ella llenó, humilde, recta y fielmente en la vida del poeta.

CARMEN CONDE,
Acompañando a Francisca Sánchez

Ajena al dolo y al sentir artero,
llena de la ilusión que da la fe,
lazarillo de Dios en mi sendero,
Francisca Sánchez, acompáñame...

En mi pensar de duelo y de martirio
casi inconsciente me pusiste miel,
multiplicaste pétalos de lirio
y refrescaste la hoja de laurel.

Ser cuidadosa del dolor supiste
y elevarte al amor sin comprender;
enciendes luz en las horas del triste,
pones pasión donde no puede haber.

Seguramente Dios te ha conducido
para regar el árbol de mi fe,
hacia la fuente de noche y de olvido,
Francisca Sánchez, acompáñame...

RUBÉN DARÍO

Prólogo

Recordar es doloroso cuando las personas a las que más has amado, las que te han dado la vida, te han cuidado y mimado, con las que has reído, llorado y disfrutado, a las que has abrazado, besado y protegido desde el momento mismo de nacer, ya no están contigo. Y sin embargo ésta es una hermosa historia de amor, la de la princesa Paca, mi abuela materna, que sabía que algún día tendría que contar. No tenía claro cuándo ni cómo pero sí que tendría que hacerlo, porque se lo debía a mi «Lala» y a mi madre. Ya la han escrito, bajo su propio prisma, escritores de prestigio como Antonio Oliver Belmás y su esposa, la gran escritora y Premio Nacional de Literatura Carmen Conde, y otros que, pese a su preparación intelectual, tuvieron una visión pobre y desenfocada del papel de la mujer en general, y de mi abuela en particular, cuyo único pecado, si es que así se le puede calificar, fue amar y ser amada por un gran poeta, por el Príncipe de las Letras Castellanas, Rubén Darío. Un hombre que a los tres años ya sabía leer y escribir pero al que le faltó el calor de un hogar, que sólo encontraría al lado de una bella y generosa mujer, de nombre Francisca Sánchez, con la que tuvo cuatro hijos.

Un poeta innovador, respetado, que había nacido en Nicaragua y que llegó a España en busca de aventuras literarias y aires de renovación en un momento en el que el desencanto había prendido entre los intelectuales españoles, debido a la pérdida de las colonias que la Madre Patria tenía en América. Lo que supuso un duro golpe para todos aquellos que vieron en estos acontecimientos el inicio de una época, la de la Generación del 98, que sólo auguraba sobresaltos y desventuras.

Francisca, como tantas otras mujeres de su tiempo, pagó caro el deseo de ser feliz, lo que no le impidió seguir luchando. Incluso cuando parecía que el mundo se hundía a sus pies, tomaba aire y volvía a la superficie de la vida como sólo ella sabía hacerlo.

Sin embargo, y pese a las dificultades, Francisca fue una mujer con suerte, ya que tuvo la oportunidad de asistir a los más prestigiosos cenáculos literarios de Madrid, París y Barcelona, y de conocer y tratar personalmente a los grandes de la literatura española de principios del siglo pasado: Valle-Inclán, Unamuno, Juan Ramón Jiménez, Emilia Pardo Bazán, Azorín, los hermanos Machado, Amado Nervo, entre otros muchos, de todos los cuales guardó cartas, notas, facturas, reliquias (que le enviaban a Darío o a ella), y que conservó durante más de cuarenta años en un baúl azul que le acompañaría de por vida.

Tras la muerte del poeta, el destino quiso varios años después poner en su camino a José Villacastín, con el que tuvo dos hijos, aunque sólo sobreviviera Carmen, mi madre. Una historia que merecería un libro aparte. Tan generoso, culto y amante de la literatura fue José, mi abuelo, que invirtió toda su fortuna en recopilar y publicar la obra de Darío, que estaba dispersa por América, Francia y España. Un gesto de amor, de generosidad, que no puedo dejar de reseñar porque si bien es cierto lo mucho que sufrió Francisca con la pérdida de cinco de sus hijos, también lo es que pocas mujeres han tenido el enorme privilegio de ser amadas por dos hombres de tanta personalidad y sensibilidad como fueron Rubén Darío y José Villacastín.

ROSA VILLACASTÍN

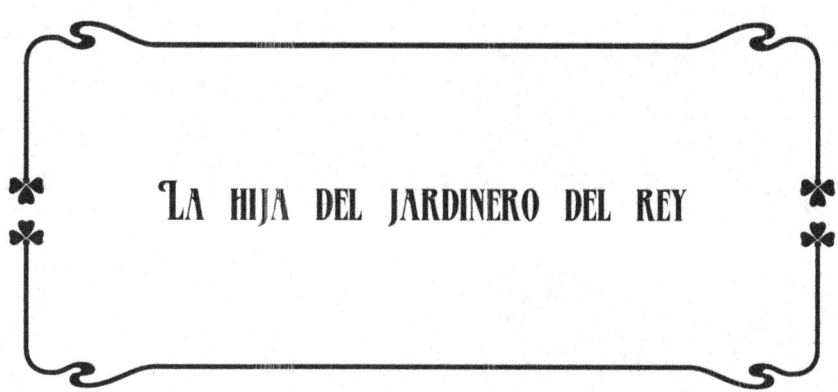

LA HIJA DEL JARDINERO DEL REY

*Hay tanto amor en mi alma que no queda
ni el rincón más estrecho para el odio.*

AMADO NERVO

*Plural ha sido la celeste
historia de mi corazón.*

RUBÉN DARÍO

1

Paca no sabía que el amor cambiaba a las personas para siempre. Que podía convertirlas en otros seres y que, incluso, las hacía saltar por encima de sus creencias, de sus ideas, de sus propuestas vitales y de su propia voluntad. Ella era una muchacha de veinticuatro años en medio de un jardín real, donde su padre trabajaba al servicio de un rey niño y donde acabó seducida por el amor de un príncipe. Un amor por el que terminaría siendo la reina del París de la bohemia, aunque tuviera también que huir de las desgracias, de la maledicencia y de la injuria... Pero todas las historias principescas tienen un principio, y ésta no era una excepción...

Francisca Sánchez del Pozo era hija natural de Celestino Sánchez y de Juana del Pozo. Gente humilde y trabajadora de los campos castellanos que se afanaban en sobrevivir en días muy difíciles. Había nacido en Navalsauz, un pueblecito de Ávila, a finales de siglo. Entre sus muchos hermanos la tarea de vivir era complicada. Su pobre madre trabajaba día y noche como una gallina clueca alrededor de sus hijos, no daba abasto para limpiar, cocinar, zurcir, de sol a sol y casi en las tinieblas de la noche. La ayudaban sus hijos mayores, entre ellos la propia Francisca, demasiado responsable desde antes de levantar un palmo del suelo. Celestino, el padre, se deslomaba en las tareas del campo, vigilando cultivos y bestias de haciendas ajenas, así que cuando el diputado Francisco Silvela ofreció a Celestino un trabajo mejor en Madrid éste no se lo pensó y marchó a la capital. Celestino había faenado en las fincas abulenses del aristocrático Silvela, presidente del Consejo de Ministros de la reina María Cristina, y sabiendo éste las estrecheces que pasaba aquel agricultor, en agradecimiento por su lealtad y su pericia con el mundo vegetal, le propuso, dado que no conseguía ganar jornal suficiente en Navalsauz para sacar adelante a su populosa prole, encargarse de los jardines reales en la Casa de Campo de Madrid del rey Alfonso XIII.

España había sufrido la pérdida de sus últimas colonias de ultramar tras la guerra con Estados Unidos, y la independencia de Cuba, además de la forzosa cesión a la potencia norteamericana de Puerto Rico, Guam y Filipinas. El horizonte económico del país resultaba aún más incierto que el costoso escenario de la ruinosa guerra. Muchas vidas se perdieron, además de dinero, barcos, armas y prestigio… No sólo por la pérdida real de poder en el mundo del antaño poderoso reino español, sino por la falta de recursos que venían de aquellas últimas posesiones coloniales: tabaco, caña de azúcar y algodón. Eso se traducía en un empobrecimiento del país, siempre más acusado en los que menos tenían, paganos habituales de las desgracias, y en algo tan intangible como era ese espíritu ceniciento de la desesperanza. La tristeza que produce la derrota, la desolación, es el peor lastre de los países, porque en él se entierran sus esperanzas y su futuro. Ese sentimiento de lo inevitable que arrastra como un plomo la voluntad humana hasta el fondo del océano...

Tiene el azar esas carambolas y, en momentos tan inciertos, en busca de un futuro mejor para su progenie, Celestino, Juana, la joven Francisca y todos sus muchos hermanos se trasladaron a vivir a la capital del reino. Para la familia la vida en Madrid era igual de humilde pero más cómoda. Pertrechados al menos con las mínimas infraestructuras de salubridad pública que una gran capital ofrecía. El sueldo de Celestino no era cuantioso pero daba, eso sí, para mantener mejor a su parentela. El cabeza de familia fue destinado a la Casa de Campo, espacio de solaz ubicado en los aledaños del Palacio Real para uso privado de la familia del rey infante Alfonso XIII. El heredero había nacido tras fallecer su padre, el rey Alfonso XII, con lo que la reina María Cristina se erigió como regente hasta que su hijo fuese mayor de edad apoyándose en Cánovas y Sagasta, o en el propio Silvela, benefactor de la familia Sánchez del Pozo.

Nadie podía pasar por la Casa de Campo sin el permiso de mayordomía, que otorgaba el mayordomo real del rey o de la reina regente María Cristina a los parientes o a los nobles o políticos más cercanos a la Corona. Salvo este reducido grupo que solía usar sus muchas hectáreas para la caza, sólo penetraban en aquellos recintos boscosos o ajardinados trabajadores como Celestino y sus parientes. Paca poseía esta licencia para llevar algún recado o la comida de la hora de descanso que se les concedía para el almuerzo. Entre otras cosas porque vivía dentro, en una casita humilde, un barracón acondicionado con esfuerzo por su madre y ella, como otras familias más de labriegos y guardeses. Tenían permiso los trabajadores de la Casa de Campo y los familiares de éstos para vivir dentro del enorme recinto que se extendía más allá de la ribera del río Manzanares e, incluso, para vender pequeñas cantidades de leña, flores, frutos o miel. También les estaba permitido guardar o usar parte de las explotaciones de leche o mantequilla que se hacía con las bestias que allí se criaban para uso del palacio. Ella misma había vendido ramilletes de flores, pequeños tarros de miel casera o cuajadas en las veladas y verbenas de la ciudad con el fin de sacar algunos céntimos con los que ayudar en la economía doméstica.

Paca era la hija mayor del matrimonio, y por lo tanto la encargada de llevar a su padre la cesta con la comida que preparaba amorosamente su mujer, con un buen trozo de pan y un pellejo de vino. Mientras su padre daba buena cuenta de las viandas con el resto de los jardineros y trabajadores de aquel imponente lugar, ella paseaba, con discreción, por aquel real sitio lleno de pequeños rincones encantadores, de fuentes, casetones y pabellones de caza. En alguna ocasión se había cruzado con el rey Alfonso y su comitiva, con los primos y parientes del rey, o bien con los ministros del reino, que con la costumbre de despachar con la reina regente y de usar sus privilegios cazaban o se solazaban por allí. Algunos usaban el lugar para encuentros furtivos con sus queridas, palabras cuyo completo significado no entendía del todo Francisca pues, aunque ya hacía varios años que era mujer, su despreocupación por los misterios del deseo y la necesidad de trabajar la mantenían bastante alejada de aquella ciencia amatoria. Se les exigía a los trabajadores y familiares de éstos discreción, así que, cuando Paca se cruzaba con la comitiva del rey o la reina, o con algún alto cargo, ella se retiraba. Ya se conocía bien los lugares que solían frecuentar, cercanos a los jardines más domesticados por los parterres, casetones, quioscos de música y pabellones de recreo. Con no acercarse demasiado a los anexos colindantes al palacio, los del Campo del Moro, se mantenían bien las distancias con los parientes reales. En sus paseos se le llenaban los ojos de la luz de aquellos espacios, del color de las hojas según las estaciones, o de los distintos tipos de flores: lirios, madreselvas, pasionarias, jazmines, pensamientos… La mitad de las veces le daban las horas muertas, y ni había almorzado, relajándose por aquellos caminos y engañando el hambre con un puñado de pasas dulces que le regalaba el protector familiar, Francisco Silvela. Las enviaba de los viñedos malacitanos su mujer, Amalia Loring y Heredia, malagueña. A Paca le encantaban aquellas pequeñas pasas, caprichos sencillos que le ayudaban a endulzar, aún más, los paseos por los jardines llenos de árboles y flores traídos de todas partes del antiguo reino español. Soñaba cómo sería vivir en aquellos lugares que apenas era capaz de imaginar envueltos en la leyenda del imperio perdido…

Una vez, en la Puerta del Sol, uno de los mentideros más importantes de la Villa y Corte, algo le pasó a Francisca que años más tarde recordaría. Iba de vuelta hacia la Casa de Campo por la entrada de lo que llamaban el Campo del Moro. Allí se cruzó con una gitana vieja, cansada por la edad y la mala vida, que mendigaba, entre sollozos, y acusaba el hambre. Paca la vio tan verdaderamente desvalida que no pudo pasar de largo y le regaló el poquito de miel que le había sobrado de la venta de aquel día, y le acercó una pequeña jícara de agua con la que la anciana sació su sed. Pobre como ella, pero más afortunada y con más valimientos familiares, Paca se enternecía con las personas mayores que estaban solas.

Tanto agradeció la mujer aquel gesto, acostumbrada al desprecio de los caminantes, que le dijo:

—¡Ay, niña, qué buena eres! Todo el día llevo sin probar ni una gotita de agua ni alimento y nadie se apiada de mí. ¡Qué mala es la edad, hija! ¡Qué pena llegar a vieja y verse tan sola! —se lamentaba besándole las manos temblorosas.

—Ya lo siento, mujer —le respondía tímida Francisca.

—Verás, te voy a leer la buenaventura, que yo siempre he tenido esa gracia. —Volteó la mano de la joven, acercándola mucho a sus ojos como si no viera bien o como si escrutara en ella.

—¡No, de verdad, no se moleste! —le dijo ella tratando de soltarse de su mano, acostumbrada a oír toda clase de historias sobre las leedoras del destino gitanas, y cómo trataban de infundir miedo con malas intenciones…

—Chiquilla, si no es una molestia, además, qué menos puedo hacer como pago del gesto que has tenido conmigo. —No dejó que Francisca se zafase de sus manos ni de su mirada. Tampoco de sus palabras cuando le dijo—: A no tardar mucho otra mano, pero esta vez de un hombre, tomará la tuya y no querrás que la suelte.

—¡Cómo va a ser eso! —exclamó Paca sonrojándose.

Nada parecido estaba en sus pensamientos, aunque las hijas de los otros trabajadores del palacio bromeaban con ella sobre amoríos y casorios.

—Lo que te digo, y será la mano de un hombre importante: de un príncipe —aseguró.

—¿Cómo va a ser eso, mujer? —repitió Francisca y se sonrió recordando todas las patrañas que se achacaban a las hechiceras gitanas y a sus vaticinios de bodas con toreros, marqueses o príncipes.

—¡No te tomes a broma lo que te dice Fuensanta! —le espetó muy seria aquella anciana con su propio nombre—. Tú ya conoces gente de abolengos y reales, y vives cerca de ellos, pero el hombre que conocerás no pertenece a esa misma alcurnia...

—Discúlpeme, señora, no la tomaba a chanza —le contestó entre cohibida y sorprendida Paca, pues, de alguna manera, había acertado en eso, viviendo como vivía tan cerca del palacio y cruzándose con aristócratas, incluso con miembros de la familia real, muy a menudo...

—Mediada la primavera conocerás a tu príncipe, muchacha. —Y su voz parecía surgir de la profundidad de la noche primera del mundo aunque saliese por los labios de aquella mujer frágil—. Sentirás el deseo y el amor que aún no conoces, y será el más importante. Él cambiará tu vida, y tu destino, y hasta quien eres. Lo llevarás contigo siempre y te acompañará hasta el final de tus días, incluso cuando no esté entre nosotros. Incluso cuando compartas con otro amor tus días, él se hará presente.

Y así, sin más se fue, Francisca olvidó aquello...

Juana, la madre de Francisca, le decía que era una soñadora pero que a la vez tenía los pies muy en la tierra, como los rosales. Juana aseguraba que su hija, que nació en los primeros días de junio, era una flor de esa frontera última de la primavera y el verano. Como uno de esos rosales que creen algunos frágiles y, sin embargo, son parientes de las zarzas y aguantan tanto los extremos invernales como los rigores del estío, dando sus bienolientes flores en el corazón de la primavera.

—¡Ay, hija mía! —le repetía siempre su madre con pena y alegría a la vez—. ¡Qué hermosa y qué fuerte eres! ¡Tu cabeza está en las nubes, pero tus pies están muy enraizados en la tierra!

—¡Qué cosas dice, madre! —le decía risueña Francisca.

Juana tenía la pena de no haber podido darles más a sus hijos. Una mejor educación, cultura, comodidades, todo lo que, en otras clases, permitía mejor vida y más posibilidades. Con el tormentoso horizonte del país, ya era mucho sobrevivir pero, para unos padres, el cielo se queda corto para lo que ambicionan darle a sus vástagos, aunque la realidad luego imponga sus leyes. Francisca no había podido ir al colegio. No sabía leer ni escribir aunque era rápida aprendiendo y retenía las oraciones de los domingos en misa con una enorme memoria que le permitía atesorar las palabras, las canciones y las letanías. Lo raro en aquellos años era que la gente supiese leer y escribir, o que estudiasen algo, a menos que pertenecieran a las clases más acomodadas, y aún resultaba más extraño en el sexo femenino. Ni siquiera en la aristocracia o en las nuevas clases burguesas estaba bien visto que las muchachas supiesen nada más que algo de música, literatura o historia, la mínima culturilla general que las hiciesen más atractivas para casorios ventajosos, siempre y cuando no mostrasen a sus pretendientes demasiado carácter u opiniones propias. Una prueba de esto es la polémica desatada en los medios de la época y que voceaban los vendedores de periódicos sobre una tal Emilia Pardo Bazán, que se daba ínfulas de escritora. Francisca oía en los corrillos cercanos al palacio o en las cafeterías de Madrid los comentarios desdeñosos de los caballeros hacia aquella mujer que reivindicaba su voluntad de ser tratada como los varones en el territorio de las letras. Incluso se postuló para entrar en la Real Academia de la Lengua. Los comentarios de las damas hacia ella eran casi peores...

—Pero ¿quién se creerá esta señora que es? —se preguntaban las esposas de los ministros en los paseos por la Casa de Campo con sus sombrillas de seda y su aire desdeñoso ante las sirvientas, como Paca, con las que se cruzaban.

—¡Menos escribir y más ocuparse de sus hijos, que los tiene abandonados hace años! —decía otra como ofendida dándose golpes de pecho con el abanico—. ¡Dónde se ha visto una mujer que escriba! ¡Que pretenda igualarse a los hombres y entrar en la Real Academia! En su casa es donde tiene que estar, calladita y sumisa...

—¡Ni que fuera Fernán Caballero! —replicaba otra.

—Querida, Fernán Caballero es el seudónimo de una señora —le corregía la primera.

—¿Cómo va a ser una señora si Fernán es nombre de señor?

—Eso es exactamente un seudónimo: una identidad fingida con la que se firma un artículo, o una comedia, o una novela —le explicaba ésta muy redicha.

—¡Hija, cómo se nota que has estudiado! —le decía la esposa de uno de los secretarios, tan encorsetada como necia.

—Bueno, en el caso de Cecilia Böhl de Faber haremos una excepción.

—¿Ah sí, y eso? —le interrogaba la bobalicona otra vez.

—Pues porque dice el padre Coloma que era una señora tan noble que usaba en su humildad máscara de varón por no ofenderlos…

—Ah, pues si lo dice el padre Coloma que está tan cerca de Dios…

—¡Qué hombre tan sabio el señor Luis Coloma! ¡Y qué bien habla! —continuaba la conversación la primera de ellas, esposa de uno de los ministros y la que llevaba la voz cantante entre sus amigas—. Todavía se celebra en palacio cuando se le cayó un diente al rey niño Alfonso, y él para consolarlo le escribió ese cuentecito tan gracioso… ¿cómo se llamaba? Ah, sí, «El ratoncito Pérez». Una pena que sea un hombre consagrado… lo encuentro enormemente atractivo.

Con aquellas palabras, acompañadas de leves codazos y risitas apenas disimuladas, cosa que le pareció un tanto contradictoria a la joven Francisca con el discurso de decencia cristiana, se alejaron por uno de los senderos que cruzaban el río por un puentecito de madera…

Paca no se atrevía a pronunciarse, analfabeta como era y marcada por su clase, aunque en su fuero interno aquella Emilia Pardo Bazán, escritora, por lo que ella misma no era y le estaba vedado llegar a ser, despertaba todas sus simpatías. Había visto su imagen, seria y poderosa, en las fotografías de los periódicos aunque no podía leerlos. Oía los titulares y las noticias en las voces de los pregoneros, muchas veces muchachos o críos pobres que, como ella, peleaban en la gran ciudad por salir adelante vendiendo sus periódicos. En estas cosas se ensimismaba Francisca, ajena a que el destino le guardaba una gran sorpresa: la capacidad de atreverse a cambiar su vida. A llegar a ser lo que quisiera o, como la mayoría, lo que pudiera ser, pero sin arredrarse ante las pruebas impuestas. Enfrentándose al destino sin más miedo que no ser nada.

En otras ocasiones se sorprendía la joven Francisca recriminándose a sí misma sus muchos pájaros en la cabeza, con ese golpe de látigo esclavista que una educación estamental había impuesto en los más desfavorecidos durante siglos. Esa mentalidad de esclavo, de burro de noria, de bestia con apariencia humana que había hecho girar la rueda del mundo durante centurias, beneficiando a los que se atribuían derechos divinos de cuna para disfrutar del esfuerzo ajeno. A veces, sin embargo, en esa noria que se movía con el sudor y la sangre de muchos, la historia introducía un palo, o una piedra, que hacía saltar o romper el engranaje rotatorio de los privilegios. La necesidad, la injusticia, pero también el amor podían ser esa chispa incendiaria, ese algo inesperado que, de pronto, rompía las reglas del juego establecido y las cambiaba de una tacada. Parte de esa lucha por la libertad había larvado las pérdidas de las últimas colonias ultramarinas pero, aunque a veces le asustaban sus propios pensamientos, Francisca pensaba que había muchas formas de esclavitud, como la que su familia y ella padecían, privados de la posibilidad de otra vida como la de las señoronas que se dedicaban a criticar a las demás en los jardines.

Juana observaba a su hija Paca con la intuición de que estaba destinada a algo importante y, sin tener más que esa corazonada, la vio crecer. Francisca cumpliría ese mes de junio veinticuatro años. Muchas chicas con su edad ya estaban casadas y tenían hijos, Juana misma había sido desposada antes de los diecinueve años. Pero no tenían prisa sus padres, y la faena del campo, el traslado a Madrid y lo mucho que Paca ayudaba a su progenitora con la crianza de los hermanos y las labores de la casa habían postergado el asunto del posible matrimonio. Pronto habría que pensar en alguien para ella. El amor era un lujo, un asunto de novelas de moda y poemas que los pobres no podían permitirse...

2

La primavera cumplió los deseos fantasiosos de Francisca como en la intuición de su madre. Tal vez mucho más de lo que ella hubiese soñado, aunque todo paraíso encierra siempre una serpiente venenosa. En el caso de Paca el áspid tendría nombre de mujer, un nombre muy cristiano que la perseguiría como una maldición, pero todavía estaba lejos de aquella calamidad...

Una tarde cálida de mayo, a menos de un mes de cumplir sus veinticuatro años, floreció el destino como las rosas de aquellos jardines. Como el augurio de la gitana Fuensanta... Paca, como de costumbre, había llevado la cesta con el almuerzo a su padre. Se había entretenido entre las fontanas y bajo los frondosos sauces de la fresca ribera del río que bajaba ya un poco más reducido de caudal. Luego regresó hacia la zona donde la familia tenía su humilde casita de guardeses. Estaba sola. Su padre seguía faenando, y su madre y sus hermanos habían ido a comprar algunos paños que necesitaba Juana, para coser unas camisas y zurcir ropa, a la plaza de Pontejos, o a la calle de las Hileras, donde las mercerías. A Juana le gustaba ir a un sitio cercano al populoso mercado de San Miguel. Una lonja abierta en la que vendían sobre todo pescado. Aquellos frutos del mar eran los manjares de los pobres, pues los señores solían gozar más de las exquisiteces de las aves, patos, ocas, pichones, o de los fuertes sabores de la montería. A veces, cuando los nobles habían tenido un buen día de caza en la Casa de Campo, les entregaban a los trabajadores las piezas menores o menos vistosas, o las vísceras de los ciervos o jabalíes tras limpiarlas los sirvientes. Juana celebraba aquellos regalos (no hay pan duro para el hambre) y los completaba con lo que iba ahorrando con la compra de arenques o salazones en aquel zoco de San Miguel para satisfacer los estómagos de su progenie más que el suyo propio.

Había por allí un pequeño oratorio improvisado, en la Costanilla de los Ángeles, donde un encuadernador, Pedro Mazaruela, exponía una imagen del Niño Jesús, el Niño del Remedio le llamaban, que se decía milagroso. Al obispo no le gustaba nada que la gente fuese a una casa particular a darle culto a aquella imagen pero, por más que se opusiera desde su púlpito, los devotos seguían yendo a rezarle y llevarle ofrendas, pues decían que esta imagen concedía favores, sobre todo relacionados con la salud de los infantes. Juana, madre de tantos críos, sufría mucho con las enfermedades y penurias de sus hijos, a los que no siempre podía pagar médicos y medicinas, y aliviaba sus temores con aquella devoción. Y más en unos años en los que un catarro o una muela o un sarampión se cobraban la vida de cualquiera. Así pues, aquellas compras se alargaron para Juana y sus hijos en el centro de la populosa capital, mucho más cuando se encontró con una novena de su venerada imagen milagrosa y ya se quedó rezando con todos sus hijos salvo Francisca, perdida en sus pensamientos y en aquel jardín eclosionado de primavera.

La tarde se asomaba sonrosada mientras Paca arreglaba unos parterres en la entrada de la casa con unos rosales que ella misma cuidaba. Tenían un pequeño huerto detrás, donde cosechaban algunas verduras, pero Paca quería que su madre tuviese también algunas flores frescas como las grandes señoras que, sin esfuerzo, gozaban de los aromas de las azucenas y los nardos. En estas ocupaciones andaba, pensando en si su madre no habría utilizado el pretexto de los retales para irle a buscar un regalo de cumpleaños a la capital. No les sobraba el dinero y siempre venía bien para comida y medicinas, pero desde que su padre trabajaba en la Casa de Campo, pasaban menos estrecheces.

Francisca estaba a punto de cortar unas rosas que acababan de abrirse en el rosal, con las tijeras que usaba su padre para podar las plantas y que se había dejado allí, cuando oyó un murmullo de voces que se acercaban. No les prestó mucha atención. Tan ensimismada se hallaba en sus pensamientos, acostumbrada a que otros guardeses y sus familias pasaran a menudo por los barracones cercanos de aquella zona de servicio, que no se dio cuenta de que dos caballeros se aproximaban. No fue hasta que la sombra de ambos ocultó el sol vespertino que alzó la mirada, arrodillada como estaba en la tierra, arreglando aquel pequeño jardín del que se ocupaba para su madre. Entonces una voz poderosa le dijo:

—¡Buenas tardes, muchacha! Hemos debido perdernos y en vez de en el jardín de palacio nos hemos adentrado en el Jardín de las Hespérides y es usted una ninfa…

Era un hombre joven, de unos treinta años, de buena planta, alto, bigote a la moda, rostro anguloso, bien parecido, y unos labios llamativamente carnosos. Sorprendida, y sin saber por qué, se ruborizó y no se atrevió a moverse de donde estaba, con las rodillas en la tierra. Un enorme calor, que no tenía que ver con la estación primaveral, la encendió por dentro con un fuego que no comprendía. Un calor húmedo que no había sentido antes… Así, quedándose azorada, sólo pudo alcanzar a decir tímidamente:

—Lo siento, caballero, no le comprendo.

Y era cierto. Poco sabía ella de ninfas, Hespérides o seres mitológicos, y algo parecido a un golpe de calor la tenía un poco mareada.

—Disculpe, señorita —dijo el señor que lo flanqueaba, mucho menos agraciado, enjuto, con una larga barba picuda y negra, y unos espejuelos para ver en los que se reflejaban los rayos del sol—. No debe usted molestarse por los requiebros de mi amigo. Es un príncipe de ultramar y no muy acostumbrado a la mesura, me temo…

—¡Un príncipe! —susurró para sí Paca, y entonces recordó las palabras de la vieja gitana Fuensanta. De pronto rememoró también las recomendaciones que les hacían a los trabajadores del lugar y a sus familias de apartarse de los parientes e importantes mandatarios—. ¡Disculpen mi torpeza, caballeros! —replicó ella sin saber qué hacer salvo permanecer genuflexa en señal de respeto.

—¡No, mujer, no se apure! —dijo aquel primer hombre

tan exóticamente llamativo al que su acompañante califica-
ba de príncipe—. ¡No haga caso a mi amigo! Yo no tengo
más linaje que el de la poesía, ni más principado que el de la
desventura. —Bajó sonriente, rodilla en tierra, buscando
los ojos de Paca para ayudarla a incorporarse—. Lo único
es que mi camarada es muy generoso y celebra lo que algunos dicen en la prensa, un triunfo de un libro mío, *Azul*,
por el que me llaman cosas rimbombantes como Príncipe
de las Letras y cosas así...

—Disculpe, no he oído hablar de ese libro suyo, ni le
conozco —se excusó Paca, igual de turbada, tanto por la
confusa información que recibía como por el contacto de
la mano de aquel varón con la suya.

—Somos unos maleducados —intervino el otro hombre—. Permítame que nos presentemos: Yo soy Ramón
María del Valle-Inclán, para servirla. —Se quitó muy cere-
moniosamente el sombrero alto que llevaba, un tanto im-
propio—. Y él es mi amigo, el maestro...

—Rubén. Rubén Darío, para lo que quiera mandar a
este desventurado príncipe de los infortunios —se adelantó
para presentarse él mismo, y aunque había sido todavía más
exageradamente ampuloso que el anterior había algo en sus
gestos, en su voz, en su aroma que se lo hacía galante y encantador a la desconcertada Paca. No se podía negar que
era un buen mozo, ciertamente apuesto, y había en él un
algo de animal exótico, como algunos de aquellos felinos
que había en el pequeño zoológico del palacio.

—Yo soy Francisca. Francisca Sánchez del Pozo —les
dijo ella en un hilo de voz—, para servirles a ustedes y a
Dios.

Aquella coletilla le sonó ridícula aunque fuese la que su madre le había enseñado a responder cuando los señores se acercaban a ella y le preguntaban algo. Paca se sentía enormemente insegura ante gente culta, consciente de sus carencias y de un mundo que le resultaba tan atractivo como vedado...

—¡Qué suerte tenemos de encontrar a tan gentil samaritana! —bromeó aquel hombre apuesto sin soltar la mano de la joven.

—Verá, señorita —le dijo aquel otro más delgado que respondía al apellido Valle-Inclán—, se nos ha dado licencia para visitar estos jardines y nos hemos perdido. —Paca escuchaba a aquel señor pero casi no lo oía. Su atención no podía apartarse de los labios y los ojos del otro, que seguía sin soltar su mano—. Mi amigo Rubén es un importante escritor enviado de corresponsal a España por el diario *La Nación* de Buenos Aires.

—Me han mandado aquí para que redacte unas crónicas semanales a Argentina sobre cómo vive la gran metrópolis la pérdida de Cuba y de las demás colonias. —Continuaba sonriéndole—. El presidente McKinley es un pájaro astuto. Yo personalmente creo que esta artimaña de los estadounidenses no es más que el primer paso de una colonización desde el norte de toda la América hispana... Primero han sido Cuba y Puerto Rico, pero estoy seguro de que su afán es convertir en estrellas de su bandera a todo pequeño o gran país centroamericano que caiga en sus zarpas...

—Comprendo —musitó Paca, alebrada como un pajarillo en las garras de un águila y sin tener ni idea de la mitad de las cosas y nombres que ese señor que tanto la turbaba decía.

—Voy a hacerles una entrevista a los ministros del Gobierno, en especial a su presidente, el señor Silvela, y con suerte a la reina regente y al rey Alfonso —le explicó Rubén, más pendiente del rubor de la chica que de su cometido.

—El señor Silvela es un buen hombre —se atrevió a decir Paca casi en un susurro—. Gracias a él estamos mi familia y yo trabajando en este lugar. Mi padre le conoció en Ávila, donde trabajaba sus tierras. El señor Silvela salió como diputado abulense y se retiró a aquellos campos durante el reinado de Amadeo y la República, según me contaron mis mayores.

—Qué interesante… —murmuró el caballero de los espejuelos, mientras los limpiaba con una pequeña bayeta de gamuza—. Alguien que es capaz de decir no y alejarse del poder merece la pena ser conocido en profundidad —musitó de nuevo más para sí que para sus dos interlocutores…

—Allí en sus fincas abulenses trabó amistad con mi padre, conoció a mi madre y a mis hermanos —continuó Francisca, contenta de poder aportar información a los que suponía importantes personas—. Cuando la monarquía fue reinstaurada y Alfonso XII, el padre del actual rey, murió, la reina regente lo nombró presidente del Consejo de Ministros y él se acordó de mi padre, ofreciéndole trabajar aquí, y nos trasladamos toda la familia con él…

—¡Vaya, me alegra saber que tan importante dignatario, jefe del Consejo de Ministros Real, se preocupa de sus súbditos! ¡Eso dice mucho de un político! —respondió, con una cálida sonrisa en aquellos voluptuosos labios de los que la muchacha no podía apartar los ojos.

—Lo cierto es que nos hemos adentrado en los jardines

para admirarlos y nos hemos perdido —le comentó el otro—. El mayordomo real nos dio el permiso para entrar pero ninguna indicación más para no extraviarnos como hemos hecho... —Aquel señor delgadísimo y que parecía un personaje de una comedia le resultó a Francisca entrañablemente desvalido.

—Sigan ustedes el camino principal, por la vereda de castaños, y pasen el pequeño puente. Luego sigan recto y ya no dejen el camino principal hasta los jardines palaciegos —respondió ella contenta de poder ayudarlos, y con aquel extraño sentimiento contradictorio en su interior que se reflejaba en lo sonrosado de sus mejillas, en la mezcla de calor y de escalofríos que experimentaba con la cercanía de aquel hombre.

—Es usted muy amable, señorita —le dijo el aparatosamente correcto señor Valle-Inclán.

—En ese caso, si no puedo hacer más por ustedes me vuelvo a mis labores —dijo ella un poco más recompuesta.

—Se me ocurren un sinfín de bondades que podría hacer usted por mí, hermosa Francisca —bromeó galante y pícaro aquel caballero de ultramar.

Paca se quedó sorprendida al percatarse de que aquel señor se había quedado con su nombre, cosa que le agradaba. Confusa también por la intención que adivinaba en él y, sobre todo, porque no le resultaba inaceptable. Tomando conciencia de lo que su madre y el resto de las mujeres mayores le habían inculcado sobre el debido recato, reaccionó y replicó:

—Si me devolviera la mano le estaría muy agradecida, caballero. Necesito ambas. —Por un momento se oyó insolentemente, como si fuera otra persona, y temió desairar a aquellos importantes prohombres...

—Se la devuelvo con la promesa de volver a estrecharla pronto —le dijo Rubén, tan encantador que a Francisca se le escapó una sonrisa incontrolada. No fue lo único que no fue capaz de dominar. Su corazón palpitaba como una de esas locomotoras de la moderna estación de trenes que hacían tanto ruido, aunque este motor sólo lo oía ella.

Paca se volvió a arrodillar y cortó dos de las rosas que se abrían en aquellos rosales que con tanto amor cuidaba todo el año para su madre. Sin saber por qué, quizá por ese sentimiento sin nombre que afloraba en su pecho, Francisca cortó para aquellos hombres la primogenitura floral de las rosaledas y le entregó una a cada uno de los caballeros, y sus manos se detuvieron en el ojal de la chaqueta de aquel Rubén que tanto la ruborizaba, mientras colocaba aquel capullo de rosa roja.

—No merecemos tanto regalo. Su presencia ya lo es —seguía coqueteando él—. Para flores sus manos. —Y le guiñó un ojo.

—¡Muchísimas gracias por su ayuda, joven! —añadió aquel Valle-Inclán al que ella casi no oía.

—¿Volveré a verla? ¿Podría venir a visitarla? —preguntó descaradamente, pero cortés, aquel buen mozo de nombre Rubén.

—Sí, claro, me encantaría... —Volvió a sonrojarse Paca, sorprendida de que sus sentimientos hablasen antes que lo que su pudor permitiría.

—Así lo haré. —Rubén depositó un beso en sus manos y le dijo—: Guardaré el aroma de su encantadora belleza cuando vea esta rosa… ¡Hasta pronto, Francisca! —se despidió.

—¡Hasta que guste, caballero! —exclamó ella sin poder disimular su impaciencia por que aquel nuevo encuentro se produjese con premura.

Paca los vio alejarse por la vereda que ella misma les había indicado. Aquel calor desconocido que prendió en su cuerpo ante el contacto del caballero de nombre Rubén no desapareció con la lejanía. Por el contrario, parecía aumentar en intensidad y desconcierto. Si lo miraba con distancia, todo parecía una escena de aquellas estampas o comedias del momento, tan empalagosas y alambicadas, de enamorados galantes en jardines exóticos.

Todo era, en efecto, decimonónico y decadente, pero no hay que olvidar que estaban aún, aunque agónico, en las postrimerías de aquel siglo diecinueve y que, además, los sentimientos amorosos acaban pareciéndose todos entre sí por la repetición de los mismos gestos, las mismas miradas lánguidas, las mismas ardorosas e inexplicables calenturas. Salvo en eso, que tanto tiene que ver con lo humano, no sería una historia convencional la de aquella Francisca Sánchez del Pozo y Rubén Darío. No podía serlo porque no todos los enamoramientos suceden en el azar de un jardín real y porque ni Rubén era alguien corriente, ni Francisca tampoco, aunque ella misma ignorase lo extraordinario de su persona. Aquel Darío anunciado como «Príncipe de las Letras» no era un príncipe cualquiera y, por esa misma razón, vio brillar en aquella muchacha sencilla, azorada en la humildad de su vida, una luz que ella misma desconocía, como desconocen las luciérnagas que van alumbrando la noche tras de sí, pues es parte de su ser y naturaleza. Paca no contó nada de aquel fortuito encuentro ni a sus padres, ni a sus hermanos, pero se le escapaba la risa por los ojos y esa luz única de los enamorados… ¿Era amor aquel sentimiento? Francisca no estaba segura, pues no sabía qué era aquello del amor, pero debía de parecerse a ese calor que la incendiaba gozosa…

3

A Francisca le costó conciliar el sueño durante dos no-ches. Estaba inquieta y, aunque cansada y sin dormir, con una vitalidad inusitada a pesar de sus pocos años, que desbordaban salud y energía. Vigilaba las entradas y salidas de palacio, recorría como una exhalación los caminos y puentes de los jardines, preguntaba a los demás labriegos y familiares si habían visto pasear por aquellos lares a algún caballero joven, dando las señas aproximadas de aquel Rubén Darío, pero no consiguió que le dieran respuesta alguna. Así estuvo durante dos días seguidos y casi perdió la esperanza de volver a verlo, convenciéndose de que aquellas palabras de acento cantarín no habían sido más que una zalamería de ese hombre galante. Su pecho se angustió un poco más cuando, además de no saber nada de ese buen mozo que tanto la había impresionado, sus padres le anunciaron que irían a vivir a una nueva casa cerca de la entrada de la Cuesta de San Vicente. Sus progenitores habían ahorrado lo suficiente para alquilar un piso mejor, más grande que aquel barracón de la Casa de Campo donde se alojaron aquel año largo. Las últimas ausencias de su madre, doña Juana, se debían precisamente al acondicionamiento del nuevo domicilio. También al hecho de que, confiada en los amorosos y responsables cuidados de su hija Paca, Juana podía echar unas horas en casas señoriales de Madrid, sirviendo, lo que también aumentaba un poco los ingresos de la siempre necesitada economía doméstica con tanto hijo. Sin embargo, las cosas habían de suceder como habían sido dichas, y después de dos días volvió a producirse tan esperado encuentro con aquel varón de ultramar.

Paca paseaba por una de las veredas que bordeaba las acequias del parque. Su madre le había pedido que se llevase a sus hermanos a dar un paseo, para que ella pudiese hacer la mudanza de los camastros y el mobiliario doméstico al nuevo domicilio. Era un viernes y Francisca deambulaba ensimismada, al arrullo del sonido de aquella agua que corría desde el río por los arrayanes que la repartían por las muchas fuentes de la Casa de Campo. Llevaba de la mano a su hermana María, la más pequeña, de unos siete u ocho años, frágil y bellísima como un hada. Ésta iba siempre muy pegada a las faldas de su hermana mayor, con quien tenía un extraordinario parecido. Ambas poseían una larga cabellera castaña, que destacaba sobre una finísima piel blanca como de estuco, impropia de quienes descendían de generaciones de labriegos y campesinos achicharrados por el trabajo bajo el sol. Su cuello, manos y cintura eran delgados y frágiles como los de los figurines de las revistas de moda parisina que tanto copiaban las grandes señoras de la capital. Ver a las dos hermanas juntas era ver el encanto de la belleza femenina repetida como en un espejo de generaciones sucesivas. Como si en las orillas de aquel río Manzanares y sus acequias se reflejasen el pasado, el presente y el futuro...

Francisca canturreaba una cancioncilla infantil para su hermanita María mientras vigilaba al resto de sus parientes, que saltaban y brincaban por la orilla, jugando a caballeros con unas espadas improvisadas con unas cañaveras de la ribera fluvial. De pronto, al subir con toda aquella ruidosa prole que ella misma engrosaba, por uno de los caminos que serpenteaban desde la orilla del río hacia la zona más alta, vio aparecer a aquellos dos hombres que conociera dos tardes atrás. Ese Rubén Darío, cuyo solo pensamiento la enardecía, y su enjuto acompañante de barba picuda y espejuelos, apellidado Valle-Inclán. Su rostro se iluminó de nuevo con ese calor, cada vez más intenso, como si al pedernal de su corazón le acercasen la yesca de aquel varón desconocido. Se atusó un poco el cabello, con una timidez vagamente coqueta, y se quedó inmóvil, reuniendo a sus muchos hermanos en derredor suyo mientras los dos hombres bajaban la pequeña pendiente de la senda. El señor de los espejuelos miraba un tanto desconcertado el batallón de infantes, al tiempo que Rubén se sonreía y rompió el hielo dirigiéndose a Paca:

—¡No he podido dormir estas dos noches pensando en usted, doña Francisca! —Y agarró su mano como si no hubiese habido espacio de tiempo entre aquel encuentro y el anterior, en el que Paca le reclamó la devolución de la misma.

—¡Qué exagerado! —replicó ella, tan sonrojada como dichosa por aquella frase, al tiempo que sus hermanitos se arremolinaban alrededor de ella, apretándose contra sus faldas frente a aquel señor desconocido.

Rubén se percató de aquel revuelo infantil e inquirió:

—Pero ¿quiénes son todos estos polluelos? ¿Es acaso el batallón de amorcillos que defienden a la diosa del lugar? —Le guiño el ojo, cómplice, a alguno de los varones mayores, que parecían pretender proteger a su hermana como soldados con sus improvisadas espadas de palo.

—Son mis hermanos y mi hermana pequeña. Pasamos el día aquí mientras mis padres trabajan. Yo me encargo de ellos —respondió Francisca.

—Ya veo —dijo Rubén mientras su amigo lo flanqueaba mirando con distancia a los niños, como quien mirase a especímenes extraños de fauna traída de otras tierras—. De haberlo sabido habría comprado unos pasteles para la pequeña tropa. En otra ocasión seguro que lo recordaré aunque, ahora que lo pienso mejor, Ramón, ¿por qué no te llevas a los niños hasta la puerta de la Cuesta de San Vicente y les compras unos caramelos donde el quiosco?

—Sí, cómo no, maestro Darío —le complació su amigo—. Si a doña Francisca le parece bien… —añadió, casi implorando que ella le dijese que no, pues su impericia en la puericultura se acercaba bastante al terror por los mocosos…

—Cómo no, pero, si no les parece mal, usted y yo, señor Rubén, les seguiremos de cerca, unos pasos por detrás, para no descuidar mis atenciones con mis hermanos ni el recato que una joven doncella debe guardar —argumentó ella.

—Cómo no, Francisca. Además mis intenciones son interesarme por su vida y costumbres pues, si no lo estima inadecuado, me gustaría seguir conociéndola y visitándola…

Paca volvió a sentir ese íntimo calor que desconocía hasta hacía dos días y asintió con la cabeza. El señor Valle-Inclán se adelantó, rodeado por la populosa tropa de menores, que lo jaleaban ante el regalo de unos dulces y lo inusual del aspecto del caballero, que podría haber pasado por gnomo de aquellos jardines con sus botas picudas, sus espejuelos diminutos, la frondosa barba en pico que le llegaba más abajo del pecho y aquel sombrero de copa alta que le cubría. Sólo la pequeña María permaneció agarrada a la mano de su hermana, encelada en aquel vínculo entre ellas y fascinada por el otro caballero, Rubén, al que sonrió en correspondencia a las bromas y sonrisas de éste con ella. Así, como si fuese otra particular comitiva real, distinta a la que por alta cuna disfrutaba de la titularidad de aquella Casa de Campo, se dispuso el cortejo. El fiel acompañante de Rubén Darío iba delante, asaltado a cada paso por los juegos, saltos y preguntas inesperadas de los hermanos de Francisca. Unos metros más atrás, ella, reposando sus dedos en la poderosa mano del caballero, y llevando de la otra a la pequeña María.

Rubén le preguntó por cómo vivían, a qué se dedicaban, y ella le contó animada todos los pormenores familiares que parecían interesar enormemente a aquel señor. Las atribuciones de su padre como jardinero real, los esfuerzos de su madre trabajando fuera y dentro de la casa familiar, las bromas de sus pequeños parientes, o las diferencias entre la vida que recordaba en el pequeño pueblo abulense de Navalsauz, de donde provenían todos, y su nueva vida en la capital madrileña. Él le pidió una dirección donde localizarla, para no tener que andar buscándola por las vastas extensiones de aquellos bosques y jardines, y ella se alegró, en ese momento, de poder darle una dirección, la de aquel nuevo piso donde vivirían desde esa noche, en la cercana calle Cadarso. Rubén tomó nota en una pequeña agenda veneciana, y no sólo de las señas de la vivienda sino de pequeños detalles que ella le daba de sus quehaceres diarios, gustos, nombres de sus hermanos y parientes, como si todo en aquella joven le fascinara, y así era… Aseguraba aquel varón que así le resultaría más fácil localizarla o enviarle un telegrama si no podía ir en persona, ya que permanecería una larga temporada en Madrid. Tal vez para siempre, le susurró, con una deliberada intención de comprobar cómo reaccionaba ante aquella noticia la joven.

—¿Y el resto de las cosas que apunta? —inquirió ella, segura de que eran demasiadas notas para unas señas y no pudiendo leerlas pues no sabía…

—Son cada detalle de usted y de su vida, Francisca. No quiero olvidar nada y ya no me fío de mi memoria —le requebró galante—. La vida de la bohemia tiene sus precios…

Paca sonrió ante aquella respuesta y comenzó a entender que aquel sentimiento que no conocía hasta el momento, el amor, usaba como perfume las palabras. Una vez más sintió por un momento no haber podido aprender a leer y a escribir, pues hubiese querido poder leer por encima del hombro del caballero aquellas notas que apuntaba. Más aún, quería ser mejor por aquel hombre al que todavía no conocía y al que, sin embargo, parecía conocer de siempre, con un extraño deseo de proteger y de sentirse vulnerable al mismo tiempo…

—¿Sabe usted, Francisca? —le dijo en un tono más bajo

aquel Rubén, con ese acento venido de las cálidas tierras americanas que tanto embriagaba a la joven—. La vida es mucho más sorprendente que la literatura.

—No entiendo lo que me quiere decir. —Volvió a azorarse ella, no comprendiendo demasiado de aquel mundo de escritores y literatos.

—Verá: si alguien escribiese ahora una novela sobre una historia de amor en el jardín de un palacio real entre un poeta y la hija del jardinero del rey, ¿quién lo creería? —Se sonrió—. No quiero ni pensar lo que dirían los alfeñiques amargados de los críticos literarios. Todo el mundo pensaría que es un artificio intelectual, un lugar común como de cuento de hadas y, sin embargo, mírenos a usted y a mí…

—No le comprendo, Rubén. Yo no sé nada de literatura, ni de novelas ni de historias de amor —volvió a contestar ella aún más turbada por sentirse en inferioridad de condiciones intelectuales frente a él, y ante la confusión de sus sentimientos.

—Pues será porque usted no quiere, Francisca —le atajó él, apretando más su mano y poniendo su rostro delante de sus ojos con una sonrisa que a ella la dejó desarmada.

—Me confunde usted —zanjó ella, apartando su mirada de la de aquel varón que la hacía sentirse como nunca se había sentido…

—Si está usted tan confundida, Francisca, ¿por qué se sonroja tanto cuando nos cruzamos? ¿Es acaso sólo una manifestación de pudor o su corazón está más seguro de sus sentimientos que su cerebro? —preguntó volviendo a llevar sus ojos delante de los de Paca, que los esquivaba refugiándose en las demandas de su hermanita.

—Tiene usted razón en mi rubor, pero no sé a qué responde exactamente... Toda mi vida me han enseñado a servir a los demás, a entregar sin esperar nada a cambio, pero mi pequeño mundo es mi familia y no sé cómo actuar frente a usted...

Como el gran conquistador que era, Rubén aflojó el lazo de su presa a sabiendas de que a veces es mejor no acosar al animal herido de amor. Algo en él le decía que aquella muchacha estaba destinada para él, pero no le gustaba cobrarse la pieza por acoso y derribo... Él cambió de tercio, abordando temas triviales y cotidianos, contándole cómo se ganaba la vida mandando sus crónicas al importante periódico argentino que le pagaba generosamente su corresponsalía en Madrid, y así fue pasando la tarde como un suspiro cálido de primavera.

Mayo esforzó sus tonos y aromas para que todo fuese perfecto: la temperatura, las flores, el paseo... Los hermanos de Francisca disfrutaron de la impericia de aquel extravagante caballero y de los dulces a los que fueron convidados, y Rubén y Francisca de las confidencias y requiebros galantes de la circunstancia. Ambos acordaron que él le escribiría en breve y así aquella segunda despedida fue menos difícil, segura ahora de que él buscaba su compañía y algo más para lo que aún no quería poner fronteras... Con aquella promesa se despidieron y él depositó un beso en la frente de la joven que a ella pareció quemarle la piel. Francisca sintió que la felicidad se parecía mucho a aquella tarde y a aquel beso.

4

Una mañana de domingo un cartero muy trajeado llamó insistentemente a la puerta de la casa de Francisca. Le pareció raro, pues sólo llevaban tres días viviendo allí y no era habitual que los carteros repartiesen la correspondencia en domingo. Ella se había quedado al cuidado de sus hermanos ya que sus padres habían tenido que ir al pueblo en Ávila, después de haber pedido permiso en sus trabajos. Un pariente había enfermado gravemente y todo parecía apuntar hacia el definitivo final de la muerte, por lo que sus progenitores pidieron la debida licencia y fueron a despedirse. Francisca era ya una mujer y había demostrado su capacidad para ocuparse de otros, en especial de sus hermanos, desde que ella misma era una niña. Así que, aunque le sorprendió aquella insistencia, dejó a la chavalería organizada y salió a la puerta a atender al mensajero.

—¿Qué se le ofrece, señor? —le preguntó al cartero.

—Traigo un continental para la señorita doña Francisca Sánchez del Pozo, ¿es usted su doncella? —dijo un tanto insolente, como dando por hecho que aquella joven que salía a recibirlo con su mandil y su paño de cocina no era la destinataria.

—¡No, soy yo misma! —replicó Paca un tanto ofendida, y añadió—: ¿Y qué es eso de un continental?

—Pues verá, señorita, es un telegrama urgente que espera respuesta, así que si es tan amable de leerlo y darme contestación…

Una especie de vértigo asaltó a Francisca. En primer lugar porque, al no saber leer, no podría descifrar las letras que le ofrecía aquel cartero en el pequeño trozo de papel cerrado y, lo que era peor, no podría escribirle una respuesta porque tampoco sabía escribir. Antes de entrar en aquella vorágine emocional, ya sabía que el único que podría haberle escrito aquella carta era su Rubén, y maldijo su ignorancia… En aquellos segundos su naturaleza resolutiva tiró de su capacidad de supervivencia y le dijo al cartero:

—¿Le importaría a usted abrirlo y leérmelo, si es tan amable? Verá, tengo las manos sucias de estar cocinando y no quisiera manchar el telegrama. —Y añadió—: Y si es posible, podría usted mismo anotar mi respuesta…

—Claro, señorita, el servicio del continental incluye que yo mismo pueda tomar nota de la contestación…

Paca suspiró, aliviada de haber sido capaz de sortear aquel escollo. El cartero le leyó aquel escrito en el que Rubén la citaba en un café cercano para entrevistarse a solas con ella. Le decía que, aunque era pronto, quería hacerle una proposición, y que deseaba que ella quisiera complacerlo. Francisca se quedó por un momento contrariada. Por supuesto que quería acudir a aquella entrevista, pero no podía dejar solos a sus pequeños hermanos. Por otra parte, ya había experimentado la fragilidad de sus defensas ante aquel hombre, cómo le temblaban las piernas y el pulso, cómo se ruborizaba ante él, y eso que en las dos ocasiones anteriores siempre estuvo acompañada, al menos, por aquel extravagante amigo suyo, el señor Valle-Inclán. También era consciente de que, en realidad, no sabía demasiado de aquel hombre y, aunque en lo más profundo de su ser no le importaba, sintió una sensación de vértigo, de ingravidez, que la asustó. Con sencillas palabras, que anotó aquel mensajero escribano enviado por su Rubén, le explicó que obligaciones familiares le impedían complacer sus deseos. Le pedía que entendiese que era una mujer seria, deslizando todos los matices de aquella palabra, y que no podía desatender a los suyos por mucho que quisiera verlo, pero le ofrecía la posibilidad de verlo en unos días en la Casa de Campo. Con aquel envío Francisca temió perder a aquel hombre que la hacía sentir viva…

Varios días pasaron con la incertidumbre de si volvería a ver a su Rubén. No comprendía cómo ni por qué este desconocido se había metido en su pensamiento con tanta fuerza siendo como era un perfecto extraño. Nada parecían tener en común y a Paca le torturaba pensar que ella era poca cosa para un caballero tan principal y cultivado. Hasta el simple hecho de leer una carta o un telegrama suyo le suponía un mundo, y eso la atormentaba. Sin embargo, ella volvió todos los días con sus hermanos a los mismos lugares donde se había encontrado con aquel mozo. No dejaba los alrededores de aquella cabaña, aquel barracón donde vivió toda la familia hasta hacía poco y donde, arreglando aquellos parterres de rosales que ahora habían quedado sin sus cuidados, conoció al hombre que ni en sueños habría imaginado. Porque aquel Rubén no era un hombre corriente. No sólo por lo particular de su aristocrático título de «Príncipe de las Letras», que no sabía ella hasta ese momento que un hombre pudiese alcanzar tanto abolengo con la poesía, sino por sus ademanes y formas.

Aquel varón no se parecía en nada a los mozos que había tratado en el pueblo de Ávila de donde procedía toda su familia. Ni siquiera a los jóvenes hijos de los trabajadores de la Casa de Campo, ni a los marqueses, condes o ministros de palacio. Su acento poseía la cadencia de ese océano Atlántico del que tanto había oído hablar, y sus labios un no sé qué de fruta madura y desconocida. Sus ojos la miraban como si fuese una fiera hambrienta de su carne, y sus manos parecían capaces de despedazarla aunque estaba convencida de que nunca le harían daño. Todo en aquel Rubén exudaba una sensualidad que despertaba la suya propia, adormecida hasta el momento por su juventud, las muchas exigencias del trabajo y el decoro en una mujer de su clase. Sin embargo, en aquella época, había algo común, por desgracia, a todas las nacidas con el sexo de Eva, perteneciesen a la extracción social que fuera. Ya lo había experimentado ella en las miradas de los sirvientes o los señores, esa mezcla de lástima y lujuria, o en los labios de las propias hembras hablando de aquella Emilia Pardo Bazán que quería equipararse en méritos, probablemente porque los tenía de más, con los varones. La honra y la virtud eran algo tan frágil y tan irreparable en las mujeres que bastaba para destruirlas poner en duda su pérdida y nada más. Ella no alcanzaba a entender muy bien por qué. Había oído ciertas intimidades de otras muchachas de su edad, algunas de las cuales habían tenido novios o incluso se habían casado, pero su madre, que era la que debía contarle los entresijos de las relaciones con los hombres, nada le había dicho, pues no se estilaban aquellas confidencias si la hija no iba a desposarse. Aunque Francisca era muy hermosa, creo que Juana, su madre, se planteó, por necesidad primero, y por deshora después, que su hija mayor se quedase en casa para ayudar con la brega de sus otros hermanos. En familias numerosas como aquélla, no era de extrañar que se sacrificara la vida conyugal de alguna de las descendientes en aras de la subsistencia de la mayoría. La cuestión era que, en esto, como en casi todo, el destino no estaba dispuesto a desaprovechar una flor tan radiante como aquella princesa silvestre de los jardines de palacio de Madrid.

Los padres de Francisca volvieron y, aunque ella seguía teniendo que encargarse de sus hermanos, no desaparecían de su cabeza el nombre ni la figura de aquel caballero. Poco sabía ella del amor todavía, y de lo contradictorio de sus sentimientos, pero aquel temor de perder al ser amado era, sin lugar a dudas, uno de los síntomas más evidentes de aquella enfermedad del corazón que algunos consideran al amor. Parte de toda esa sintomatología de manual y de patio de vecinas, a saber: ensimismamiento, falta de apetito y sueño, suspiros o risas incontrolables, cambios de humor o angustias repentinas, entre otros, se daba de forma evidente en la joven doncella.

Otros dos días pasaron y su caballero no daba señales de vida hasta que, al atardecer del segundo, Paca lo vio acercarse a ella, como en su primer encuentro, mientras trabajaba el parterre de aquellos rosales descuidados de los que cortase para él sus primeras rosas. Rubén parecía más serio que las otras veces, incluso enfadado, y con aire ceremonioso se aproximó hacia ella y le dijo:

—Soy yo mismo quien le trae ahora mi proposición, doña Francisca. —Realmente había un aire un tanto brusco, casi conminativo—. Si no desea usted trato conmigo o cree que me excedo, no volveré a molestarla. —Y le extendió una carta primorosamente recogida dentro de un sobre de papel inglés.

—Pero, Rubén, por qué me habla así —le recriminó, lastimada, Paca, que tanto y tan ansiosamente había esperado a aquel galán...

Un intenso vahído se apoderó de ella, nublando su visión, y ya Francisca no recordó más pues, quizá por efecto del calor, por la emoción de ver a su Rubén, por la impresión del tono del mismo y por el hecho de no saber cómo iba a leer aquellas letras que le entregaba, perdió el conocimiento. No sintió que se golpeara la cabeza contra el suelo, como hubiese sido natural al desvanecerse, sino los fuertes brazos de aquel caballero, que la recogieron antes de caer. Cuando volvió en sí, Paca estaba recostada en uno de los prados, a la sombra cercana de una de las fuentes, apoyada en el tronco de un sauce que daba frescor a la tórrida tarde de un mayo que se adentraba en el final de la primavera.

Rubén refrescaba, sonriente, sus mejillas con un pañuelo empapado y, cuando vio que la muchacha abría los ojos y le miraba, le susurró:

—Siento haber sido tan brusco con usted, Francisca. —Sus palabras eran sinceras—. Creo que malinterpreté sus obligaciones familiares con un desdén que no era cierto más que en mis cavilaciones. Espero que acepte mis más sentidas disculpas... Hace mucho tiempo que no trato a una dama de verdad y he confundido con fingimiento o ardite lo que no era más que el ejercicio de su responsabilidad como buena hija y hermana...

Paca no contestó en ese momento. Todavía estaba mareada y aturdida por la situación. Aquel hombre del que sabía tan poco le gustaba de verdad. De una forma animal, instintiva, y tan fuerte, tan profundamente, que le asustaba. Desconcertada, pero con esa inteligencia natural con la que había sido dotada, Paca decidió que la mejor manera de abordar la situación era a las claras.

—Verás, Rubén... —Fue la primera vez que ella rompió el tratamiento de usted, que era el que se obligaba entre desconocidos y más si eran de distinto sexo—. Tengo un problema grande contigo y no sé cómo abordarlo.

—Pues tú dirás, Francisca —la alentó él, sorprendido por el cambio de protocolo y por la crudeza de aquella apelación.

—No sé cuáles son las propuestas que me haces en esa carta que me traes, entre otras cosas porque no sé ni leer ni escribir, y ya me pesa, pues me gustaría compartir contigo hasta esas palabras que te dan sustento.

—¡Eso no puede ser! —le interrumpió él.

—Por favor, no me reprendas con algo que no es mi culpa, aunque me avergüence, pues no está bien visto en una mujer saber de letras, y mucho menos en una de mi humilde condición. —Hizo un gesto Paca, para que él no la interrumpiera—. No soy una mujer necia y, de haber podido, habría disfrutado aprendiendo a leer y a escribir y educándome más, probablemente sacando mayor provecho que las que por cuna no saben la suerte que tienen.

—¡Mi ninfa se ha convertido en una amazona! —rezongó divertido y excitado Rubén.

—¡No tengo ni idea de lo que es una amazona ni una ninfa! —casi le gritó ella irritada—. Lo que quiero que sepas, Rubén, es que me expongo a ser despreciada por mis vecinos, amigos e incluso parientes si me ven a solas contigo, un perfecto desconocido, y lo peor de todo es que no me importa. No sé qué es el amor, ni si este mareo constante, este calor, esta obsesión por saber de ti y por verte, es amor o una enfermedad, pero no me importa. Ni si estoy enferma, o loca, ni si destruyo mi reputación, mi virtud, o lo que demonios sea eso. Lo que sé es que siento algo por usted —añadió volviendo al tratamiento respetuoso como si expresar sus sentimientos tan descarnadamente la hiciera sentirse desnuda y usase el usted como escudo—. Algo que me tortura y me hace dichosa a la vez…

Rubén la besó allí, largamente, bajo los sauces y el calor del mayo agónico, entre el ruido del agua y el cantar enardecido de los pájaros. Le robó aquel primer largo beso que a ella le supo a la gloria que prometen los sacerdotes en los altares y llaman vida eterna, y a fruta madura y dulce entre sus labios. Él la estrechó con fuerza contra sí, y ella sintió por primera vez el deseo de entregarse a alguien sin la necesidad de que nadie le contase cómo debía ser. Allí, con el sol que se desangraba en el horizonte y la leve brisa que traía perfume de rosas y jazmines abrasados por el verano que se adelantaba y robaba jornadas a la primavera, Francisca comenzó a comprender la plenitud de entregarse a otro. Sentir, ver y vivir por el otro. La noche se les echó encima en aquel jardín real como a los amantes en los cuentos orientales...

Paca entendió pronto por qué había gente que decía que el amor empieza a hacerse por los oídos. Es el cuerpo, por supuesto, el que reacciona con pulsiones y deseos que estaban ocultos, como los bulbos en la tierra que florecen cuando llega su hora, pero las palabras lo provocan. Rubén era un maestro, un mago de la palabra, y sabía cómo usarla. Es verdad que a ella lo primero que le golpeó fue su planta de buen mozo, su cuerpo proporcionado, su hombría evidente, su cara angulosa y esos labios tan carnalmente voluptuosos que daban ganas de besarlos todo el tiempo, pero su voz era como un perfume embriagador y casi narcótico. La más poderosa de sus muchas armas de seducción, y Rubén lo sabía.

Ella no se cansaba de escucharlo, aun cuando a veces no entendiese nada de lo que le decía. Qué iba a saber ella de ninfas, amazonas, centauros u olifantes. Pero disfrutaba de las narraciones de aquel caballero, de las explicaciones y anécdotas de viajero cosmopolita que había estado en medio mundo y de las leyendas y los mitos de culturas pretéritas. Rubén le expresó su deseo de cortejarla y de formar una familia con ella y, la verdad, Francisca estaba sinceramente enamorada de aquel hombre. Ella hubiese dicho que sí a ciegas, sin condiciones, sin conocer la historia de aquel Rubén que prometió enseñarle personalmente a leer y a escribir, y todos los nombres de aquellos seres fabulosos y fantásticos que poblaban su imaginación y sus versos.

Rubén empezó a visitarla todos los días desde aquel en el que se presentó de forma abrupta con una carta que Francisca no podía leer. En aquella misiva Darío le hacía una propuesta en firme de convivencia. Un proyecto de vida con plazos, deseos y planes. A Paca le sorprendió mucho que un hombre tan apasionado, tan fuera del mundo e inmerso en las entelequias de la literatura y lo artístico, llevase un programa tan pormenorizado cuando, además, se habían conocido tan fortuita como casualmente. Por otra parte, descubrió enseguida que su hombre era muy poco predecible y bastante más complejo que el resto. Ella se enfadó consigo misma por el desvanecimiento, pues no era mujer de mostrar fragilidades, ni quería que pudiesen pensar que usaba la supuesta debilidad de su sexo para engatusar al varón galante. Muy por el contrario, estaba acostumbrada a trabajar desde muy niña, a demostrar sus capacidades y a que, en igualdad de condiciones, las hembras eran más fuertes emocional y también físicamente que los hombres.

Todas las tardes Rubén y Francisca se reunían para pasear con los arreboles vespertinos de Madrid en primavera. Era muy agradable pues empezaba a hacer bastante calor, la luz tardaba más en irse, y ambos habían cumplido con sus obligaciones laborales del día. Paca había hecho todas las innúmeras faenas de la casa, en ayuda o más bien sustitución de su madre, que servía en otras para sacar a la prole adelante juntando sus ganancias con las de su marido. Rubén también daba por concluidas sus gestiones entre ministros, secretarios, escritores, y todas las excursiones o entrevistas que le viniesen bien para contar luego en sus crónicas periodísticas que enviaba a Argentina. Hasta ese momento Francisca no se había planteado que escribir fuese un trabajo, a ella le parecía un imposible. Claro está que los periódicos y los libros no se escribían solos, pero nunca se planteó que fuese un oficio ni que un genio de aquella disciplina fuera a fijarse en ella. Paca se bebía las palabras y las historias que, cada tarde, le contaba su Rubén, a veces recitándole sus propios poemas o los de otros. Ella disfrutaba mucho con aquella música rimada que salía de los labios de su caballero. Él le recitaba:

> Señora, Amor es violento,
> y cuando nos transfigura
> nos enciende el pensamiento
> la locura.
>
> No pidas paz a mis brazos
> que a los tuyos tienen presos:
> son de guerra mis abrazos
> y son de incendio mis besos;
> y sería vano intento
> el tornar mi mente obscura
> si me enciende el pensamiento
> la locura.

Quizá ella no comprendía los intríngulis de la métrica, ni los sustentos de la retórica, pero sí los de la belleza. El amor tiene también esa propiedad, enseña poesía a los que no la conocen y gramática a los ágrafos. Quizá por esa razón sentir la poesía es más fácil para un enamorado que para un profesor universitario...

Rubén la llevaba a tomar un refresco a las terrazas de moda, o a pasear por los bulevares, pero donde más a menudo se escapaban era a aquellos rincones solitarios y palaciegos de la Casa de Campo, donde se habían conocido. Aunque vedados para la mayoría, tanto él, por los permisos dados como importante cronista, como ella, por la vinculación de su padre como jardinero y guardés de la enorme finca, tenían acceso a los idílicos lugares de los que sólo los príncipes y sus familiares podían disfrutar.

—Es como si te conociese de siempre… pero en realidad sé tan poco de ti —le dijo una tarde de aquéllas Francisca a su Rubén.

—¿Qué quieres saber, princesa? —le preguntó él.

—Todo.

Rubén, en efecto, le contó todo lo que había sido su vida hasta el momento. Nació en Metapa, una ciudad de Nicaragua, treinta y dos años atrás. Su nombre completo era Félix Rubén García Sarmiento. Sus padres no tuvieron un matrimonio feliz y se divorciaron, cosa que no era muy habitual en los católicos matrimonios de España, acostumbrados a soportarse hasta que la muerte, las palizas o el aburrimiento los separase. Casada en segundas nupcias con otro hombre, su madre dejó al muchacho al cuidado de sus tíos abuelos, que lo educaron, y se fue a vivir a otro país. Su padre natural, putero, borracho y egoísta, se desentendió del vástago hasta tal punto que le hacía llamarlo «Tío Manuel» en vez de «padre». Aunque Rubén bromeaba con la historia familiar, diciendo que su afición a las mujeres de mala vida y al alcohol era una mala herencia por vía paterna, entreveraba las chanzas con la amargura de una herida siempre abierta. Una de esas tardes se le escapó en una de aquellas conversaciones:

—«La voz de la sangre… ¡Qué flácida patraña romántica! La paternidad única es la costumbre del cariño y del cuidado. El que sufre, lucha y se desvela por un niño, aunque no lo haya engendrado, ése es su padre.»

Aquel hombretón como un trinquete que olía a selva centroamericana, aunque no hubiese conocido ninguna, le parecía a Paca un niño pequeño acurrucado contra su pecho, y todas aquellas certezas sobre el dolor de ese varón disfrazado de risa y cultura hizo que lo amase aún más.

Tal vez haya quien recrimine ese sentimiento de algunas mujeres de prohijar a sus parejas como algo reaccionario, pero Francisca estaba, sin saberlo ella misma, lejos de ser una hembra convencional. Nadie descalifica a los varones que ejercen esa potestad protectora con sus esposas. ¿No es acaso el amor una necesidad de cuidar y proteger a quien se ama? También Darío, con sus imperfecciones, protegió siempre a Francisca…

Rubén se quedó taciturnamente en silencio tras decir eso sobre la sangre y su padre, como si echase fuera un demonio difícilmente exorcizado en tres décadas. Luego volvió en sí y continuó su narración. Esa forma reducida de hacer a aquella mujer joven de la que se había enamorado partícipe de lo vivido, de lo que había sido y de lo que le había llevado a ser lo que era; a llegar hasta ella.

—Mi refugio fueron los libros —le confesó Rubén a su Francisca—. Aprendí a leer con tres años, lo que a algunos les parecía anormal o incluso monstruoso. Fui alentado por una maestra amiga de la familia, Jacoba Tellería, que había sido monja por amar más a los libros que a los hombres. Luego volvió a casa, con mis tíos, y se entretenía enseñándome a leer, logros tan tempranos que ella premiaba con unos deliciosos dulces de convento. Mis parientes me trataban bien y fueron mis verdaderos padres, pero los legítimos me frecuentaban de año en año, con una distancia que a un niño y luego adolescente le deja huella —le llegó a decir con una honda tristeza—. Así que los personajes de Cervantes, de Zorrilla o de Victor Hugo se convirtieron pronto en mis compañeros de viaje y aventuras.

—¡Me encantaría conocerlos! —exclamó Francisca intentando consolarlo con una inocente ignorancia.

Él, lleno de ternura, le aseguró:

—Y lo harás, porque viven en los libros que yo te enseñaré a leer y que compartiremos…

5

Paca empezó a comprender que aquella naturaleza de hombre bohemio, un poco golfo y entregado a la bebida y a los placeres de mujeres malhadadas, encerraba en el fondo grandes carencias. La necesidad de sentirse seguro, de crear una familia, quizá extravagante pero, a su manera, cálida y a la que poder volver. Veía cómo miraba Rubén a sus parientes, ruidosos por su número, agobiados a veces por estrecheces económicas y necesidades pero también llenos de risas y alegría. En más de una ocasión Francisca se percató de que se le humedecían los ojos a aquel señor tan viajado que la pretendía cuando contemplaba con cuánto amor se miraban o se abrazaban sus padres, Juana y Celestino. Con cuánto cuidado se desvivían por sus muchos pequeños.

—Son como una pareja de conejitos con toda su blanda camada —le susurró al oído una tarde a Francisca.

—Pero ¿cómo puedes decir eso? —le soltó Paca, no muy convencida de que le gustase la comparación—. Y qué soy yo, ¿una coneja? —le espetó un poco dolida pero risueña.

—Claro que sí, Paca. Tú eres mi blanca conejita —dijo entre risas—. Y desde ahora yo seré tu conejo.

—Te estás riendo de mí —le recriminó ella.

—Por supuesto que no, princesa. —La acarició con la voz y el reverso de la mano—. No hay criaturas más familiares, más tiernas, más cálidas y amorosas que los conejos y... además... ¡no paran de copular cada vez que tienen oportunidad! —Y rompió en carcajadas.

—¡No tienes remedio, Rubén! —le replicó ella acompañándole con ruidosas risas, mientras él la cogía en brazos y la hacía girar en el aire con los ojos llenos de la luz de la dicha.

Entre aquellas chanzas y aquellas risas, ya quedó como broma entre ellos llamarse conejo y coneja. Se lo decían en la intimidad, claro, porque de otro modo a la falta de decoro que ya algunos empezaban a afearle a doña Juana, su madre, por dejar pasar demasiado tiempo a Francisca con aquel hombre extranjero, cuyas intenciones desconocían, habrían añadido aquella extravagancia. De haber expresado en público esas claves íntimas, las lenguas de las vecindonas, siempre hambrientas como hienas de nuevos cotilleos, la hubiesen hecho aún más clara diana de sus críticas, aunque poco le importaba a Paca más que por la tranquilidad de sus padres. Muchas veces pensó luego para sus adentros qué opinarían de aquellas pequeñas vivencias de pareja los admiradores de los libros y las obras de tan importante hombre. Aunque lo cierto era que, si lo pensaba, muchos de los grandes hombres y mujeres de la historia no nacieron sobre un pedestal ni eran de madera, mármol o bronce. También tenían hambre, enfermedades, miedo y pulsiones de deseo, como todo hijo de cristiano. La vida de nadie, mirada muy de cerca, era completamente ejemplar. Ni los santos, según contaban los curas desde los púlpitos, se salvaban de tener tentaciones en algún momento de sus vidas. Mucho menos los escritores o los artistas, entregados por deleite e inspiración a los placeres mundanos...

Francisca fue haciéndose una idea de quién era aquel hombre que iba a su lado, y no sólo en la dimensión pública, que le proporcionaba tantos admiradores como enemigos, también en la personal. Por boca del propio Rubén supo no sólo de sus primeras andaduras adolescentes y su pasión por los libros, también de sus carencias y tristezas. Pronto había cambiado su nombre; al morir su querido tío abuelo lo decidió aún con más fuerza. Conservó aquel Rubén de su compuesto y adoptó el apodo del bisabuelo, por el que a todos los integrantes de la familia, sobre todo a los descendientes de su tío abuelo, a quien él consideraba su verdadero padre, los llamaban «los Darío». Como a él también lo llamaban así, «uno de los Darío», sintiéndose más cerca de aquel tutor que de sus verdaderos progenitores, adoptó como tal el apellido que, por otra parte, llevaba muchos años desaparecido de los apellidos legales de sus parientes.

La tía Bernarda Sarmiento, hermana de su madre, se asustó mucho cuando aquel adolescente comenzó a escribir versos. Uno de sus maestros, poeta aficionado, aunque mediocre, adivinó en él cualidades de escritor y convenció a su tía para que le permitiese formarlo en métrica y retórica. El joven comenzó a componer poemas cuando se enamoró de una funámbula de un circo que llegó a la ciudad, y quiso fugarse con ellos detrás de aquella muchacha rubia y fascinante que caminaba por el alambre. Muy jovencito, y tras educarse con los jesuitas en la nicaragüense ciudad de León, conoció en un trashumante periplo casi toda América. El Salvador, Honduras, Chile fueron lugares donde realizó sus primeros trabajos, como articulista de varios periódicos locales, y también donde sufrió sus primeras penalidades. Cuando ya no lo esperaba, un libro suyo llegó a manos de dos de los grandes hombres de cultura de la metrópolis española. Un político y poeta español, Manuel Reina, que ejercía gran influencia desde la Real Academia Española y deseaba la creación de una Real Academia Hispanoamericana en Cádiz. Este Reina vio en el joven nicaragüense una asimilación interesante de la poesía francesa que él mismo conocía y defendía, y escribió una importante reseña sobre él y un sorprendente libro con el título *Azul*. Darío se lo agradeció dedicándole un largo poema:

> *Tiene España poetas inspirados*
> *que le dan honra y prez. La fama lleva*
> *sus nombres por el mundo, y sus acentos*
> *resuenan deleitando en todas partes...*

Tan encendido fue el elogio de Manuel Reina por este joven poeta nicaragüense y su libro que Juan Valera, que gozaba de enorme prestigio en ambas orillas de la lengua, se interesó por el citado poeta y lo ensalzó también. Aunque no gustaba tanto de las influencias francesas que aplaudiera Reina, Valera fue muy elogioso en dos cartas abiertas al poeta nicaragüense desde su sección del diario madrileño *El Imparcial*. Publicadas luego en Chile, donde trabajaba y vivía entonces Rubén, y más tarde en Nicaragua y Argentina, supusieron su consagración, y el importante contrato como cronista de *La Nación* de Buenos Aires, que pagaba muy bien sus artículos. Los ricos prohombres chilenos, hijos de hidalgos castellanos, que tan despreciativamente le recibieron en su primera visita al país, se lo rifaban entonces para adornar sus cenas con su fama. Rubén le contó a Francisca cómo conoció el éxito y también el amor con veinte años.

—Se llamaba Rafaela. Rafaela Contreras.

Una vez más Paca percibió que tras su risa había ribetes de una gran amargura.

—¿Dónde la conociste?

Aunque a la mayoría le hubiera podido parecer extraño que aquella mujer se interesase por el primer amor de su enamorado, para ella era natural querer saberlo todo. También el nombre, la naturaleza y la historia de quienes compartieron sentimientos y vivencias con él, entre otras cosas, porque sabía que el corazón de aquel hombre no se abría con facilidad y ella se había convertido en su vía de desahogo.

Rubén le explicó que se conocían desde niños, cuando él tenía nueve años y ella siete. Los padres de ella eran amigos de sus tíos abuelos, y el padre de Rafaela era un conocido recitador profesional, un orador que tuvo que huir de su país por razones políticas. Jugaron y aprendieron juntos hasta que ella y toda la familia se marcharon. Años después, en El Salvador, donde le sorprendió el éxito del citado libro que tan buenas críticas suscitó de los consolidados autores españoles, lo que lo consagró a su vez a él, se reencontró con ella. Alguien, con el seudónimo «Stella», había mandado unos cuentos al periódico que él dirigía entonces y los publicaron con esa firma gracias a la complicidad de un amigo común. A Rubén le gustaron mucho y, finalmente, descubrió que eran de Rafaela, que siempre tuvo talento y una gran cultura. Ella era una intelectual, con buen pulso como escritora pero con una salud muy frágil.

—«¡Ah, sí!, ¡debí haberlo adivinado! ¡Qué alma más delicada la suya!» —se le escapó como si hablase solo, cosa que sucedía a veces con Rubén.

El veintiuno de junio de mil ochocientos noventa se casaron por lo civil. Eran una pareja de jovencísimos veinteañeros, felices y que se conocían y querían desde niños. Sin embargo, el destino tiene un extraño sentido del humor y, al día siguiente de su boda, se produjo un golpe de Estado contra el entonces presidente, el general Francisco Menéndez, cuyo principal artífice fue el general Ezeta, que había estado presente, como invitado, en la boda de Darío. Rubén era ya un hombre de prestigio y el golpista quiso seducirlo con prebendas y ofertas de dinero, pero él prefirió el exilio. Se significó mucho escribiendo artículos contra Ezeta y la ilegitimidad de su gobierno, surgido de un alzamiento militar, y claro, a los dictadores no les gustan los disidentes aunque hayan asistido a su boda… Rubén y su esposa vivieron intermitentemente separados, en distintos países, aunque se querían mucho y volvieron a casarse, religiosamente esta vez, en la ciudad donde se conocieron siendo niños, en la nicaragüense León. Entonces se fueron a probar fortuna en San José de Costa Rica, pero a Rubén apenas le llegaba el dinero para sacar a su mujer adelante, y decidió volverse a Nicaragua a buscar entre sus amigos, y con su prestigio literario intacto, un porvenir mejor para ambos, mientras ella le esperaba.

—Allí nació mi hijo, Francisca, en San José de Costa Rica. Mi primer hijo. Estaba yo trabajando, lejos de mi mujer, que se puso de parto en mi ausencia. No sabes cómo lamenté aquella distancia, y lo sigo haciendo…

Rubén le contó a Francisca cómo, buscando un mejor futuro para su mujer y el hijo, al que pusieron su nombre, marchó en primer lugar a Guatemala, y seguidamente a su país, Nicaragua, dejando a su esposa y a su primogénito en Costa Rica. Aunque el dinero llegaba apenas para enviar algo a su familia y sobrevivir él, sus muchos amigos le suministraban material para trabajar y también vino. Ahí comenzó una peligrosa relación de dependencia con los humores alcohólicos, disfrazados de placer, enredados en confusión y algo de remordimiento. Le confesó que en aquella vorágine de separación temporal de Rafaela y de su hijo conoció a una joven, adolescente, con la que mantuvo relaciones. Se conocían de antes, de las galantes fiestas decadentes de la burguesía y la alta sociedad latinoamericana, que adornaba con los fulgores de la cultura aquellos eventos. Ella era casi una niña, pero incitante y desenfadada, provocadora y a la vez frívola, calculadora. Aquel escritor joven de rizada cabellera aleonada y angustias existenciales se deslumbró momentáneamente por el encanto de la muchacha, olvidando sus penurias y también los compromisos de fidelidad con una esposa y un hijo, a los que, ciertamente y a pesar de las contradicciones, amaba. Cuando hablaba de aquella joven había odio y temor a la vez, pero, sobre todo, desengaño.

—Se llamaba Rosario. Rosario Murillo. Tan bella y hechicera que era conocida en toda Managua por su hermosura y sus coqueteos con la magia negra como «La Garza Morena». Fue mi locura, y también el mayor error de mi vida...

Entre el alcoholismo y la enajenación de no poder hacer frente a lo más básico para los suyos, y con un prestigio literario que no daba de comer ni pagaba las facturas, la joven y seductora Rosario Murillo fue parte del narcotizado vivir de aquellos días. Los amigos le prevenían de la hermosa joven, de buena e influyente familia, embaucadora y peligrosa como los alcohólicos humores con los que Rubén anestesiaba sus penas. Más de una vez despertó en sus brazos en habitaciones que no conocía, tras una borrachera enorme, y se lamentaba del sinsentido. Otras, Rosario se mofaba de él y lo abandonaba, haciendo burla social de su laureado amante, como un trofeo momentáneo o un juguete que dejara para ir en busca de otro nuevo. Darío cayó en una espiral de juergas y melopeas, de excesos y embriaguez, que sólo acentuaba sus carencias, aunque las ahogase con la inconsciencia que le provocaba... No tardaría en comprobar que, como aquel paraíso artificial, las consecuencias serían letales y perniciosas para el resto de su vida... El remordimiento y los sentimientos hacia Rafaela pronto lo convencieron de que no obraba bien, pero la culpa tiene extrañas formas de manifestarse. Fue entonces cuando apartó, temporalmente, a la embrujadora Garza Morena de su camino para centrarse en buscar una vida más cómoda para su mujer y su hijo. Sin embargo, como la joven caprichosa e inteligente que era, apoyada además en su belleza y en las influencias familiares, Rosario Murillo decidió que aquel varón sería suyo o de nadie más, aunque tuviera que destruirlo. Aseguraban las ancianas del pueblo que aquella Garza Morena enterró el corazón de una ternera con trece clavos de hierro y el nombre de la esposa de Darío...

Cosas de Macumba y santería que los más científicos consideran asunto de supercherías y supersticiones y, sin embargo, la mayoría respeta. Mucho más en la tierra donde hubo dioses sangrientos antes del Dios crucificado, y donde con la llegada del Cristo y sus santos muchas otras tradiciones se mezclaron con las raíces hechiceras del África negra, bajo los nombres de santos cristianos y sus advocaciones. Quién sabe si tuvo algo que ver con el desenlace de la primera mujer del poeta; las intenciones de la joven seductora no fueron pías, pero nunca el azar juega a trenzar sus hilos sino con supuestas casualidades...

Cuando Rubén empezaba a desesperarse recibió la noticia de que el gobierno de su país lo enviaba con la embajada guatemalteca a España, con motivo del cuarto centenario del descubrimiento de América. Darío escribió a Rafaela, su mujer, y le propuso que ella viajara a El Salvador con el pequeño, con unos parientes que tenía allí, mientras él iba a Europa. Sopesaron los pros y los contras, ya que su mujer había quedado muy frágil tras el parto del niño, y Rubén prefería no causarle más preocupaciones. Al final, así lo hicieron. Tampoco había que perder de vista el remordimiento por la aventura con la amante hechicera, que ella misma se había encargado de que llegase a oídos de la mujer de Darío, aunque ésta no le hizo ningún reproche. No resultaba prudente que el esposo cruzara la frontera para despedirse de su cónyuge pues, en el país, los partidarios del dictador Ezeta se la tenían jurada. Él lo había retratado con enorme dureza en muchos comentarios y artículos, pero especialmente en una crónica bajo el título «Historia negra», en que lo llamaba «traidor de su país», que apareció en *El Imparcial* de Guatemala, y fue publicado en otras muchas ediciones del mismo periódico, incluido el madrileño. Él marchó a España, con una buena dotación económica que envió en parte a su mujer y a su hijo para su mayor comodidad, y con la esperanza de hacer las Américas, esta vez a la inversa, descubriendo esa España y esa Europa que había leído en los libros y en sus historiadores y literatos.

Para ser exactos habría que decir que, aunque Rubén «hizo las Europas», no pasó de los Pirineos, aunque su cabeza se llenó de versos y ensoñaciones de historia y de leyendas, a los que era fácilmente propenso. También tenía la intuición, por primera vez, de que había un sendero que bordeaba la política por la diplomacia y que podría ser una forma de vida, ya que a los dignatarios siempre les gustó el brillo de esa alcurnia que no se gana con los abolengos y con la sangre sino con el talento. Es verdad que al poeta no le parecía un trabajo digno de un escritor de miras y talento como él pero, por otra parte, ya había sentido demasiadas veces el zarpazo de la miseria y la penuria mientras otros de menor capacidad vivían en la opulencia administrando inteligencias menores pero más prácticas.

En el verano de mil ochocientos noventa y dos, un tórrido agosto cantábrico, llegó Rubén Darío a Santander, pisando por primera vez España. Desde allí, atravesó todo el corazón del norte ibérico con la comitiva nicaragüense hasta llegar a Madrid, donde se bebió las calles y los Reales Museos, y conoció, en su doble vertiente de escritor y político enviado como embajada de Nicaragua, lo más florido de la cultura y de la política del momento. Desde a Emilio Castelar, importante ministro de la República española, que participó en las revoluciones que destronaron a la reina Isabel II, hasta a su adversario, Antonio Cánovas del Castillo. Desde a su admirado Juan Valera, que tan definitivo fue para su consagración como escritor, hasta al romántico Zorrilla, pasando por Núñez de Arce, Salvador Rueda o el puntilloso académico Marcelino Menéndez Pelayo. A Valera le preguntó por el poeta Manuel Reina, y le apenó saber que no podría conocerle, comprometido por carta a recibirlo y conocerlo por fin en persona. El poeta cordobés que despertara el interés de Valera por Darío había sufrido recientemente la pérdida de su amada esposa y decían los mentideros literarios que, incluso, había intentado suicidarse. También en la capital española conoció a la pujante Emilia Pardo Bazán, con la que aseguraban que el conocimiento no había sido sólo intelectual sino en el más extenso y carnal de los sentidos. Rubén bordeaba ese asunto, divertido y elogioso con el carácter y el talento de esa mujer, que nunca fue él cicatero ni receloso con las capacidades literarias de las mujeres.

—Un día de éstos organizo una cena con doña Emilia. ¡Verás qué mujer más fascinante y valiosa! —le aseguraba Darío.

Mucho disfrutó Rubén de aquel primer encuentro con la patria de su idioma y sintió, pronto, que la lengua era un puente capaz de sortear todos los océanos de distancia, y que era la única patria que merecía la pena defender porque era real y estaba viva. Ciudadano del mundo, exquisito y cosmopolita, la emoción de las palabras en las que había nacido le producía un orgullo hondo, inexplicable. De vuelta a América, aquel varón sintió que las dos orillas pertenecían a ese mismo mar común de lo hablado y de lo escrito, y deseó poder vivir en ambas costas. Tal vez Rubén, al igual que los seres mitológicos que tanto amaba, era como un centauro: sus pies estaban inmersos en la tierra, como sus placeres, pero su pensamiento y su corazón apuntaban a las estrellas. Hombre siempre de dos mundos, de contrarios, de duales paradojas, la insatisfacción lo tenía siempre en el alambre como al funámbulo del circo. También en la vida, y por supuesto en el amor…

Pensó maneras de intentar hacer carrera en política, con cargos honoríficos de embajador o cónsul, con los que poder mantener a su mujer y a su hijo, viajar a ese mundo en dos continentes que sentía como naturales, darle a su talentosa y frágil mujer una vida más cómoda y mejor. Poder disfrutar de su hijo y crear ese hogar que había echado de menos en su infancia. Sin embargo, la muerte había trazado otros planes más definitivos.

—Recibí un telegrama de los parientes de mi esposa desde El Salvador. —Una nube de trópico se volvió a colocar en sus ojos.

Francisca notaba que cuando Rubén hablaba de Rafaela Contreras, su hombre, así lo sentía ella, volvía a un tiempo en el que, en cierta manera, había sido enormemente feliz y desdichado. Un tiempo de juventud y proyectos aún esbozados, que la vida se encargaría de borrar como los palotes de un niño que empieza a garabatear sus primeras letras. Darío le expresó con una honda emoción lo que supuso aquel encontronazo entre su deseo y la inexorable realidad:

—«A mi llegada a Nicaragua permanecí algunos días en la ciudad de León [...]. Estando en León, se celebraron funerales en memoria de un ilustre político que había muerto en París, don Vicente Navas. Se me rogó que tomase parte en la velada, que se daría en honor del personaje fallecido, y escribí unos versos en tal ocasión. Estaba la noche de esa velada, leyendo mi poesía, cuando me fue entregado un telegrama. Venía de San Salvador, lugar adonde yo no podía ir, a causa de los Ezetas, y en donde residía mi esposa en unión de su madre y de su hermana casada. El telegrama me anunciaba en vagos términos la gravedad de mi mujer, pero yo comprendí, por íntimo presentimiento, que había muerto; y sin acabar de leer los versos, me fui precipitadamente al hotel en que me hospedaba, seguido de varios amigos, y allí me encerré en mi habitación, a llorar la pérdida de quien era para mí consolación y apoyo moral.»

Francisca visualizó a su hombre (así lo sentía ya, aunque sólo los labios le había entregado su corazón iba tras ellos), un mozo fornido que exudaba masculinidad por los cuatro costados, deshecho en alcohol y lágrimas. Fue como una visión. No sería una imagen inusual, y menos con el pasar de los años, pues aquel Príncipe de las Letras, el amor de su vida, lo era, sobre todo, por una manera de ser y de sentir el mundo, con cada poro, con una sensibilidad exacerbada. Habrá quien crea incompatible el ser capaz de emocionarse hasta el llanto con la masculinidad, pero nada le resultó más viril a Francisca que la visión de aquel macho al que, aún años después, se le humedecían los ojos con el recuerdo de la pérdida de su esposa.

—«Pocos días después, llegaron noticias detalladas del fallecimiento —continuó—. Se me enviaba un papel escrito con lápiz por ella, en el cual me decía que iba a hacerse operar —había quedado bastante delicada después del nacimiento de nuestro hijo—, y que si moría en la operación, lo único que me suplicaba era que dejase al niño en poder de su madre, mientras ésta viviese. Por otra parte, me escribía mi concuñado, el banquero don Ricardo Trigueros, que él se encargaría gustoso de la educación de mi hijo, y que su mujer sería como una madre para él.»

Rubén, mientras trataba de ocultar sus lágrimas a Francisca, le narró cómo se le partió el corazón al saber de la muerte de su mujer, aquella delicada y talentosa Rafaela Contreras. También con la terrible petición de renunciar a su hijo en favor de su cuñado y parientes.

—«Pasé ocho días sin saber nada de mí, pues en tal emergencia recurrí a las abrumadoras nepentes de las bebidas alcohólicas. Uno de esos días abrí los ojos y me encontré con dos señoras que me asistían; eran mi madre y una hermana mía, a quienes se puede decir que conocía por primera vez, pues mis anteriores recuerdos maternales estaban como borrados.»

Darío cumplió en la tristeza de su viudez las últimas voluntades de su esposa. Renunciaba al maravilloso don de la descendencia, de la primogenitura, que tanto le había hecho sufrir en las relaciones con su propio padre.

Paca lo besó largamente aquella tarde agonizante de Madrid, calmando sus lágrimas. Para sus adentros, tal vez no cultivada en letras pero sí en buenos sentimientos, se juró que ella ayudaría a aquel hombre a recuperar el amor de su hijo, porque no concebía dolor más grande que perder el propio legado de la semilla por las sombras de la culpa...

6

Francisca sabía las heridas que causa la culpa. Ese roedor rabioso que nos han inculcado desde niños con la amenaza del crujir de dientes bíblico y los castigos por nuestros pecados. Ella era dichosa con ese hombre torturado y fascinante venido del otro lado del mar y de nombre Rubén Darío. Tan feliz, tan enamorada estaba que no fue consciente, aunque tampoco le importaba mucho al principio, de que empezaba a ser blanco de las miradas y los comentarios de los otros. Tal vez en otro sitio, en la boyante y tropical Centroamérica de la que provenía Darío, las costumbres fueran más relajadas y permisivas —eso pensaba ella al hilo de lo que le contaba su hombre— pero, en aquella casa donde Paca aún vivía con sus padres y hermanos, las vecinas pregonaban con facilidad las flaquezas morales, o lo que así pareciera, de los otros.

Los padres de Paquita, que era como la llamaban ellos familiarmente, empezaban a incomodarse con los paseos con aquel caballero cuyas intenciones formales no terminaban de explicitarse. Juana y Celestino respondían con evasivas a las preguntas del vecindario, de ojos hambrientos y lenguas afiladas, aunque cada vez con más asiduidad transmitían aquellas dudas y cuestiones a su hija. Paquita les contestaba que estaban en «conversaciones», que estaban «hablando», que era como habitualmente se decía que un hombre galanteaba a una mujer pero aún no se consideraban novios. Para que esto fuese así debía producirse el formalismo de la pedida, o lo que es lo mismo, que el varón pidiese permiso al padre de la chica para salir juntos. Aunque esto ya había sucedido, tácitamente, y Rubén trataba a los padres y hermanos de Francisca, no se había explicitado formalmente el hecho. No había habido intercambio de regalos entre los novios en presencia de los parientes, como estaba mandado según los usos y costumbres morales que la sociedad biempensante marcaba.

Paca estaba en su nube de enamorada y no le daba demasiada importancia salvo cuando veía el ceño fruncido de don Celestino o el mudo reproche de doña Juana, y eso ocurría cada vez con más asiduidad. Sutilmente éstos le interrogaban sobre cuándo haría la pedida Rubén, o si no pensaba hablar con su padre, pero Paca, que sólo deseaba que pasara el día para reunirse con su galán, contestaba siempre con las mismas evasivas:

—Un día de éstos lo organizaremos, padre —le decía casi sin pensar—. Rubén es un hombre muy ocupado y cumplidor, seguro que está en ello pero no ha podido concretar el momento —divagaba Francisca.

—¡Veremos a ver! —murmuraba cada vez más alto su madre, como una advertencia…

Una tarde de ésas, de un final de junio muy ardiente, Francisca y Rubén se refrescaban en aquellos jardines de la

Casa de Campo vedados para todos y que ellos seguían disfrutando por los permisos de ambos. Resultaba no sólo romántico, pues rememoraba los primeros encuentros en los que se conocieron, sino que además le daba todo ese carácter de novela decimonónica de enamorados galantes en jardines palaciegos. Y era discreto. Ninguna de las ociosas miradas o lenguas de vecindona que comenzaban a afilar sus armas venenosas contra los detalles de la relación tenían acceso a aquellas frondas aristocráticas. Sólo las lechuzas, los grillos y las luciérnagas eran testigos de sus conversaciones y galanterías. De sus confidencias y besos.

La noche adensaba sus perfumes con la abrasión estival, trayendo intensas oleadas del olor de las glicinias, que florecían en las pérgolas reales. También la fragancia dulzona de los jazmines y las damas de noche, y el melancólico aroma de las rosaledas abrasadas por el sol que empezaban a desmayarse ante el relente nocturno. Los enamorados andaban recostados el uno en el otro, a orillas del Manzanares, un poco más adelgazado por el calor. Los jardines palatinos de la Casa de Campo incluían gran parte del curso urbano del río, además de aprovechar sus aguas para las fontanas. Rubén le había estado contando cómo había retomado sus amistades literarias en la capital madrileña de la Corte, y cómo los artículos fluían, con la justa y puntual remuneración, asegurando que no siempre era así. Ya le había narrado las muchas fatigas que había pasado en alguna ocasión por el cobro de las colaboraciones periodísticas, pero la gente de *La Nación* de Buenos Aires, el periódico argentino que le había contratado como cronista en Madrid, era seria y cumplidora, según le aseguraba Rubén.

Francisca se estaba refrescando con un paño humedecido en la orilla del río ante el bochorno de esas noches estivales en Madrid en las que el aire se detiene, como si no fuese a volver a correr nunca, con un peso de granito. Se pasó el pañuelo por la nunca y la frente, y también por el cuello y el escote. Las gotas de agua resbalaban por sus mejillas, su nuca, también por su cuello, empapando la camisa blanca bajo el corpiño de la muchacha. La piel se pegaba a la blanca y ligera tela y el calor hacía que la respiración acelerada de Francisca acentuara el ritmo y movimiento de su pecho. Sintió los ojos hambrientos de Rubén antes que verlos, y se ruborizó por la sonrisa de deseo que acentuó la redondez de sus labios y su mandíbula de fiera codiciosa de su carne.

—No me mires así, Rubén, no es apropiado —le dijo ella sin creérselo, pensando en el momento de turbación en las acechantes vecinas.

Él recitó uno de sus poemas y a Francisca le pareció como un sortilegio. Como un filtro de amor en sus oídos:

Si eres tan bella y pura y misteriosa, pasa;
no seas ni el rubí, ni la rosa o la brasa,
porque en tus tentaciones maravillosas puedes
captarme en tus miradas o en tus redes.
Yo no sé qué hay de tu noche estrellada,
y sí qué hay en ti de la mujer amada...

Darío la tomó de la mano y la atrajo hacia sí. Francisca, presa del deseo, de ese calor que sintió el primer día que lo conoció en aquellos mismos jardines reales, no se resistió a su empuje. Secreta e instintivamente había deseado que pasase lo que estaba sucediendo mientras el Príncipe de las Letras susurraba esos versos a su oído, rozando primero con los labios el lóbulo de su oreja y besándola después. Besó y mordió su cuello alternativamente, y después su boca, al tiempo que sus grandes y fuertes manos acariciaron su busto, apretando la cintura de Francisca contra la suya. Nadie le había dicho cómo era aquello del deseo, ni de la intimidad con un hombre, pero la naturaleza es sabia y nos guía, y tiene en el cuerpo la memoria de todos los hombres y las mujeres que nos precedieron... Paca se sentía arder y, a su vez, aquel calor le aliviaba la fiebre del deseo contenido mientras las manos de Darío buscaban bajo sus enaguas, levantándolas, acariciando y apretando la cara interior de los muslos de la joven. Ella se dejaba llevar por la pericia amatoria de él, pero también seguía los íntimos mandatos de su instinto, devolviéndole los besos, las caricias, buscando la piel bajo la ropa y el pantalón de su amante, comprendiendo en las tácitas respuestas de los jadeos, los vellos erizados o los gemidos el camino a seguir. Ese sabio animal sensual que llevamos dentro y que nos enseña el sendero de la especie. Una vereda en la que el placer es puro e inocente, por mucho que se nos trate de inculcar la culpa del pecado, que está más en el deseo de poder que en el de amar o entregarse por los otros y en los otros. Paca aprendió aquella lección de vida esa primera noche de pasión con su Darío. No le importaba qué pudiera pasar después...

La noche de Madrid ardía en la ribera de aquel río y también en los cuerpos desnudos y amantes de aquella pareja. La vigilia entera se consumió en aquel ritual ancestral de entregarse el uno al otro, casi sin descanso. Él enardecido por sus treinta y pocos años, el amor y la pericia de un amante consumado. Ella con sus veinticuatro recién cumplidos, en el descubrimiento del placer que tanto nos enseña del otro como de nosotros mismos. Fue esa noche de junio, en un verano desatado, cuando Paca se entregó por primera vez a su hombre. Ese príncipe de las letras, pero también del placer y del deseo. Ese hombre cuyo cuerpo aprendería a ciegas, en sueños, en la distancia. Un cuerpo y un hombre que sentiría en las sombras y en la luz, a su lado y dentro de sí, incluso en la distancia, incluso cuando ya no estuviese vivo más que en su memoria y en su vivencia más íntima. A él le entregó esa flor que decían que sólo había de entregarse al esposo. Esa virginidad que debía defender como si la entrada en el paraíso le estuviese vedada sin ella. La joven sintió, por el contrario, que el paraíso debía de ser muy parecido a lo que ella sentía estando con aquel hombre. Que no debió de ser muy distinto lo sucedido en aquel jardín real entre Rubén y ella a lo que experimentaron en los campos del Edén nuestros primeros padres. Si Rubén era el pecado, pensó Paca entre caricia y caricia mientras amanecían entre las flores y la orilla del río, uno en brazos del otro, ella encontraría la paz de su paraíso gozoso en el infierno de aquel cuerpo.

Los pájaros más madrugadores avisaron a los amantes de que el día llegaba antes que la luz del alba. Rubén no estaba a su lado, tal y como se habían quedado dormidos. Un leve chapoteo del agua terminó de espabilar a Francisca, que se había quedado adormecida un rato, llena de placer y de ese precioso cansancio que éste procura. Entreabrió los ojos, un tanto deslumbrada por los tenues rayos de sol que se entreveraban con las ramas de los árboles. Entonces vio a Rubén, en medio del río, henchido de alegría y pletórico en su desnudez de esa dicha fugitiva que es el amor.

—¡Qué haces, loco! —le gritó ella, divertida y feliz de verlo tan hermoso y en esplendor mientras cubría su propio cuerpo con la chaqueta de él—. ¡Te pueden ver!

—¡Que nos vean, Francisca! ¡Hoy el mundo es nuestro y amanece el día para nosotros como en el paraíso de Adán y Eva! ¡Ven conmigo, reina del jardín! —le incitaba descarado y risueño.

—¡Estás desvariando, Rubén! —dijo sin poder parar de reír, reflejándose en la felicidad de su amado.

—¡Ven conmigo al agua, Paca! —Y la tomó de la mano, como unas horas antes, y la arrastró hacia el río, donde volvieron a amarse.

Pronto el rubor volvió a las mejillas de Francisca, enrojecidas por el placer, la dicha, pero también por el remordimiento. La realidad sonó como un portazo en su conciencia, de pronto, al hacerse cargo de que no sabía cómo iba a explicarles a sus padres el tiempo que estuvo fuera de casa. Todo iba a parecer lo que era y, aunque no le importaba nada salvo Rubén y la dicha que sentía con él, del que no deseaba separarse, no quería hacer sufrir a sus progenitores. Paca apremió a Rubén a vestirse y despedirse allí mismo. Él trató de retenerla y le dijo que la acompañaba, pero ella prefirió enfrentarse sola a las circunstancias y allí se despidieron entre la culpa y la alegría.

Acordaron que ella hablaría con sus padres primero, para ver con qué ánimos los encontraba, y que Rubén les pediría formalmente su mano. Tal vez se enojarían, pero nada que no pudiesen subsanar, se dijeron. Paca sabía que podía encontrar a su Rubén en la casa de una vieja viuda con hijos que hospedaba a viajeros en su domicilio de la calle Mayor, y él también tenía las señas de ella en la calle Cadarso. Francisca percibió una leve sombra en su hombre al despedirse con un último beso, un morderse los labios después del adiós, en la distancia, como cuando un niño aguanta la reprimenda después de saber que ha hecho alguna trastada. Paca lo achacó al cargo de conciencia y a la responsabilidad que debían asumir frente a los padres de Francisca, y salió del jardín de la Casa de Campo con destino a su casa familiar... Rubén era un niño grande y, en efecto, guardaba algo...

Francisca sentía que desde que estaba con él todo era distinto. El mundo parecía más ancho y todo lo inverosímil posible. Sin embargo, mientras subía por la Cuesta de San Vicente, donde los libreros abrían sus quioscos de libros, a ella le iba pesando más el horizonte de su calle, como si las palabras, cosa que le había dicho en alguna ocasión Rubén, tuviesen vida propia. El nombre de la calle donde vivía, Cadarso, le parecía en efecto lo que significaba en una versión pretérita, «cadalso». Un lugar de ajusticiamiento. Ciertamente habría de darse una sentencia a lo sucedido, aunque nada le hacía pensar que hubiera ofendido a Dios o a los hombres más que en unos mandamientos que dictaban quienes, al menos en votos, optaban por la castidad. La sensación de sentirse, en todos los aspectos, una mujer casi había desaparecido cuando llegó al portal de la casa y vislumbró a las vecinas baldeando con barreños de agua la entrada. Se sonreían malintencionadas, y se daban codazos la una a la otra con una señal de triunfo dibujada en sus amargadas caras. Cuando una de ellas se puso en jarras para impedirle el paso, ya el comentario malicioso asomando en sus labios como los colmillos de una víbora, Francisca oyó la voz de su madre y luego la vio en el balcón:

—¡Paquita, hija, sube a descansar un poco y ahora te relevo yo de casa de la prima Marga para que no esté sola mucho tiempo! —argumentó rápida y al quite, preparada la coartada, pregonándola al vecindario antes de que ésas pudieran someter a su hija al interrogatorio—. ¡Corre, hija, que te tienes que hacer cargo de tus hermanos!

Las vecinas se apartaron de la puerta y Francisca subió los escalones de dos en dos. Cuando llegó al rellano del piso donde vivían, su madre estaba con el rostro demudado. Hizo un gesto imperativo con la cabeza.

—¡Entra, insensata, que no sé si quiero saber dónde has estado y con quién, aunque me lo imagino! —Le hizo señal de que entrase—. ¡Debería dejar que te despedazaran las vecindonas pero también destrozarían el buen nombre de tu padre y de esta familia! ¡Entra, que ya hablaremos! ¡Tengo que salir un rato para que parezca que esa mentira que he tenido que soltar por tu desvergüenza sea verdad! ¡Vivir para ver esto, qué vergüenza, Francisca!…

Francisca se echó a llorar. No porque se arrepintiera de lo que había sucedido entre Rubén y ella, sino porque sentía haberles causado mal a sus padres. Juana salió de la casa sin dar un portazo. No quería levantar la bandada de urracas vecinales contra su hija, pero a veces los reproches más duros son los que no se hacen. Paca comprendió que todos, en alguna ocasión, fallamos, aun sin pretenderlo, a quienes más queremos, y que entre la felicidad y la desgracia había despeñaderos de renuncias…

El día después de la noche más maravillosa en la vida de Francisca Sánchez no fue sencillo en absoluto. Los remordimientos son como una plaga de polillas en un armario. Empiezan por pequeños agujeritos en las prendas y la madera, pero acaban carcomiéndolo todo. Paca se imaginó una y mil veces lo que le diría a su madre. Cómo la convencería de que las intenciones de Rubén hacia ella eran sinceras y honestas, y de que, con suerte, aunque no hubiesen sucedido las cosas como su madre hubiera deseado, serían un matrimonio como todos los demás. No podrían evitar, en medio de la angustia, sonreírse al recordar los besos, las caricias, el placer con el que ella sentía ya a su hombre, aunque no fuera legal y religiosamente su marido. Una vez más, en su corazón, lo establecido le parecía un formalismo inventado por los que detentan el poder para controlar las conciencias ajenas, pero pesaba demasiado su complejo de mujer inculta para dar fuste y entidad a aquellos pensamientos cargados de verdad.

Paca podía haber negado todo lo que su madre se imaginaba, que era exactamente lo que había pasado, pero en su naturaleza no estaba la capacidad de mentirles a los que quería. Cuando llegó, un par de horas después, y tejida la coartada para su hija, que enfadada y todo era lo que más le importaba, las pocas defensas de Francisca se vinieron, una vez más, abajo. Sólo verla, vestida de negro, frente a ella, en silencio, con los brazos cruzados, y aquel rictus de desaprobación en los ojos y en los labios, bastó para que todos los argumentos ideados no valiesen nada.

—¡Bueno, qué, ahora qué hacemos, Francisca! —Su madre sólo la llamaba Francisca, y no Paquita, cuando estaba realmente enfadada con ella. Con aquella contundencia Paca volvió a sentirse una niña sola e indefensa… disminuida incluso en tamaño…

—No lo sé, madre, no lo sé… Lo siento —Aquella disculpa se mojó en llanto, un llanto como una lluvia de tormenta que habría de romper durante muchos días sucesivos en los ojos de la joven mujer enamorada…

Madre e hija acordaron que no le contarían los pormenores a su padre. Juana ya había ejercido de escudo protector toda la noche ante las preguntas lógicas del progenitor por la ausencia de su hija mayor, diciéndole que se había quedado en casa de tal o cual amiga después de ir a la pradera de San Antonio, de donde era difícil volver sin que alguien la llevase en carro. Los tranvías, al principio tirados por mulas, no cubrían más que la zona centro de la capital, la Puerta del Sol, el barrio de Salamanca, y poco más. Los coches de caballos eran muy caros y casi privativos de los grandes señores, que poseían los suyos propios con sus cocheros. Celestino también le había preguntado a Juana por el paradero de la amiga, y las confianzas con la familia, muy poco acostumbrado a aquellas cuestiones, por no decir nada. Su hija siempre había demostrado ser una chica respetuosa, generosa y responsable, y él había confiado su buen hacer y criterio a Juana, sin cuestionarla en absoluto. Pero aquella cancioncilla, esa retahíla de su esposa, le parecía extraña, mucho más cuando su hija nunca había pernoctado fuera de casa, salvo en Navalsauz, en el pueblo, en casa de alguna prima o pariente y muy de niña.

Por la mañana, el padre no se quedó muy conforme con las explicaciones que le dieron y miraba a su hija con curiosidad inquisitiva. El argumento era posible pero, conociendo como conocía a su esposa y a su hija, sabía que algo le ocultaban, y que la razón tenía que ver con el caballero que rondaba a su Paquita. Al fin y al cabo era la primera de sus hijas casaderas y, alertado por los cuchicheos de las vecinas y los comentarios de los otros hombres que trabajaban con él en los jardines de la Casa de Campo, se le había despertado al cabeza de familia un celo por su hija que no había tenido hasta el momento. Los nervios de ésta, su falta de apetito y su palidez, más allá de la alabastrina tersura de su cutis que por naturaleza le había sido otorgada, hacían que la observase más fijamente, lo que aumentaba el sentimiento de culpa de la joven. Allí mismo le hubiese contado todo a su padre, entre otras cosas porque no se arrepentía, salvo por causarles daño, si no fuera porque su madre le había hecho jurar que hasta no solucionarlo ellas no se le diría nada a Celestino. Hombre pacífico y amoroso con su mujer e hijos, no se sabía de qué forma pudiera reaccionar ante la noticia de que su pequeña había entregado su virtud y, con ella, como se pensaba entonces, la honra de la familia.

Por esa razón ese mediodía Juana acompañó a Francisca a llevarle la comida a la Casa de Campo, consciente de que su hija se desmoronaría y le confesaría todo a su padre a la primera pregunta. Aquello no hizo más que aumentar la desazón del progenitor, alentado por el hecho de que no era habitual que su esposa acompañase a la hija con la cesta del almuerzo, pero, prudente y sabio, Celestino sabía que lo que no quisiera saber era mejor no preguntarlo.

7

Madre e hija volvieron por donde habían venido, en silencio todo el camino. Juana, avezada por edad en muros contra habladurías, sabiendo que la decencia o el honor de una familia no residían en la virginidad de nadie, aunque hubiese intentado preservar la de su hija, optó por ser práctica y tratar de que nadie, para empezar Paquita, sufriese por algo que no tenía más importancia que la que quisiera dársele. Por supuesto, eso no se lo dijo a Francisca. Fue dura con ella como era de esperar, pero también estaba preocupada. Era madre antes que otra cosa. Por encima de todo. Paca estaba agotada por la noche de pasión y las tensiones de todo el día. Sentía flaquear sus piernas y su ánimo, aunque sus sentimientos y deseos estaban cada vez más claros: no concebía su vida sin Rubén Darío.

Poco le importaba a ella el personaje, los títulos rimbombantes que le dieran en los periódicos, que además no podía leer, y lo que dijeran de ella o de él. Francisca se había enamorado de aquel hombre. Se había enamorado del hombre: de ese hombre en concreto y no de cualquier otro, con todo su pensamiento, con todo el corazón y, desde luego, con todo su cuerpo. Cada fibra de su ser vibraba con el recuerdo de los besos, de las caricias, de la pujanza de su cuerpo contra el suyo. No se avergonzaba. Únicamente la posibilidad de que sus padres y hermanos quedasen expuestos a la maledicencia de la gente por algo que no les incumbía le hacía sufrir y sentirse responsable. Si de ella y sólo de ella hubiera dependido, sin que afectase a los suyos, se habría ido detrás de aquel hombre ese mismo día. Le sorprendía oír sus propios pensamientos. Esas ideas calenturientas que nunca había sentido. Pero era la verdad. Sentía la necesidad de Rubén. De vivir con él, y de reír, y de entregarse a él. No se había sentido tan viva y tan ella misma hasta entonces.

Paca consiguió convencer a su madre para que la dejase ir al encuentro de Rubén aquella tarde, tal y como habían acordado los amantes, en la casa de aquella viuda que le alquilaba una habitación con escritorio y baño a su amante en la calle Mayor. Aunque ya hubieran consumado su pasión, los enamorados necesitaban alimentar la llama del romance con los encuentros, las palabras, los besos furtivos… Antes se habían visto en el hotel París, y también en una pensión en la calle Alcalá. Algunas caricias galantes le había robado en aquella hospedería de estudiantes y trabajadores liberales mientras crecía el idilio, antes de aquella primera noche de amor total bajo la luna de junio. Juana consintió con la condición de acompañarla. Luego la dejaría a solas con Rubén, para que hablasen de sus cosas y viesen cómo encauzarían la situación sin escándalo ni perjuicio para nadie, mientras ella tomaba un café en la casa con su dueña. Al fin y al cabo, lo que había sucedido ya no tenía remedio, pensó para sí la matriarca, pero debía permanecer vigilante para evitar males mayores si era posible.

A Paca la incomodaba no poder estar en completa intimidad con Rubén pero, dadas las circunstancias, le pareció un trato aceptable el que su madre proponía. A media tarde se presentaron en la casa de huéspedes que regentaba la respetable viuda y, mientras su madre estaba en el salón con la propietaria, Francisca se quedó a solas con su amado Rubén. El cuarto era pequeño pero aseado, con un gran ventanal que daba a la calle principal del centro de Madrid. Allí se situaron el uno frente al otro, enamorados, y seguros de que lo que habían de decidir era importante para el resto de sus vidas.

Darío se había acicalado para la ocasión prometiéndose, con toda seguridad, una confirmación amorosa de la noche anterior con su amada. Los festines de amor tienen eso: el hambre y la sed del otro no se sacian con un solo encuentro. Llevaba un traje nuevo, de verano, con un llamativo forro interior en seda amarilla que destacaba por su vistosidad. Cuando la dueña de la casa le anunció la visita no pudo evitar alegrarse de ver a su joven amante, hasta que vio aparecer detrás la seria figura de su madre. Supo que, aunque ella también lo desease, la intimidad amorosa debería esperar a otro momento. Él encendió un cigarrillo y le ofreció un licor a Francisca. Al quedar solos ella le explicó lo sucedido con cierta angustia pues, aunque sentía que las palabras de aquel varón eran sinceras, le daba miedo plantearse si sólo habría sido un entretenimiento. Por esa razón, y con un tono sereno aunque apenado, Rubén le dijo:

—Quiero que te vengas a vivir conmigo, Francisca. Como mi mujer. —A Paca se le iluminaron los ojos con una enorme alegría, como si aquellas palabras les diesen a sus padres la garantía ante los demás que ella no necesitaba.

—¡Ay, Rubén, qué feliz me haces! —Se abrazó a él al tiempo que le buscaba los labios con los suyos—. Te juro que hubiese sido lo que tú quisieras que fuera, pero mis padres... Podemos casarnos enseguida, sólo con la familia. Yo no necesito nada. Es por ellos... Luego nos vamos a vivir juntos que es lo que más ansío... ¡Vivir contigo! ¡Estar contigo!

—Lo sé, querida, lo sé; pero me temo que no podremos casarnos...

—¿Cómo? No te entiendo, Rubén, pero si has dicho que querías que nos fuésemos a vivir juntos.

Francisca no comprendía nada de aquella situación...

—Verás, conejita, no te lo he contado todo. —Él volvió a poner esa cara de niño castigado que ella atisbó en su rostro mientras se despedían después de hacer el amor—. Yo sigo legalmente casado. Estoy casado con Rosario Murillo...

Francisca se quedó sin voz, sin palabras, y casi sin aliento. Aquella sentencia de los labios del hombre al que amaba la sintió como un disparo en la boca del estómago. No podía creérselo y, sin embargo, tal vez porque se le detuvo el pulso, o porque no era capaz de imaginar que el hombre al que le había entregado su amor, su confianza y su vida le hubiera engañado, se sentó en aquella mesita de trabajo del escritorio de Rubén y escuchó su explicación.

Rubén le cogió las manos a Paca, y las besó, y se le humedecieron los ojos mientras rememoraba lo pasado. Ella, con el corazón roto y llena de dudas, no podía negar la fortaleza de sus sentimientos por él y, además, sabía, sentía más bien, que es la forma más profunda e inmediata del saber, con esa inteligencia natural e instintiva con la que había nacido, que no le mentía. No tenía por qué. Podía haberla despreciado o abandonado después de haber conseguido lo que quería, si era su cuerpo lo que ansiaba. Para qué prolongar una situación incómoda después de alcanzado su fin, si no la amaba realmente como le había dicho desde el principio. Si Francisca no era más que un capricho, ¿por qué proponerle irse a vivir con él y empezar un camino en común? Ni siquiera eso le hubiese quitado a ese hombre de su pensamiento. Es cierto que había sido el primero y el único hombre de su vida. No podía comparar ni quería. Su corazón y su sangre habían elegido por ella y el destino urdió la trama en la que había de tejerse su encuentro y su historia.

Él le fue dando los detalles de su situación con Rosario Murillo y, a medida que avanzaba el relato, el dolor y la decepción volvieron a dibujarle a Paca una mayor dimensión de la herida por la que a veces sentía hablar y respirar a su Darío. Esa otra dimensión de aquel gigante, que se desmoronaba como un castillo de arena ante las olas del mar…

—Dos meses después de morir mi mujer y de renunciar por su deseo a mi hijo, volvió a aparecer Rosario Murillo. —Su voz se envolvió en tristezas como si fueran el humo del cigarro—. Su nombre evoca en mí lo peor del género humano. Lo más ladino y vil de la especie aunque, también, el mayor error de mi vida, que asumo, y me persigue…

Aquel hombre no podía evitar que la narración de esos días rezumase pena y, a la vez, una ira contenida. Le explicó que estaba absolutamente alcoholizado. No podía soportar el dolor de aquella doble pérdida: la de su esposa por enfermedad, y la de su hijo, por el cumplimiento de las voluntades últimas de la difunta madre que no fue capaz de desoír. El refugio fue una vez más el licor y la locura de noches en vela, sin descanso ni medida; de mujeres malhadadas y burdeles, ante la creciente preocupación de los amigos que no sabían qué hacer salvo compadecerse y vigilarlo. Vivía en un estado de semiinconsciencia permanente. Incluso llegaron a contactar, como ya le había explicado Rubén, con su madre y una hermana de su segundo matrimonio que no conocía, y éstas se hicieron cargo de los cuidados de Rubén por un tiempo.

—Si Rosario era hechicera, seductora y caprichosa, su hermano, Andrés Murillo, era ambicioso y no tenía escrúpulos —le dijo con una carga de rencor que no había visto Francisca en aquel hombre noble y cariñoso a pesar de sus debilidades—. Andrés tenía pretensiones políticas e influencias entre los miembros del Gobierno nicaragüense, pero la moral católica de Nicaragua entonces pesaba mucho, como aquí en España, si no más, y la vida alegre de su hermana Rosario rodaba de boca en boca y de mentidero en mentidero…

—No comprendo, Rubén —masculló Francisca en su conmoción.

—Verás, Paquita, Andrés Murillo quería ser ministro, pero la vida disoluta que había llevado su hermana Rosario, entre otros muchos conmigo, de quien se encaprichó por mis éxitos literarios para luego cansarse enseguida, hacía que los terratenientes y sus familias no viesen del todo bien que Andrés y su parentela formasen parte de los dirigentes del país...

En la abulia y la enajenación de alcohol y sufrimiento de Rubén, Andrés Murillo vio la oportunidad de solucionar el último escollo social para su escalada política. Tendería una trampa al escritor que, además de su debilidad por la belleza femenina y sus relaciones pasadas con su hermana, gozaba de prestigio intelectual. Si caía en la trampa de la honra, Rosario era menor de edad, y conseguía casarlos, se acallarían, al menos formalmente, la escandalosa vida de su hermana y los perjuicios que ésta podría causarle a él para formar parte del gobierno de la nación. Rubén Darío era muy respetado socialmente en Nicaragua por sus éxitos literarios, a pesar de su declive personal y sus excesos, y esto daba relumbrón familiar aunque no fuese más que un apaño social. Rubén aseguraba que en muchas ocasiones no sabía, dado su estado alcoholizado, con quién se levantaba o se acostaba. En más de una ocasión apareció tirado en la calle, o en la habitación de una pensión de mala muerte, o en algún prostíbulo al que ni siquiera sabía cómo había llegado ni con quién.

—No me siento orgulloso de aquellos días, Paquita, pero no quiero ocultarte ya más mi parte de responsabilidad —le aseguraba Rubén.

Andrés Murillo sabía todo esto, y convenció a su hermana para volver a mantener relaciones con él, disfrazándola de romance y galantería. Los artistas pueden caer en las trampas de sus propias fantasías y Rubén, en aquel momento, se dejó llevar por la marea de tristeza, borracheras y caricias envenenadas de la bella Garza Morena. Como todo herido de amor, por muy ebrio que estuviese, Rubén estaba necesitado de caricias y consuelo, y hasta que no fue demasiado tarde no advirtió que no era una flor quien se le ofrecía, sino una mantis.

Según le relató Rubén, no era de noche aún sobre el barrio de la Candelaria de Managua, donde él tenía su habitación arrendada, cuando sucedió todo. Andaba enzarzado amorosamente con Rosario Murillo, que había mezclado sus besos con coñac durante todo el día. No sabía cuántas botellas se había bebido, sin comer siquiera, en aquel marzo centroamericano. Como habían planeado Rosario y Andrés, él se presentó en la casa, ofendido por un crimen de honor, dando una patada en la puerta del apartamento que le había indicado su hermana, y con un revólver en la mano que desenfundó contra Darío. Andrés Murillo gritaba en alta voz la deshonra de su familia y el pago de la deuda de honor con el matrimonio o con la vida. Él casi no lo oía entre las falsas súplicas y fingimientos de Rosario, que estaba con él, medio desnuda. Rosario, moneda que rodó de mano en mano por las camas y jardines de medio Managua, aseguró ser virgen hasta acostarse con Rubén, y era menor de edad, lo que garantizaba la cárcel al escritor si no la desposaba, por muy famoso que fuera.

—Creo que hubiese firmado mi pena de muerte si me la hubieran puesto delante —le aseguró con un sarcástico ribete de tristeza—. Y en cierto sentido lo hice… Una condena a muerte lenta…

Andrés ya había quedado con un cura en casa de su cuñado, Francisco Solórzano, y tenía preparados los testigos, los papeles y todo lo necesario, pues poseía influencia y dinero. La premeditación era tal que días antes ya había sobornado a los funcionarios públicos del Registro Civil para que le suministraran las licencias pertinentes. Todavía fue más fácil por el lado eclesiástico, recién enviudado como estaba, y siendo el matrimonio religioso el único reconocible por la ley nicaragüense de aquellos años. Una hora después de la irrupción en la habitación donde el beodo Rubén estaba con Rosario, ya eran marido y mujer, e incluso los encerraron en una estancia de la casa del cuñado cómplice, con llave, para que consumasen, como si no hubiese sido consumado y desechado ya, un matrimonio fallido desde antes de celebrarse.

—Desperté de madrugada como si no hubiese probado una gota de alcohol, Francisca. Una extraña lucidez se apoderó de mí cuando me descubrí en aquella habitación, en el lecho con Rosario, a la que no amaba y con la que me habían casado por un engaño ventajoso para su familia…

Rubén le dijo a Paca que no se quejó siquiera. En aquella pena de matrimonio impuesta creyó expiar, en cierto sentido, haberle sido infiel a su esposa Rafaela. La culpabilidad tiene extraños mecanismos de tortura, de sadomasoquismo casi, y él asumió el ayuntamiento como tal. Al principio cargó con la condena intentando ser un buen esposo aunque no amara a su consorte. Pronto el hermano de Rosario consiguió el nombramiento deseado, y ella jugaba a ser en apariencia la amantísima esposa, aunque no sólo en el lecho del marido. Es verdad que Rubén recibía de su propia medicina, correctivo que quizá hubiera asumido de amarla, pero no pudo soportarlo. Viajaron juntos a Panamá en viaje oficial, designado por el Gobierno, en el que Andrés Murillo ya movía sus hilos e influencias. De vuelta a Managua, Rosario le anunció un embarazo que pudo haber atado aún más en los remordimientos a Rubén, apesadumbrado por su falta de padre, y la cesión de la potestad sobre su propio hijo con Rafaela. El destino quiso aliarse con él, cruelmente, y fue enviado a Buenos Aires, mientras su mujer se quedaba en casa de su hermano por el embarazo. Fue en la capital de Argentina donde supo Rubén que había nacido su hijo, unos meses después. Aseguraban que era una perfecta copia del padre, quizá para congraciarse con aquél, cuya única propiedad era la de su nombre y el talento demostrado que éste arrastraba. Por supuesto que lo reconoció y dio sus apellidos, que se labraron, tristemente, en una lápida blanca de niño en Nicaragua.

Ya sin la responsabilidad paterna de su descendiente, le planteó a Rosario la separación, particular al que se negaron tanto ella como su poderoso hermano, dilatando el asunto. Él se marchó a París, donde conoció a algunos de sus admirados maestros como Verlaine, o Jean Moréas, o al influyente Alejandro Sawa, que se había afincado en la capital francesa. En escalas americanas previas al periplo europeo, concretamente en Nueva York, conoció a José Martí, que lo llamó hijo suyo. Luego volvió intermitentemente a Nicaragua, donde vivió persecuciones y dramáticos números de falsos celos por parte de su legítima esposa según la ley.

—Sé que debo purgar mis muchas faltas, Francisca —le confesó Rubén—. Sé que no siempre he sido recto y que no soy fácil, pero créeme si te digo que te amo y que mis sentimientos por ti son sinceros.

—Yo te creo, Rubén —le respondió Francisca, en la desolación de asumir aquella circunstancia del hombre que amaba—. Pero ¿cómo voy a explicarles esto a mis padres? ¿Cómo voy a soportar el daño y el sufrimiento que voy a causarles?

—Yo te ayudaré, Paquita —le aseguró Rubén—. Sé que no será fácil al principio, pero entenderán que te quiero, y yo sabré merecerte y ellos lo comprobarán. Si es necesario iré a Roma a pedir al Papa que anule mi matrimonio. ¡Te lo juro, Francisca! Acepta vivir conmigo como mi esposa de hecho, que ya eres, porque no te fallaré...

Ella no sabía si estar dichosa o desolada, quizá un poco de las dos cosas. Hizo un gesto con la cabeza en señal afirmativa, aguantando para no llorar. No quería, como ya sucediera en otra ocasión, que aquel hombre pensara que era una mujer débil o fingidora de fragilidades, pues se sabía fuerte y lo demostraría toda su vida como llevaba haciendo desde antes de tener uso de razón. Sin embargo, la sonrisa y las lágrimas se le escapaban a un tiempo, mezcladas con los besos apasionados hurtados por Rubén, de rodillas ante ella, apretando sus manos contra las suyas. En una sala cercana, carraspeaban de vez en cuando su madre y la casera de la pensión madrileña, como aviso de que estaban vigilantes. Lágrimas y risas se mezclaron en aquellos días más veces, sin remedio...

8

Francisca se fue a vivir con Rubén como él le había pedido. Qué podía hacer dadas las circunstancias... La más evidente es que estaba loca de amor por aquel hombre. Después del flechazo en los jardines del Palacio Real y el descubrimiento de una pasión que era más fuerte que ella, no cabía otra posibilidad que seguir el dictado de sus latidos, aunque su cabeza le pidiera más sensatez. Esa lección también la aprendió pronto: más fuerte que las leyes de los hombres y de Dios es la de la conciencia de uno. No hay juez más implacable ni difícil de acallar y sus dictámenes, habitualmente, no son sencillos de seguir.

Lo más terrible fue separarse de sus hermanos y progenitores. Siempre quiso hacer las cosas como se suponía que debían hacerse, aunque pronto descubrió que uno propone y el destino dispone. Tampoco los santos construyeron sus milagros, la mayoría de las veces, sino con los renglones torcidos de Dios... Esa complicada forma de acomodar los buenos deseos e intenciones de uno a las circunstancias sobrevenidas que no siempre son las más fáciles ni pueden elegirse.

Ni que decir tiene que aquello supuso una ruptura con sus padres y hermanos, que la vieron marcharse, triste, con una pequeña maleta de cartón y lo más mínimo de sus enseres y ropa. Juana hizo de intermediaria con Celestino. Aunque estaba tan enfadada como él, no quería que hiciera algo irremediable, caldeado por los comentarios malvados de los rudos compañeros de trabajo o la exigencia de la mal entendida afrenta de honor. Con los ojos bajos, con una mezcla de ira, tristeza y preocupación, su padre se dio la vuelta porque no quiso mirar a su hija a la cara, y Paca se marchó con nocturnidad y pena ahogada.

Juana tejió toda una red de evasivas, pretextos e historias, medias verdades o mentiras enteras, no aclarando si su hija se había desposado o no con aquel caballero americano, intentando sobrevivir al reptilario en que podía convertirse un patio de vecinas. A su manera, ella seguía protegiendo el buen nombre y la reputación de su hija y de su familia.

En la esquina de la calle Cadarso la esperaba Rubén, que tomó la maleta de su enamorada, y la llevó del brazo, entre mimos y palabras de consuelo, al que sería su nuevo hogar.

—¡Ya verás como todo acaba arreglándose, conejita! —le aseguraba cariñoso Rubén, consciente de que estaba asustada y pesarosa.

Darío había alquilado un pequeño piso en el número 29 de la calle Marqués de Santa Ana. No lejos, curiosamente, de donde había estado viviendo hasta el momento Francisca con su familia, pasado el abandonado cuartel de San Gil, un poco más allá de la fuente de Leganitos y la plaza de

San Marcial. Francisca sintió que aquella puerta que cerró su madre tras su espalda era la infancia y la adolescencia, que se sellaban despidiéndose para siempre. Por el contrario, ese otro dintel que cruzó con Rubén Darío era la puerta de su plenitud como mujer. La toma de posesión de su destino y de su vida con el legítimo derecho a equivocarse y a tirarla por la borda. Pasado y futuro, tristeza por lo que se alejaba y dicha por lo que estaba por venir. La vida es eso. Paca estaba tomando conciencia de todo ello a una velocidad vertiginosa, como una tormenta de verano que de pronto enciende el cielo y nos empapa sin poder remediarlo. Darío se bebió su llanto aquella primera noche de tormenta de estío en la casa, juntos. Se amaron con vehemencia y desconsuelo, más que como marido y esposa: como un hombre y una mujer enamorados, por encima de convenciones y amenazas de condenación eterna.

Francisca supo enseguida que Rubén no era convencional en ninguno de los aspectos de su vida, mucho menos en los más íntimos o cotidianos. A pesar de la tristeza de tener vedadas las relaciones familiares, estaba demasiado reciente el rompimiento con sus padres, se propuso encarar su nueva vida con fortaleza y resolución. Quería hacer feliz a su compañero y, para eso, le preguntaba por sus costumbres, sus gustos, y estaba solícita siempre a satisfacerlos, dentro y fuera de la alcoba. Probablemente habrá quien pensara que aquello era un gesto de sumisión propio de su baja extracción social e incultura, pero, en aquellos años del agonizante siglo diecinueve, la mayoría de las mujeres, fuese cual fuese su origen o educación, no distaban mucho de aquellos usos de Francisca. Los destinos naturales de las hembras eran el matrimonio, los votos religiosos como monja, o la paupérrima y peligrosa vida de la prostitución. No había más. A decir verdad, Paca fue realmente valiente al dejarse llevar por sus sentimientos e irse a vivir, en la intemperie legal y social, con el hombre al que amaba. A pesar de la fragilidad que muchos le achacaban, aquella mujer joven, alta, hermosa y que empezaba a vivir, demostró una fortaleza y un tesón que le permitió enfrentarse a todas las adversidades que el destino quiso envidarle y que ella no rehusó afrontar nunca.

Rubén había comprado con premura lo más indispensable del mobiliario para acomodar la casa. De esta forma, cuando llegó Paca, ya el piso tenía el dormitorio, la cocina y el pequeño despacho de trabajo. Lo demás lo fueron solucionando sobre la marcha, juntos, y ella, habituada a sacar el trabajo de la casa familiar y a cocinar para sus hermanos, sólo tuvo que habituarse a los particulares horarios de su hombre y a sus gustos culinarios, que estaba encantada de satisfacer. Al principio él la acompañaba para decirle lo que le gustaba comer, o beber, y ella aprendió a tener siempre en casa el coñac Martell, que Rubén prefería, o la cerveza negra inglesa con la que le gustaba almorzar. Solía tener siempre en la cocina el vino Mariani que se compraba en botica y que era un tinto con cierto toque de regaliz que a él le gustaba tomar cuando tenía un poco de acidez o para entonar la voz si debía dar un recital. Le descubrió los ultramarinos del centro de la capital donde podía comprar los frijoles y el arroz típico centroamericano, que aprendió a cocinar como si fuera criolla. Había ya varios locales que traían la materia prima de las Américas porque, aunque se hubieran perdido las últimas colonias, muchos indianos o gente nacida allí y regresada a España echaban de menos los sabores y platos que en el nuevo continente se cocinaban. No era difícil encontrar entre los compradores de aquellas tiendas a los parientes o al servicio de los cuerpos diplomáticos de las naciones americanas, algunas de las cuales, como Argentina o Chile, eran ya importantes países con fuerte pujanza económica. La prueba más evidente era que el propio Rubén (y ahora también Francisca) vivía, y parecía que no muy mal, de las crónicas periodísticas que enviaba por el encargo del periódico *La Nación* de Buenos Aires.

También él se interesaba por las comidas tradicionales castellanas de Paca y su familia, y disfrutaba enormemente de unas chuletas adobadas que ella misma aliñaba, de los embutidos típicos de Ávila, o de las sopas de ajo que le encantaban cuando el otoño o el invierno afilaban sus fríos. Ella le hacía compotas de manzana, o flanes, o dulces caseros, que él celebraba como un niño el día de su cumpleaños. Incluso aprendió a hacer sopa de tortuga, típico de su tierra, que era lo único que le calmaba el estómago a Rubén cuando sufría problemas gástricos, cosa habitual después de alguna resaca importante. Ni qué decir tiene la fatiga que pasaba la pobre mujer con aquellos quelonios vivos, pues no era fácil encontrarlos ya muertos y despiezados en los mercados de Madrid. La primera vez los miró casi suplicándoles perdón, aunque tampoco los pollos o los terneros llegaban despiezados a los puestos de las plazas de abastos. Acabó siendo toda una experta, y siempre tenía hecha y guardada sopa de tortuga, que le calentaba al baño María con su yuca, su coco, su plátano verde y perejil, y su zumo de limón recién exprimido.

No era hombre de comer mucho, sí de beber, pero disfrutaba probando sabores distintos, como el sibarita que era en lo literal y en lo intelectual. Francisca, su mujer de hecho, supo pronto que además de cocinar bien, cosa que formaba parte de sus muchos dones y aprendizajes desde niña, a él le gustaba que se lo adornara, que le sorprendiera, que le reinventara los platos o le hiciese alguno que no hubiese probado nunca. Descubrió que el niño que era, y que le hacía ser un extraordinario amante y un compañero con el que no aburrirse nunca, pervivía a causa de las carencias de la niñez, pasada sin las figuras familiares que añoraba y necesitaba tener a pesar de sus locuras existenciales y sus excesos.

Ella sentía que las palabras que él le dedicaba no eran gratuitas y que, junto con el amor y la pasión, Rubén había encontrado en ella ese hogar que había deseado desde niño. Supo con el paso de los días que cuidaría de ella, como le había prometido la tarde en la que fue a buscarlo con su madre a la hospedería de la calle Mayor, aunque a veces fuera de una forma muy particular e incomprensible. No tardó en dejar el dinero, las cuentas de ultramarinos y la organización de la casa en las trabajadoras y pragmáticas manos de su compañera. No le regateaba nunca, hubiese lo que hubiera, mucho o poco, porque sabía que los céntimos en las manos de Francisca eran como los talentos de la parábola bíblica, se multiplicaban.

Así, con una enorme naturalidad, como si se conocieran de toda la vida, se empezó a construir una intimidad, una vida en común, insólita para unas personas que se habían encontrado hacía sólo un mes y medio. Ella respetaba escrupulosamente sus horarios y compromisos, fue conociendo amistades y ejerciendo de anfitriona en casa o fuera de ella, acompañándolo a menudo al teatro o a los cafés. Otras veces se quedaba en casa cuando su hombre departía en las tertulias, o en las redacciones de algún periódico o revista con el que colaboraba en la capital, además de sus crónicas fijas en el diario argentino. Él le ponía deberes por las tardes, mientras leía la prensa o algún libro, y le enseñó a identificar las letras, por primera vez. Le caligrafiaba letras en unas cuartillas y Paca se desesperaba, pero se empeñaba también en repetirlas. Con gran esfuerzo, comenzó a identificar aquellas letras que eran materia de trabajo de su Rubén, y con las que la había enamorado perdida y ardientemente. Pronto se manifestó su interés en aprender, y era rápida aunque no había tenido oportunidad por sus vicisitudes personales.

Paca ordenaba el escritorio de su Rubén con minucioso primor, como si fuera el altar de la iglesia. Alineaba sus holandesas, le dejaba el maravilloso tintero de cristal tallado reluciente, y en su sitio la pluma de oro que usaba Rubén y que, en cuanto pudo, mandó grabar con sus iniciales. Él la sorprendía limpiando sus libros, y ojeándolos con un enorme cuidado y respeto, aunque no era capaz aún de leer, sólo de reconocer letras, y se sonreía. Estaba dichoso de ser una suerte de Pigmalión de aquella escultura viviente que había colocado como centro de su vida personal y afectiva. Quizá Rubén modeló su ser y la perfiló como el escultor del mito, creando a su perfecta Galatea, pero ella era, por amor y naturaleza, su descanso. Fue su más fiel admiradora incluso sin entender toda la dimensión de su grandeza, su íntima colaboradora, y amante cómplice. Ella se convirtió en su casa. En su hogar. Y él la amaba y se lo demostraba cada día de una forma tierna y apasionada.

Rubén tenía extremos de humor, como si fuese dos personas a un tiempo. A veces más de dos, aunque la mayoría de nosotros somos un compendio de nuestras muchas voces y voluntades, de nuestros deseos encontrados. En ocasiones era el alma de la fiesta, e invitaba a amigos a casa, con la consiguiente trabajera de preparatorios de comida que gustosamente hacía Paca. Otras veces se encerraba en sí mismo y no quería saber nada del mundo. Entonces ella se convertía no sólo en compañera y cuidadora amante, sino también en guardiana que había de ahuyentar a los que venían a buscarlo a diario a la casa, con pretextos peregrinos. En no pocas ocasiones debió de resultar incluso antipática para los que asiduamente los trataban, pues Rubén se ponía huraño y esquivo con todos cuando estaba cansado por la falta de sueño y el mucho trabajo y era ella quien tenía que dar la cara y los pretextos. Esto último ocurría cuando estaba escribiendo con cierta intensidad o cuando, cerca de la fecha límite para enviar las crónicas, no encontraba un tema que le interesase y que, honestamente, pensara que tuviese la relevancia que su prestigio, y el dinero que le pagaban, merecían. Él sabía quién era y lo que valía, de eso no cabía duda, aunque muchas veces el mundo se negara a dárselo. Se ponía de mal humor si no conseguía el resultado que se había propuesto y entonces era como un niño pequeño encerrado en la buena planta del hombretón que era, enfurruñado y quisquilloso por cualquier minucia. Paca aprendió a conocerlo sin hablar casi con él. Sabía qué le sucedía sólo con sus gestos, su humor, o su atuendo. Casi antes de que el propio Darío fuera consciente de con qué pie iba a levantarse ya sabía ella cuál iba a poner primero en el suelo. Ese es el gran aprendizaje del otro. Una ciencia cotidiana de lo humano. Quizá el amor también sea eso: un conocimiento y un respeto por el otro en las cosas más insignificantes. Incluso en las que no nos gustan.

A Rubén le gustaba escribir por las noches. En los períodos álgidos de creatividad se levantaba a horas intempestivas, como poseído por un espíritu ignoto, y se ponía a emborronar el papel sin descanso. Ella se levantaba también aun cuando Rubén le pedía que se quedase en la cama descansando. Sin embargo Francisca lo desoía. Le servía su taza de sopa de tortuga, le exprimía un limón como a él le gustaba, y lo acompañaba, sentada a su lado, quieta como un ratoncito, o como un ángel guardián, silencioso y lleno de cuidado. Era un trabajador incansable y a ella le gustaba ver cómo deslizaba veloz aquella pluma con punta de oro en las blancas holandesas, como quien tatuara vida en la piel de un marinero. A veces él leía en voz alta los textos que escribía, sobre todo si eran versos, como si necesitara comprobar la cadencia o la música de aquellas palabras que ella se bebía. Otras permanecía ensimismado frente a las cuartillas, emborronándolas, o con el ceño fruncido como si no encontrara las palabras exactas que dieran forma a sus pensamientos.

Podía permanecer varios días con sus pijamas de seda natural, en casa, sin salir, descansando durante el día de la vigilia escribiendo, y entonces Paca era como un gato que no hiciese ruido, con esa especie de mullido caminar felino por entre las salas. Arreglaba la casa sin que tintinease una copa ni una taza. Salía a hacer la compra y los recados como si pudiera atravesar las paredes o levitar. Todo para no romper el descanso de su amado guerrero, que, al despertar, entreabría los ojos y la encontraba siempre, a lo que respondía regalándole una luminosa y resplandeciente sonrisa. Él no abusaba en aquellas jornadas del alcohol, como le había confesado a la propia Paca de otros períodos de su vida, y se serenó con la paz apasionada del amor. Francisca conoció esa dicha de las pequeñas cosas. La felicidad de compartir lo que se tenía, las horas, las comidas, la costumbre, los recuerdos y los sueños, el tiempo del otro en esa cotidianeidad insustancial y tan verdadera de una pareja.

Rubén era un analista político perspicaz, cosa habitual en los poetas que trabajan con las emociones, pues percibía no sólo los actos, sino la sensible e inapreciable intención con la que los actos y las palabras se ejecutaban. Tal vez por esa razón concreta muchos poetas y escritores en general eran codiciados como articulistas políticos en los más importantes diarios. Una vez, Rubén había recibido algunas palabras gruesas de los embajadores estadounidenses en una recepción. Estaban molestos con la toma de postura de Rubén Darío contra ellos y a favor de España en el conflicto de la guerra hispanoamericana. Parece ser que le afearon en público un artículo suyo cuando la pérdida de Cuba, unos meses antes de conocer a Paca, y que se lo llevaron para echárselo en cara delante de otras legaciones en un acto público. Él lo conservaba en su mesa de trabajo. Un día cogió aquel recorte de prensa y llegó a leérselo orgulloso a su compañera, como si la afrenta de los estadounidenses fuese una medalla que llevaba gustoso:

—«No, no puedo, no quiero estar de parte de esos búfalos de dientes de plata. —Ella le escuchaba orgullosa con ese amor y esa fascinación por la voz cantarina de su príncipe—. Son enemigos míos, son los aborrecedores de la sangre latina, son los bárbaros. Así se estremece hoy todo noble corazón, así protesta todo digno hombre que algo conserve de la leche de la Loba».

Paca aprendía con esfuerzo no sólo a leer y a escribir sino que, además, tomaba consciencia de que no estamos solos en el mundo y que hay que tomar partido por las cosas que nos parecen justas. Tomar partido suele tener un precio; su amado ya le había explicado que había tenido que huir de su país por enfrentarse al hermano de su mujer sobre el papel, Andrés Murillo, o antes al golpista Ezeta. Podría parecer que un poeta se ocupa sólo de las cosas sutiles pero, en el caso de Darío, todo le despertaba curiosidad, y por su interés y afán se afanaba e interesaba con atención su Francisca, que aprendía en silencio a pasos agigantados, y crecía en belleza y conocimiento. Por amor y por justicia ella comenzó a entender que había que estar con los que más lo necesitaban, siempre, defendiendo lo que era decente. Su propia historia era un ejemplo de que no todos los seres humanos juegan con las mismas reglas, a tenor del lugar, la familia o las circunstancias en que nacen, aunque el azar, como en su caso, siempre es un factor a tener en cuenta.

Rubén se consideraba «ciudadano del mundo», pero se enorgullecía de tener muchas patrias: por encima de todas la del idioma. Analizaba con agudeza el hecho del expansionismo del área de influencia de los estadounidenses, a raíz de la guerra contra España y la pérdida de las últimas colonias, y se divertía argumentando que, con el tiempo, el peso de una cultura y un idioma como el español podría dar la vuelta a la tortilla y acabar siendo el gigante del norte, el cazador cazado. Por escrito, en público y en privado, hablaba de la «patria latina», como en una ocasión, en una de las tertulias del Ateneo de Madrid con lo más granado de la cultura y la política de la capital, en la que dijo:

—«Como escritores, nuestra "Gran Patria" es "La belleza de nuestra lengua", pero hay otras patrias dentro y fuera de nuestro ser. En mi caso Nicaragua, "mi patria original", Chile "segunda patria mía", Argentina "mi patria espiritual", España "la Patria madre", y Francia "la Patria universal", aunque quede fuera de los márgenes del español en el que respiro.»

Lo jaleaba en aquella tertulia un joven político de veintitantos años, un tal Ramiro, Ramiro de Maeztu, por el que Rubén sentía verdadera simpatía intelectual. Se movía mucho con otro escritor de fuste, un tal Azorín, que había sido expulsado de su periódico por ser demasiado combativo en sus artículos. Al calor de aquellos jóvenes escritores Rubén se pronunció de la siguiente manera:

—«No está, por cierto, España para literaturas, amputada, doliente, vencida; pero los políticos del día parece que para nada se diesen cuenta del menoscabo sufrido, y agotan sus energías en chicanas interiores, en batallas de grupos aislados, en asuntos parciales de partidos, sin preocuparse de la suerte común, sin buscar el remedio del daño general, de las heridas en carne de la nación. No se sabe lo que puede venir.»

Estaba muy candente el tema de la regencia, la minoría de edad del rey Alfonso, las pretensiones de los carlistas al trono con su propio candidato exiliado en Venecia, los movimientos de algunos políticos catalanes que negociaban posibles anexiones a Francia o incluso una declaración de independencia, con la impagable ayuda de reaccionarios como el populista y anticatalán Alejandro Lerroux. Las diferentes crisis, como la que acarreó la pérdida de las últimas colonias españolas de ultramar, trajeron consigo un sentimiento de pesantez y pesimismo en el que excrecencias ideológicas de todo tipo se necesitaban, y con ellas sus representantes, para alentar el fuego de identidades confusas. Rubén se sentía partícipe de identidades abarcadoras, universalistas y amplias, y rehuía de los vocingleros y reduccionistas, ya fueran de lo más ranciamente español, indigenista o cantonal.

Francisca anotaba en su mente aquellas enseñanzas que, sin pretender serlo, le sirvieron para el resto de sus días, incluso ya sin Rubén, con el trasiego de su deambular por el mundo y la historia…

9

Todos los amigos, la mayoría más jóvenes y algunos mayores que él o de su edad, llamaban a Rubén maestro. Paca se acostumbró a oír aquel apelativo que, en su caso, era más literal pues, a trancas y barrancas, estaba enseñándole a leer y a escribir. Ella a veces se ofuscaba al no ser capaz de avanzar con la rapidez que quería, pero él era paciente en esto y le compraba unos cuadernos con tapas de hule negro, en los que le seguía poniendo ejercicios de caligrafía.

Era ya pleno verano en Madrid. Un verano ardiente e inclemente en el que se hacía difícil soportar los rigores del sol. Rubén dirigía una tertulia en el café Madrid, con el dramaturgo Jacinto Benavente, que gozaba de éxito en los teatros de la capital. Fue en esa tertulia donde había conocido a Valle-Inclán, el caballero enjuto de barba y espejuelos que le acompañaba en la Casa de Campo la primera vez que se vieron Francisca y él. Luego muchas veces fue a cenar o a comer a la casa de Rubén y Paca y, otras tantas, fueron juntos los tres a la Puerta del Sol, al Nuevo Café de la Montaña, en la planta baja del céntrico hotel París, donde se alojó Rubén en su primera estancia en Madrid, según le contó. Era el último lugar de moda donde tanto los más jóvenes como veteranos escritores, bajo el auspicio del periodista Manuel Bueno, se reunían a debatir, con presencias internacionales como Verlaine o Victor Hugo, en alguna ocasión puntual, o glorias nacionales como Alejandro Sawa o Carmen de Burgos. Resultaba fresco en días tan calurosos como aquellos de julio. Hasta tal punto que Rubén lo apodó el Café de la Pulmonía. Tenía dieciséis puertas que daban a la calle Alcalá y a la carrera de San Jerónimo, con lo cual había corriente y era perfecto para esa estación del año, aunque podía uno constiparse por esas corrientes de aire incluso en pleno verano. Allí conoció a Manuel Machado, un poeta sevillano, muy simpático, que admiraba mucho a Rubén y que compartía su afición por el vino y la belleza de las mujeres. Bastante más joven que él, también lo llamaba maestro, constantemente, y lo consultaba como a un confesor, «un oráculo» decía él, cosa que hacían la mayoría de los aspirantes a poeta y escritores de la ciudad.

En uno de los encuentros, Manuel Machado tuvo un detalle con Francisca: le regaló un bellísimo mantón de Manila bordado en sedas con grandes flores, que ella lució muchas veces como homenaje al poeta. Machado estaba preparando su primer libro de poemas y no sabía cómo agradecer los consejos del nicaragüense, ni las atenciones de Francisca. A Rubén le gustaba verla con aquella prenda tan española y, además, le adulaba que los jóvenes escritores mirasen con galantería y fascinación a la mujer con la que compartía su vida. No sería el único. Paca lucía en el esplendor de su juventud, con aquellos bellísimos veinticuatro años. No necesitaba demasiado adorno, pues su piel de alabastro y sus grandes ojos, su pelo castaño y su figura la convertían en una real hembra a la que el amor confería un perfume de seducción irresistible. A él le gustaba lucirla de su brazo, orgulloso, en su palco del Teatro Lara, o en los cafés y fiestas de las embajadas. La había llevado a las modistas de moda, que él mismo frecuentaba para hacerse sus trajes, para regalarle varios vestidos de sedas alegres, al gusto francés que se imponía, con tocados de plumas o grandes sombreros. Ella no estaba acostumbrada a esos lujos y, sin embargo, lucía las prendas como si toda la vida hubiese frecuentado los grandes salones intelectuales o aristocráticos de la ciudad. Algún banquero comenzó a suspirar por ella, e incluso el marqués de Borja, mayordomo del Palacio Real, que no la miraba siquiera cuando antes la veía pasar por la Casa de Campo, la observaba ahora con ojos libidinosos o insinuaba algún requiebro galante. Rubén se reía de aquellos galanteos, feliz de ser el rey del corazón de su princesa Paca.

Por supuesto, en la cotidianeidad de la pareja también hubo algún contratiempo. A la sofocante subida de la temperatura parecía que Rubén reaccionaba con mayores deseos de gozar de su Francisca. Ella se entregaba, dichosa y en el apogeo de su propia juventud y en la plenitud de aquel amor que no sólo era profundamente sentido, sino también carnal y físico. Llevaba varios días, sin embargo, notándose extraña. Estaba como distraída, somnolienta a todas horas y, además, le costaba más de lo habitual concentrarse en los ejercicios de caligrafía que le ponía su amante.

Habían convidado a almorzar a un buen amigo de Rubén, al periodista Antonio Palomero. Era casi la hora, y su Darío fue a buscarlo mientras ella le daba los últimos toques a la mesa y al almuerzo. El reportero se pirraba por la comida típicamente americana, con lo que Paca tenía ya casi hechos el arroz y los frijoles, y había puesto a calentar el aceite para freír los plátanos y hacer los huevos. Ese día estaba especialmente ausente y, cuando iba a echar los plátanos al fuego, oyó por el balcón el sonido de unas bandurrias y unas canciones típicamente aragonesas. En la calle, un grupo típico maño tocaba unas jotas. Se quedó como absorta escuchando a los baturros cantar aquellas cancioncillas populares que tanto le gustaban a su padre, y se le saltaron las lágrimas al recordarlo. No supo cuánto tiempo estuvo ausente, en el balcón, emocionada, hasta que oyó la voz de Rubén, que había llegado con Palomero, y le gritaba:

—¡Paquita, los fréjoles!

Percibió entonces el olor a quemado de aceite en el fuego y el intenso humo, junto con la cara de circunstancias del invitado y de su Darío...

A pesar de la inexperiencia conyugal, y del estropicio de la cocina, que casi sale ardiendo, Francisca, resolutiva y rápida de reflejos, solucionó la comida pronto, cambiando parte del menú chamuscado por las chuletas adobadas que tanto le gustaban a Rubén y una melcocha de manzana en puré, con canela, que hizo las delicias de los comensales.

Francisca estaba especialmente sensible, no sabía muy bien por qué, y durante unos días pasó muchas horas sola. Rubén era requerido a veces a gabinetes privados de embajadas, en reuniones muy discretas en las que no debía llevar acompañante. Esos días a Paquita le venía a la memoria el vivo y ruidoso ambiente de la casa de sus padres, y sus hermanos, sobre todo la pequeña María, que tan pegada estaba a sus faldas, y se entristecía. Menos mal que había hecho buenas migas con un par de mujeres, muy jóvenes y recién casadas, que vivían desde hacía poco en el mismo edificio que ella. Casi se habían mudado en el edificio a la par. Una era la esposa de un periodista, y la otra de un empleado de banca. Eran muy simpáticas, de su misma edad, y principiantes también en las cosas de la vida en pareja, con lo que se ayudaban como buenas vecinas y cómplices amigas en las cuestiones que iban sucediéndose en el día a día.

Una de aquellas tardes Rubén debía salir a una tertulia política con unos amigos a El Gato Negro, donde iban a cenar todos, y no era bien visto que fuesen sus mujeres. Ella se resignó, sensiblona como estaba, a quedarse sola una tarde más en el piso, pero nada más había salido su hombre, la portera llamó a la casa. Era también joven, aunque unos diez años mayor que ella, y muy amable; nada que ver con aquellas otras lenguaraces y malintencionadas de la casa de vecinos de sus padres, siempre buscando cotilleos frescos y a quien despellejar. Le dijo que le habían regalado unas entradas para ir a ver una comedia musical. *El patio andaluz*, se llamaba, en el Teatro Lara, adaptación de la obra de Salvador Rueda, que también los frecuentaba, donde se cantaba y se bailaba mucho, y que si quería ir con ella y su hija para no desperdiciar la entrada que le sobraba. Francisca dudó, pues no había ido a nada sin su Rubén, pero fue tal la insistencia de la portera, y sabiendo que él no volvería hasta bien entrada la madrugada, que acabó decidiéndose. Estuvo a punto de pasar por El Gato Negro para decírselo, pero creyó que sería más embarazoso presentarse sin avisar, no siendo costumbre que en aquellos encuentros estuviesen las mujeres de los contertulios. Así que, con las mismas, se echó por los hombros el mantón que le había regalado Manuel Machado y se fue con sus vecinas al teatro. El Lara, al que llamaban la Bombonera de San Pablo, llevaba muy pocos años en pie, pero ya tenía mucho éxito por dar cabida a estrenos de autores importantes y, a la vez, por ser uno de los templos del «género chico», que tenía mucha entrada de público por lo musical. Estaba prácticamente al lado del piso de Paquita, así que tampoco tenía que ir muy lejos ni tardaría al volver. Disfrutó mucho de las canciones y los cuadros, de inspiración popular andaluza, y regresó muy risueña del brazo de su amiga y con su hija cuando ya había caído la noche sobre la ciudad. De pronto vio, a lo lejos, cuando llegaban al portal de la casa, la figura de su caballero, con gesto demudado; al verla aparecer, los rasgos de su cara se congestionaron y esbozaron un enfado evidente.

—Pero ¿dónde te habías metido, mujer? —la interrogó visiblemente enojado, pues era un hombre volcánico en todas sus pasiones—. No sabía dónde estabas y llevo más de una hora buscándote sin saber nada de ti.

—¡Es culpa mía, don Rubén! —intercedió la portera antes de que Francisca pudiese reaccionar—. Yo lié a su mujer para que se viñera conmigo al teatro.

—¿Al teatro? ¿Y no me dices nada? ¿Sabes el susto que me he llevado al volver antes y no saber dónde te habías metido? ¿Y si te había sucedido algo? —En su voz y en sus aspavientos se mezclaban la preocupación y el disgusto.

—Lo siento, Rubén, pensé que tardarías en llegar y no quería estar sola, así que…

El enfado de Rubén cesó de pronto porque dos lagrimones cayeron de la cara de Francisca, y él comprendió que se había excedido. Ya arriba, y solos, se disculpó con ella, que no tenía consuelo. Se sentía como cuando su padre la regañaba por algo propio de los críos, cosa que había sucedido muy pocas veces porque era extraordinariamente responsable desde niña. Él le explicó que debido a las inclemencias del calor, incluso ya con el caer de la tarde, la mayoría de los contertulios no aparecieron, algunos excusándose con pretextos peregrinos, otros dando la callada por respuesta, y él pensó que resultaba perfecto para ir a buscarla y cenar juntos en alguna venta o mirador de la pradera de San Antonio. Al volver y encontrar la casa apagada y en silencio, vacía, se asustó, pensó que le había pasado algo o, incluso, que entristecida como estaba por la falta de sus padres y hermanos había hecho alguna locura.

—Por un momento pensé que te había perdido, Paquita. —Era él el que se emocionaba ahora al decirlo—. Y no pude soportar la idea…

—Pero ¿adónde iba a ir yo sin ti, Rubén?

Él la besó con una larga y apasionada ternura, mientras por la ventana brillaban los relámpagos electrizados de una tormenta que rompía el bochorno de todo el día. Fue casi como revivir aquella primera noche de verano, cuando ella llegó con nocturnidad al piso que convirtieron en hogar. Así, con las ventanas abiertas, mientras se desgajaba el cielo de agua, se amaron con la misma y renovada locura en cada rincón de la casa…

10

Paca y Rubén estaban en casa cuando les llegó la preocupante noticia. Todo Madrid estaba preparándose, sobre todo en el barrio de La Latina, por la verbena de la popular Virgen de la Paloma. Todavía faltaban unos días para su festividad cuando el periodista Antonio Palomero apareció por el domicilio de la pareja con noticias serias.

—¿Qué sucede, don Antonio? —preguntó Francisca con confianza, pues era uno de los primeros amigos de Rubén que había conocido y asiduo de las tertulias.

—Una desgracia muy grande, querida, que vengo a contaros —respondió casi sin resuello mientras Rubén salía del cuarto de baño al oír la voz preocupada de su colega.

Paca le ofreció a su Rubén un vaso de limonada casera que hacía ella misma, con hielo picado que conservaban en las neveras de palacio y que le habían regalado a Darío, y éste lo bebió como si fuese el cáliz de la misa, con veneración y ansia.

—Se trata de nuestro amigo Valle-Inclán. Ya sabéis que tuvo una pelea el otro día con Manuel Bueno en la tertulia, no sé qué les dio a ambos que acabaron enzarzados.

—Sí, me contó Azorín que se engancharon por la legalidad de un duelo que iba a producirse entre dos caballeros conocidos suyos, y cuando Ramón iba a tirarle una botella de agua a Manuel, éste le pego con su bastón en el brazo —reproducía divertido Rubén—. Pero vamos, nada grave, son muy amigos. Estarían pasados de coñac y acabó así la farra.

—Pues me temo que se ha complicado —les dijo circunspecto Antonio Palomero.

Su amigo les contó que, en aquella riña, que no fue más que un acaloramiento mal llevado por exceso de vino y verborrea, al golpearle Manuel Bueno con su bastón, se le había clavado en el antebrazo uno de los gemelos a Valle-Inclán. La pequeña herida, sin importancia, llevaba la condena del óxido del innoble aderezo, y al cabo de diez días Ramón se empezó a encontrar mal. Comentaron Paca y Rubén con Antonio que era verdad, que lo habían echado de menos en algunas tertulias y encuentros con amigos, pero que no pensaron en algo tan serio ni peligroso para su salud. La cuestión era que, ese mismo día, y después de tenerlo ingresado, el médico le diagnosticó que tenía la gangrena extendida por todo el brazo izquierdo y que había que amputarlo si quería seguir con vida.

Francisca y Rubén se quedaron impresionados por la noticia. Se arreglaron rápidamente, mientras Antonio Palomero tomaba una copa de licor con la confianza de ser casi de la familia por su amistad con ellos, y marcharon al hospital con él a ver a su convaleciente amigo. Al llegar, se lo encontraron sorprendentemente sereno, y fumándose un puro habano con el que hacía enormes volutas y casi dibujos que se deshacían antes de llegar al techo del sanatorio.

Parecía estar escrutando en ellos su futuro. En el trozo de tela recogido por el lado izquierdo de su camisa del pijama sin el miembro seccionado, se percibían las manchas recientes de sangre. Francisca sintió un mareo fuerte, pero aguantó, agarrándose al brazo de su Rubén, para no demostrar debilidad en un momento tan duro como aquél para su amigo. Darío, con su habitual sentido del humor, le espetó al paciente fumador Valle-Inclán:

—Bueno, amigo mío, piensa que hay otro manco en la literatura española, un tal Cervantes, y no le fue mal del todo. Esto es una señal de lo que vas a ser en la literatura.

Ramón le sonrió.

—Tenéis toda la razón, maestro. —Y lo abrazó con su único brazo.

El calamitoso percance de Valle-Inclán, con un final tan tajante, nunca mejor dicho, fue largamente comentado por amigos y enemigos en las tertulias y mentideros de la capital en los días siguientes. Ramón María, de treinta y tres años, era ya un escritor incipiente pero respetado en los ámbitos capitalinos. Autor sobre todo de relatos de cierto éxito, y críticas importantes, estaba preparando el estreno de su primera obra de teatro, *Cenizas*, y había cerrado ya una fecha aproximada para el estreno con Cándido Lara, precisamente el dueño del Teatro Lara, si conseguía la financiación para montarlo. Había bromeado muchas veces con la idea de ser actor él mismo, idea que Rubén le trataba de quitar de la cabeza pues le aseguraba que su talento, como el de Shakespeare, que también tuvo sus momentos de mascarón, no estaba en interpretar sino en crear personajes. Si alguna posibilidad hubiera tenido, después de la amputación era ya imposible del todo.

No se arredró el escritor con la desgracia; por el contrario, se mostraba sorprendentemente animado con los amigos que iban a verlo, y agradecía la idea de buscar financiación para poder llevar a cabo la puesta en pie de su estreno. Con este motivo se reunieron los amigos en el Ateneo, para ver cómo podían recaudar fondos para el convaleciente Valle-Inclán, y para ayudarlo a montar su obra y, de camino, socorrerle también a él, dándole un empujón económico en tan complicado trance. Francisca le acompañó en esa ocasión al Ateneo, y fue testigo de otra escaramuza literaria, de las habituales entre los egos intelectuales de la época.

Rubén, que respetaba y quería mucho a Valle-Inclán, y aún más en el trance doloroso de la pérdida de su brazo, no congeniaba demasiado bien con Unamuno, y menos con Pío Baroja. De esos tres, Baroja, Unamuno y Valle-Inclán, decían en Madrid que era imposible que estuviesen a menos de ocho pasos uno del otro sin que discrepasen, se insultasen o, incluso, llegaran a las manos. Por supuesto Darío estaba siempre de parte de sus amigos, por tanto con Valle-Inclán, y aunque reconocía el talento en Unamuno y Baroja, no hacía migas con ellos ni con su carácter, especialmente con Pío Baroja. Dio la casualidad de que, estando en el Ateneo planeando qué iban a hacer para recaudar fondos para su amigo y su drama, el literal y el personal, llegaron a los oídos de Rubén y Francisca, vía el periodista Antonio Palomero, que también estaba presente, ciertas mofas de Pío sobre el incidente de Valle-Inclán. Así pues, Rubén, que era en ese momento de los referentes más importantes de la ciudad en cuanto a literatura, se decidió a batirse el cobre por su amigo, y al paso del escritor vasco le comentó a Palomero, como si no supiera que lo iba a oír:

—Es un escritor de mucha miga, Baroja. —Y añadió con mucha sorna (Francisca se había dado cuenta muchas veces de que los cenáculos literarios se parecían bastante a los patios de vecindonas)—: ¡Cómo se nota que ha trabajado de panadero!

Hacía alusión así al hecho de que, efectivamente, el escritor había trabajado algún tiempo en una panadería. Rápido de reflejos, al oír a Rubén, y como él, haciendo como si no supiera que estaba allí pero hablando en voz alta a su interlocutor al pasar delante del nicaragüense, Baroja dijo:

—También Darío es escritor de mucha pluma: se nota que es indio.

Paca temió que se produjese una trifulca, particular nada inusual por muy intelectuales que fuesen las disensiones y discusiones, y sus protagonistas personas de cultura. Sin embargo, ante la ocurrencia, Rubén se echó a reír sonoramente, pues admiraba el ingenio y la ironía, y por encima de todo, el talento. Él había provocado aquel rifirrafe, y encajaba bien que le devolviesen la estocada verbal.

Esa misma noche, en casa de Emilia Pardo Bazán, refirió Rubén la ocurrencia de Pío Baroja en respuesta a su provocadora ocurrencia. No le añadía ni quitaba nada y se notaba en su relato que el revés le había hecho ganar enteros ante Darío, que respetaba el valor y la capacidad intelectual de los otros. Departían animadamente en casa de Emilia Pardo Bazán, que los había invitado a cenar en sus magníficos salones. Ya le había referido excelencias de aquella culta mujer a la que Rubén conoció en su primer viaje a España. También ella, aunque por pudor lo calló, recordaba las pullas de las damas aristócratas en los jardines de palacio contra la escritora, lo que hizo que le cayese simpática sin conocerla. Y cuando por fin coincidieron, se llevó una maravillosa impresión. Era oronda y poderosa, de un extraño e indeterminado atractivo que tenía más que ver, probablemente, con su inteligencia arrolladora y su personalidad que con su físico. Cercana ya a los cincuenta años, y de cuna noble, la sociedad española no le había perdonado que, casada con un aristócrata, y con tres hijos, prefiriera su vida intelectual y literaria a un discreto retiro como amante y sumisa esposa. En muchos aspectos era lo contrario de Francisca, salvo en que las dos eran mujeres valientes y apasionadas, capaces de saltar por encima de convencionalismos aunque resultase escandaloso para muchos.

—No te engañes, querida —le dijo antes de empezar a cenar, cogiéndola con confianza del brazo—, en esta vida nos hacen pagar por todo. A mí, por tener más talento que la mayoría de los varones con los que tengo que competir. A ti, por decidir que amas a un hombre y romper con el biempensante ideario de las hipócritas que saltarían sobre ti si pudieran. No hagas caso más de lo que tú sientas. —Le hablaba con confianza y afecto, aunque acababa de conocerla—. En este mundo sólo hay una cosa más perseguida que la inteligencia: la bondad y la belleza. Ten mucho cuidado de los cuervos que ven el pecado en ti por eso, hijita mía…

Paca quedó profundamente impresionada de la personalidad y la sinceridad de aquella gran dama. No rehuía ningún tema, ni siquiera su voraz apetito de jóvenes amantes, que no ocultaba. Se había separado civilizadamente de su marido hacía ya tiempo. Éste, después de tener hijos con ella, cometió el error de querer hacerle elegir entre su carrera literaria o su matrimonio y, claro, el que fuerza a tal elección siempre pierde. Emilia Pardo Bazán contaba sin rubor que había hombres que, como ciertas mujeres, mercadean con sus favores a cambio de posición o influencia. Ella no sólo era rica, era muy respetada intelectualmente aunque se le negara el sillón de la Academia, que ya antes había pedido para otras escritoras como Gertrudis Gómez de Avellaneda. Salió a la luz el nombre de un novelista de relumbrón, Benito Pérez Galdós, que había sido una de sus grandes pasiones.

—Él quiso jugar conmigo y mis sentimientos —decía Emilia—. Usando el desdén o los celos y mezclando romance e intereses profesionales, y le salió mal. Nunca tuve paciencia para los juegos galantes, y en su apuesta, ocupé mi cama con otros.

Francisca comprendía por qué las señoronas de la alta sociedad española recelaban de ella: nunca serían tan libres esas mujeres. En sus palabras y en su sinceridad, Paca reconocía una fuerza que les había sido negada a todas las hembras.

—¡Qué suerte tienes, Darío! —exclamó Emilia en la cena—. Has encontrado a una joven maravillosa cuya libertad es mirarse en ti, amarte y complacerte en todo. Pero tú escúchame bien, muchacha —le dijo a Paca—. No dejes nunca que nadie te diga lo que debes hacer. Sigue tu instinto y tu corazón porque es lo único que nos puede guiar en la oscuridad...

—Pobre de mí, señora, si sólo soy una pobre mujer inculta.

—No permitas que te hagan sentir así, Francisca —la interrumpió—. La humillación es el arma más peligrosa que se ha usado contra las hembras, porque nos degrada y nos convence de que no valemos lo que somos. Si te entregas, que sea porque quieres. Si te rebelas, asume tus razones, vive como tú quieras vivir y no como otros te dicten.

Francisca no entendía del todo la profundidad de las palabras que Emilia le decía, al menos no en ese momento, pero sí las sentía como una enseñanza, como un legado de vida. Ya casi al final de la velada, Paca volvió a sentirse mareada, como si algo le hubiese sentado mal, aunque llevaba ya muchos días así. Emilia, observadora y muy pendiente de su invitada, le susurró, esta vez en tono más discreto:

—Querida niña, yo tenía esos mareos terribles la primera vez que me quedé embarazada. —Le guiñó un ojo—. ¿Cuánto hace que no tienes el menstruo?

Paca se quedó un poco azorada, sorprendida por aquella pregunta que le hacía, cómplice, su anfitriona. De pronto recordó que, después del primer encuentro carnal con Rubén en los jardines de palacio, no le había venido el ciclo como era habitual en las lunas siguientes. Ella había acompañado a su madre en alguno de sus últimos embarazos, pero no había pensado en la posibilidad de que ella estuviese encinta de Rubén tan pronto, así, sin esperarlo. Aunque con cierto temor, se sonrió para sus adentros y sintió que era cierto: estaba embarazada y se sentía la mujer más dichosa del mundo. Sí, esperaba un hijo de su Rubén…

11

Paca no sabía cómo decírselo a Rubén, ni cómo reaccionaría. Nada hacía pensar que no fuese a desearlo, después de lo rápido que había sucedido todo, el enamoramiento, el encuentro, el irse a vivir juntos, la pesadumbre con la que le había explicado su deseo de formar una familia y la cesión de su hijo primogénito a los parientes de su difunta esposa Rafaela. Ella estuvo casi en silencio todo el camino de vuelta a casa, después de la cena en casa de Emilia Pardo Bazán. Iban en un coche de caballos que les había ofrecido su anfitriona, generosa y detallista en todo. Allí, mientras disfrutaban del paseo nocturno por la noche de agosto madrileña, Rubén le dijo:

—Francisca, eres la mujer más maravillosa del mundo. —Y la besó.

—Sólo soy una mujer corriente, Rubén, ni siquiera sé qué es eso de una geisha que repetía la señora Bazán en la cena.

—Una geisha es una mujer que hace feliz a su hombre como tú a mí. Mucho más ahora que sé que esperas un hijo mío...

—¿Cómo...?

Paca intuyó enseguida que Emilia se lo había comunicado en algún momento.

—La Pardo Bazán me ha exigido que te cuide mucho o me las veré con ella. Es mejor no enfadarla, conejita, y no me va a costar nada cumplir sus órdenes.

Rubén volvió a besarla largamente mientras llegaban a la puerta de su casa.

Francisca descansó en brazos de su hombre, que la subió en volandas todos los tramos de la escalera hasta llegar al piso. Rubén, que tenía gran carácter, podía ser también enormemente tierno y delicado. No rehuía los detalles, ni las palabras cariñosas, ni los gestos amorosos. Besaba sus manos, y sus labios, y su vientre, y ella sintió que era una mujer enormemente afortunada, a pesar de todo.

Paca era inmensamente feliz aunque, en aquellas semanas, no podía evitar llorar al recordar a su madre y hermanos, a los que tanto extrañaba... Empezaba septiembre, suavizando los rigores del estío, y Paca, ahora más que nunca, sentía que necesitaba los consejos de su madre y el cariño de los suyos. Es verdad que Rubén le facilitaba todo, y le propuso hablar con médicos y comadronas, pero ella quería contarles a sus padres que iban a ser abuelos y a sus hermanitos que tendrían su primer sobrino. Su hombre la mimaba con toda clase de atenciones y, a ella, se le despertó aún más el deseo de su cuerpo y de su ciencia como amante, que él no evitaba regalarle al más mínimo guiño que ella le hacía. Sus miembros y su piel misma estaban mucho más sensibles, como si cambiase, y le parecía oír como unas campanas.

«Una no se queda embarazada por un beso, ni por oír

ciertas campanitas —le dijo una persona muy querida en una ocasión—, pero por los besos y el repiquetear de las campanitas acaba una embarazada...»

Iba de la risa al llanto con una enorme facilidad, y Rubén se preocupaba y le preguntaba qué quería que hiciese para aliviarle la carga.

—No lo sé, mi amor, no lo sé —le respondía ella—. Pero me gustaría que nuestro hijo no tuviese que renunciar a sus abuelos ni a sus tíos... y desde luego no estoy dispuesta a que renuncie a ti...

Ella recordaba las palabras y las conversaciones que había tenido con Emilia Pardo Bazán la noche que tomó conciencia de su estado de buena esperanza. Aquello que le dijo de cómo los convencionalismos sociales les hacían pagar a las mujeres por todo, y que tenían que ser fieles a lo que sentían. Tomar el control de sus vidas y decidir el camino a seguir. Entonces vio claro lo que haría, aunque no resultase. Estaba harta de renuncias y no entendía qué había hecho mal, por mucho que lo socialmente aceptado no encajara con las circunstancias en las que había sucedido todo. Era mejor que quedarse en casa, llorando sin consuelo, anegando en llanto un momento tan dichoso como la llegada de su primer hijo con aquel hombre que tanto deseaba formar una familia con ella, hacerla feliz.

Con una enorme determinación habló con Rubén y le pidió que le dejara intentar algo. Él se había ofrecido a hablar con sus padres, pero ella prefirió intentarlo por sí misma. Francisca conocía muy bien los horarios y costumbres familiares. Mucho tenían que haber cambiado los usos de su madre y de su casa para no saber dónde encontrarla. Afortunadamente no era así. Paca se apostó cerca de la puerta de los jardines reales que daba a la Cuesta de San Vicente, por donde ella misma solía entrar y salir para llevar el almuerzo en una cesta a su padre. A la hora habitual, vio que salía su madre con la todavía muy niña María agarrada a sus faldas como antes hacía con ella misma. Tenía nueve añitos, y era muy tierna aún, aunque su madre la preparaba ya para reemplazar a su hermana en la ayuda familiar. Francisca se aguantó las lágrimas y, decidida, se acercó a su madre y a su hermana. Aunque al principio no pensó que una mujer tan elegantemente vestida pudiera ser más que una aristócrata o gran señora de la Corte, María dio un salto de alegría y se abrazó a ella cuando la reconoció.

—¡Paquita, hermana mía, cuánto te he echado de menos! —No se despegaba de sus brazos.

—¡Vamos, María, esta señora ya no tiene nada que ver contigo ni conmigo! —le espetó Juana, durísima, tirando de los brazos de la niña, aunque resultaba evidente que aquello no era más que una fachada que mantenía a duras penas frente a su hija mayor.

—¡Madre, por favor, no diga esas cosas! —decía llorando a lágrima viva María, sin querer despegarse del abrazo de Paca—. ¡Es Francisca! ¡Es Paquita! —repetía una y otra vez por si no había reconocido a su propia hija.

—¡Vamos, mocosa, o te quedas en la calle con esta…! —Se mordió los labios, arrastrando por la fuerza a la niña, que no dejaba de llamar a su hermana y de gimotear.

Paca las vio alejarse unos pasos, y casi estaba dispuesta a dejarlas ir cuando la mirada llorosa de su hermana María le infundió ánimos. Tomó aire, y con el suficiente aliento para que su madre la oyera dijo:

—¡Madre, va a ser usted abuela! ¡Sólo quería que lo supiera! —gritó Paca a su madre, que le daba la espalda, aguantándose el llanto.

Juana se frenó en seco. Pasaron unos instantes que le parecieron a Francisca una eternidad. La mano de Juana sobre la pequeña María se fue aflojando hasta que ésta pudo soltarse y volver de nuevo al abrazo de su querida hermana, que era para ella casi como su madre. Luego Paquita vio cómo Juana se volvía, con la mirada vidriosa, y comenzaba a andar a paso muy lento hacia ella, y luego más rápido, extendiendo sus brazos, hasta que ambas se fundieron en un largo y cariñoso abrazo. Después sólo se besaron, y se secaron las lágrimas la una a la otra, y caminaron juntas hasta el portal de la casa familiar de la calle Cadarso. En la puerta, las vecindonas miraban curiosas la estampa familiar pero, ante la actitud desafiante de Juana, no tuvieron valor de preguntar ni de pararse, y prosiguieron bandeando la escalera. Aunque Juana podía haber sucumbido durante un par de meses a los imperativos del qué dirán, ahora sabía que iba a ser abuela y, por encima de todo, hubiera defendido a su progenie como una leona.

Las cosas entre la pareja que formaban Rubén y Francisca y sus parientes fueron atemperándose poco a poco durante aquel mes de septiembre. Fue una labor de acercamiento de posturas, facilitada sobre todo por Juana y su hija. A Celestino, al principio, no le terminaban de gustar las explicaciones que se le daban y estaba serio y poco conciliador. Ni que decir tiene que adoraba a su hija Paca y, con todo, estaba deseando tenerla cerca, más sabiendo que le iba a hacer abuelo. Rubén, que era un gran seductor, fue ganándoselo día a día, almorzando juntos, con regalos para todos y, sobre todo, demostrando el mucho amor y cuidado que manifestaba por Francisca constantemente.

—Yo le juro a usted —llegó a decirle en firme y delante de toda la familia— que no cejaré en mi empeño de obtener el divorcio de mi vacío matrimonio legal, y de hacer legítimo el que yo siento como tal, que es mi unión con su hija.

—Eso dice usted ahora, caballero, pero ¿quién quita que mañana usted se canse y se marche, y deje a mi hija hecha una desgraciada con su criatura?

Con esa franqueza, Celestino ponía en palabras lo que, a pesar del mucho amor que sentía por él y emanaba de él, temía en algún momento la propia Paca.

—Señor, yo amo a su hija y quiero vivir toda la vida con ella y con nuestros hijos. Todos los que vengan —le aseguraba Rubén—. Dígame qué prueba necesita de mí, y yo se la daré…

Darío no hablaba en vano en ese asunto y Celestino quiso ver cumplida la prueba que le pusiera al que afirmaba ser el marido de hecho de su hija Paquita. Así, como demostración, le pidió que en Madrid —que a pesar de todo era una gran urbe y residencia de la Corte—, dijera a partir de ahora a los que no conocían las circunstancias de estar legalmente casado con Rosario Murillo que era el marido de Francisca, hasta que pudiera anularse el matrimonio anterior y que la mentira fuese una realidad. Para los parientes de Ávila él habría de ir a pedir formalmente la mano de su hija. Y Rubén se comprometió a ello.

Darío era un hombre de palabra. Amaba a aquella mujer hermosa y buena que tan feliz le hacía desde el primer día que la conoció en los jardines del Palacio Real de Madrid. Razón de más para cumplir con la promesa hecha a Celestino, al padre de su amada Francisca, pero, sobre todo, para demostrarle a ella que sus intenciones habían sido siempre sinceras. Él veía en ella a la más amorosa y leal de las compañeras y sabía que seguiría siéndolo siempre porque estaba en su condición y naturaleza. No podía ni quería fallarle.

Se sintió dichoso de no volver a verla llorar la ausencia de sus padres y hermanos, y de disfrutar de la risa de su hermanita, que era tan adorable y parecida a Francisca que hubiera deseado que fuese su hija. En cierto sentido así la sentía ya, y la mimaba por encima del resto de los hermanos de su mujer. Se despidieron a finales de septiembre, pues habían acordado que Paquita volvería a Navalsauz con sus padres y hermanos, y él iría para la festividad de la Virgen del Rosario, fecha grande en el pueblecito abulense del que eran oriundos, pues se hacía una romería en honor de la Virgen. Privadamente bromeó Rubén con su Francisca y le dijo:

—Porque de nombre es Virgen, que si no pensaría que el Rosario es la penitencia que tengo yo con este nombre de mujer —le susurró al oído refiriéndose al apelativo de su esposa nicaragüense…

—Algo habrás hecho tú para que te persiga esa culpa —le respondió cómplice Francisca…

Se despidieron amorosos, colmándose de besos y promesas de no tardar en verse. En realidad llevaban apenas cinco meses juntos y parecía que hubiesen estado viviendo juntos toda la vida. Aún no se le notaba a Paca el embarazo, estaba de unos tres meses, y con la dicha de la familia recuperada y de compartir momentos tan importantes con ellos y el hombre al que amaba, se le habían pasado las tristezas, las lágrimas, los mareos, y cualquier otro síntoma negativo. Todo se le iba en reír, bromear y canturrear cancioncillas.

Francisca se fue pues con sus padres y hermanos, aprovechando un permiso para ausentarse que habían pedido al mayordomo del Palacio Real, el marqués de Borja, responsable de los trabajadores de la Casa de Campo, que seguía mirando con ojos golosos a Paquita desde que la viese con Rubén. La piedad de la familia, que deseaba estar durante la romería mariana en su pueblo, y las intencionadas amabilidades y parabienes del aristócrata con su hija mayor allanaron el camino de las vacaciones, aunque a Paca no le gustaron el tono ni las confianzas de aquel noble.

Con los primeros días de octubre, llegó toda la familia a Navalsauz, y se reencontraron con primos, tíos y demás parientes. Cuando Celestino les anunció a todos que vendría un importante escritor de la Corte a pedir la mano de su Paquita, todos le miraron entre sorprendidos e incrédulos, como si les estuviese contando una historia de novela. Para terminar de alimentar la expectación, la pequeña María, que había oído en las sobremesas y comentarios de los mayores las cosas que se decían de Rubén, se plantó en medio de sus parientes y dijo muy resuelta:

—Es un príncipe. Mi hermana Paca se va a casar con un príncipe de ultramar. —Y lo aseguraba tan seriamente que todos se quedaron cuajados ante su seguridad—. Se llama Rubén. Rubén Darío. Y es el Príncipe de las Letras españolas…

12

Rubén tomó el tren desde Madrid en dirección a Ávila. Le pareció un ferrocarril especialmente lento, como si subiera con fatiga la sierra de Guadarrama, pero podía ser también ansia de enamorado. Llevaba una semana sin ver a su Francisca y la sentía como una eternidad. Divisó la ciudad a lo lejos, con su imponente muralla, y volvió a sentir ese orgullo latino por lo que él llamaba su patria madre. Esperó tomando un refrigerio con un carajillo en la cantina de la estación de Ávila, ennegrecida por los hollines del carbón de los trenes. Como habían acordado, aparecieron aquel primer sábado de octubre Celestino y dos de los hermanos varones y mayores de Francisca. Iban en unos borricos, y llevaban uno más para el caballero de la Corte. A él le divirtió el ir montado en aquel manso pollino, como un Sancho Panza pintoresco, por aquellos parajes castellanos, al borde de la muralla medieval de Ávila. Contrastaba lo lujoso de su atuendo, pues se había vestido con su mejor traje para la petición formal de su prometida a ojos de los parientes: los forros de seda rojo de su chaqueta, su corbata delicada, con los andares un tanto rústicos de aquellos asnos. Bromeando con los hermanos de Francisca llegó a decir:

—Una pena que sea la romería de la Virgen del Rosario y no Domingo de Ramos. Hubiese sido mi particular entrada triunfal. —Aludía a la entrada en borriquita de Cristo en Jerusalén según contaban los evangelios...

—No se preocupe, maestro Darío —le respondió Celestino, usando el apelativo que utilizaba con él la mayoría—. Su entrada va a ser triunfal como no se recuerda en el pueblo. —No sabía muy bien Rubén cómo interpretar aquello hasta que continuó Celestino y se lo aclaró—: María ha dicho a todos que es usted un príncipe...

Aunque Navalsauz no estaba demasiado lejos de Ávila, ni los caminos eran fáciles ni la velocidad de los pollinos era especialmente rápida, con lo que pasaron casi todo el día en ruta. A Rubén aquellos parajes de sembrados, trigo, cebada, vides, le recordaban a una forma de vida campesina dura y humilde que conocía bien de su tierra centroamericana. Los paisajes eran muy distintos, eso sí. Allí, la humedad y la exuberancia de las selvas, a la que los hombres le arrancaban con esfuerzo su dominio profuso. Aquí, la sequedad y la intemperie, a la que los labriegos habían de entregar también sus esfuerzos para hacer de lo inhóspito fructífero.

Celestino se iba parando con los jornaleros del campo que se afanaban sobre la tierra o con los pastores con sus ganados de ovejas o cabras. Rubén se dio cuenta de que era un hombre respetado por honesto, y le gustó emparentarse con aquella familia sencilla y noble en el sentido literal de las palabras. Mucho le habían hecho sufrir a él los herederos de los hidalgos españoles, terratenientes en América, con sus rancios abolengos. Todo vetusto o aristocrático árbol genealógico despliega sus ramas después de haber hundido sus raíces en el barro de la impostura, la crueldad o la traición. Aunque Rubén se desenvolvía bien entre los usos y modas de la Corte madrileña, y en cualquiera de los salones de la alta sociedad europea o americana, se sentía más de carne y hueso, más cerca de la verdad, con aquellos hombres y mujeres. Tampoco los cenáculos intelectuales encerraban las esencias de lo mejor del género humano. Las envidias, los egos y las vanidades jugaban en la mesa de los diarios y de las prerrogativas del mundo artístico, y en la que no siempre, muy por el contrario, salía victorioso el talento, sino más bien las influencias o las dádivas. Su corazón, una vez más, había acertado al elegir entre las bellezas de Madrid a la nacida de una tierra tan pura y tan de verdad como aquella a la que pertenecía su Francisca Sánchez del Pozo.

Hubieron de hacer noche a medio camino en un lugar que llamaban venta, pero que era más bien un apeadero de bestias donde se servían comidas. Salió el presunto ventero, un señor rudo que conocía a Celestino, y les invitó a pasar y sentarse al fuego. Aunque era octubre, la noche castellana al raso era fría ya, y no vino mal su pequeña lumbre, donde se calentaba un guiso de chivo que a Rubén, curioso gastrónomo, le supo a gloria. También la bota de vino tinto que se pasaban de unos a otros y que aquel hombre cosmopolita y exquisito en muchos aspectos supo manejar con pericia. A su suegro y sus cuñados, unos mozos un poco mayores que Paca pero ya hombres, les agradó ver que el que iba a ser de su familia se desenvolvía bien en cualquier ambiente.

Así, al calor del pequeño hogar pastoril, y calentados por el guiso, el vino y la conversación, durmió el príncipe Rubén, entre serranos, zagales y sus bestias, sobre el heno, como en alguna ocasión lo había hecho en su lejana niñez centroamericana.

La mañana les despertó pronto, con el cantar de los gallos y la intranquilidad de los animales, acostumbrados a los ritmos de la naturaleza. Desayunaron unas gachas, con un buen pedazo de pan tostado al fuego y mantequilla casera, y salieron hacia el pueblo, pues ese primer domingo de octubre, el siete, era la onomástica de la Virgen del Rosario, que celebraban con aquella romería. Rubén sintió la belleza de la creación en estado puro, ya que sensible como era a la belleza no pudo menos que sentir una honda emoción al ver los colores del alba, cómo el rojo ensangrentado del nacimiento del sol iba depurándose hasta un cielo casi transparente de azul y blanco. Los rayos solares destellaban en los álamos y chopos de la ribera, dándoles reflejos metálicos, como de piedras preciosas. Y el olor intenso de las agujas de los pinos, humedecidos por el rocío de la noche. Sintió no llevar, como era su costumbre, una pluma y un trozo de papel. Los versos se le escapaban de los labios, como si fluyeran por el impacto de tanta hermosura, y dijo:

Hoy he visto, bajo el más puro azul del cielo,
pasar algo de la dicha que Dios ha encerrado
en el misterio de la naturaleza.

Rubén no era un hombre clerical, pero sí religioso, espiritual a su sincrética y particular manera. Veía la mano de un creador en las cosas hermosas del mundo, como detrás de una sinfonía la genial mano de un compositor, o en los versos de un gran poema el eco de la música de las esferas. Así, con una honda impresión cercana a la alegría de la niñez, volvió a montar en su burro y continuaron la marcha.

Conforme se acercaban el paisaje iba cambiando y se volvió más curvilíneo, casi femenino. Muchas más colinas, alcores, cuestas, subidas y bajadas, hasta que divisaron a lo lejos el pueblito de donde provenía toda la familia. Era ya casi la hora de comer cuando llegaron a las afueras de Navalsauz y pararon en una venta del camino a comprar algún detalle para las mujeres de la familia. Rubén probó las famosas yemas de santa Teresa, que le encantaron, y compró para agasajar a sus parientes políticos. Los hermanos de Francisca le contaron que su padre era muy respetado pues había sido sacristán de la iglesia e incluso alcalde del pueblecito, que no llegaba a sesenta habitantes o poco más, por apoyo de su valedor, el político Francisco Silvela, y el respeto de los vecinos. No siempre habían pasado tantos apuros económicos pues, a fuerza de trabajar con honradez, Celestino había podido comprar un pedacito de tierra que pensó labrar y hacer rentar con su familia, y poder legársela a los suyos. Pero una mala jugada de un ambicioso vecino de Mombeltrán, que jugó su baza de mala fe, legalizó aquellos terrenos, linderos de los suyos. Para cuando Celestino quiso darse cuenta, el susodicho los había rehipotecado y vendido, y nada se pudo hacer, salvo constatar la ruina de la numerosa familia. Fue la razón de que se trasladaran a Madrid a trabajar en los jardines de la Casa de Campo, conservando sólo la pequeña casa familiar en el pueblo.

Cuando llegaron, todo el pueblo estaba expectante por su anunciada visita. La iglesia era muy pequeña, y estaba rodeada del camposanto. Si a él le llamó la atención el atuendo de los romeros, que le parecía propio de zarzuela o de representación teatral, a los nativos no les causaron menos impresión el traje, los zapatos y las sedas del caballero. Parecía que hasta las vacas se le quedasen mirando por la poca costumbre de tanta etiqueta en el vestir por aquella pedanía de casucas humildes.

—Tengo que escribir una crónica sobre todo esto —se dijo para sí, aunque lo masculló a media voz y, en efecto, así lo hizo pasados unos meses.

Tanto los hombres como las mujeres llevaban los trajes típicos, propios de la romería, con sus corpiños, faldas anchas y cortas con medias de calceta debajo, negras o blancas, pañuelos floreados, y tocados con sombreros ellos y con moños con arreglos de flores, lazos o peinas ellas. Sin dudarlo fue un acontecimiento. Tan importante o más que la propia romería por las atenciones e impacto que produjo la llegada de aquel extraño caballero de la Corte. Todos callaron por un momento, escrutándole, hasta que una de las bizarras primas de Francisca se dirigió a Rubén, todavía montado sobre el pollino, y le dijo:

—Señorito, ¡a pata!

Darío comprendió que aquella ruda indicación era una invitación a desmontar y seguirlos.

Pronto fue llevado a la casa familiar, acompañado de todo el pueblo, donde le esperaba Francisca, vestida también con el traje típico de romera, y con toda su familia, madre, hermanos y parientes. A ella se le iluminó la cara al verlo y él tampoco pudo evitar la luz que se le encendió en la mirada con el reencuentro. Como estaba mandado, y como se había comprometido con Celestino, hincó la rodilla en el suelo y le pidió formalmente al progenitor permiso para casarse con ella. Todos fueron dichosamente partícipes de la pedida, que se cerró con los respectivos regalos: la familia de la novia le regaló un reloj de bolsillo con cadena, y él le entregó una bellísima peina de oro y piedras preciosas con forma de estrella. Tomaron unas copas de aguardiente, y los típicos mantecados, dulces de castañas, uvas con queso, higos y vino.

Cuando pasó toda la vorágine de la petición y fueron presentados todos los parientes, vecinos y visitantes de los pueblecitos cercanos, que concurrieron por la romería y quisieron ser testigos de cómo un príncipe venía de la Corte a pedir la mano de su paisana, según se había corrido el rumor, ellos quedaron un poco a solas y Paca, plena de alegría, le dijo:

—¡Cómo te agradezco que hayas venido! ¡Es cierto que me quieres! —Y depositó un largo beso en sus labios.

—No lo dudes nunca, Paquita. Pase lo que pase, no dudes de mí —le respondió Rubén.

Pronto llegaron los hermanos a llevárselo a la casa donde había de hospedarse. Ellos ya sabían que la pareja se había comido el pastel al principio pero no el resto de los parientes, y no estaba bien visto que los prometidos, todavía novios, durmiesen, hasta estar casados, bajo el mismo techo. Francisca se reía ante las caras de la gente y la naturalidad con la que Rubén se desenvolvía con todos y, también, porque en su corazón no cabía ya más alegría que aquélla, teniendo a su hombre y a su familia juntos.

Ella siempre sintió eso: que era su hombre. No por una cuestión de posesión o de sumisión, sino de connatural entrega. Francisca no necesitaba, mucho menos a aquellas alturas, los formalismos del matrimonio porque entendía que Rubén la amaba y ella a él, sin necesidad de trámites. Sin embargo, puesto que era tan importante para su familia, sobre todo para su madre y su padre, que siempre se habían conducido según lo que estaba bien o mal, le alegraba que su compañero lo entendiese así y fuera capaz de aquellos gestos.

Fueron a la iglesia, donde las chicas del pueblo habían trenzado con laurel y romero, y decorado con flores silvestres, enormes coronas con las que adornar el templo, y también las puertas, las ventanas y los balcones de las casas. Los hermanos de Francisca le indicaron que fuera con ellos y con Celestino al interior de la iglesia mientras las mujeres se quedaban fuera. Todo formaba parte de la tradición del pueblo. Antes habían ido ya a buscar al curilla los mozos, haciendo resonar estruendosamente los tambores. Dentro todos los varones, cerraron las puertas y al poco llamaron a dichas puertas las mozas.

—¿Quién va? ¡Justicia! —gritaron a coro los serranos, como una clave.

Y después de volver a hacer sonar ruidosamente los tambores se oyeron desde fuera las voces de las mujeres que cantaban:

Tres puertas tiene la iglesia,
entremos por la mayor
y haremos la reverencia
a ese Divino Señor.

—¿Quién va? ¡Justicia! —repitieron ellos.
Y volvieron a cantar las chicas:

Tres puertas tiene la iglesia,
entremos por la del medio
y haremos la reverencia
a la reina de los cielos.

—¿Quién va? ¡Justicia! —insistieron por tercera vez.
Y ellas respondieron:

Tres puertas tiene la iglesia,
entremos por la más chica
y haremos la reverencia
a la señora justicia...

Abre las puertas, portero,
las puertas de la alegría,
que venimos las doncellas
con el ramo pa María.

Entonces los mozos se levantaron gozosos, volvieron a
hacer sonar los tambores y respondieron a coro:

Las puertas ya están abiertas
entren si quieren entrar,

confitura no tenemos
para poder convidar.

Se entornaron entonces las puertas de la iglesia y entraron las jóvenes por todas ellas, en procesión, con las guirnaldas, y con cestas de fruta, vino y manjares como ofrenda para la Virgen. Mientras llegaban hasta el altar, donde estaba engalanada la Virgen del Rosario, para depositar los obsequios, iban entonando:

Tomemos agua bendita,
mis amiguitas y yo,
tomemos agua bendita,
vamos al altar mayor.

Tomemos agua bendita,
amigas y compañeras,
tomemos agua bendita,
vamos a llevar la vela.

Rubén contempló toda aquella liturgia mezclada de ritualidad rural con fascinación e interés. Cuando las zagalas terminaron de entregar los presentes en el altar mayor y de encender todas las velas del mismo, la iglesia quedó dividida entre los varones, en uno de los lados de los reclinatorios, y las hembras, en el otro. El sacerdote comenzó la misa, que todos iniciaron con el rezo de un rosario en honor a la señora del templo. Darío fue incapaz de quitar los ojos de su particular pastora, Paquita, que se había puesto aquella peina con forma de estrella que él le había regalado entre las cintas de colores típicas del aderezo de su moño. Ella se sonrojaba notando el hambre en los ojos de su prometido, evidente para ella que lo conocía como una mujer conoce a su hombre.

La tarde transcurrió entre la procesión de la Virgen por las pocas calles del pueblo y la pequeña verbena, con su rifa de jamones, que se montó en un prado cercano a la ermita. Él le susurraba versos y palabras de amor al oído a Paquita, sentados allí en el verde del campo, ante la vigilante mirada de las primas, la madre y la hermana de Francisca, que cuidaban, con retraso ya, de la virtud de ésta, entre risitas adolescentes, ingenuamente pícaras. Ella sabía que él volvería a Madrid a la jornada siguiente, donde se encontrarían unos días más tarde. Paca sintió el deseo apasionado de sentir a su hombre en aquellos campos, bajo las estrellas de la velada del Rosario, con la urgencia de un amor que no entendía por qué debía someterse a las bridas de las convenciones. Rubén supo que así era, pues se puede entregar el cuerpo con una mirada…

A mediados de octubre la pareja volvió a reunirse en Madrid, en su pequeño y confortable nidito de enamorados en el corazón de la capital. Francisca no cabía en sí de gozo por los gestos y la naturalidad con la que Rubén había disfrutado de la romería, además de haber cumplido con la palabra dada a sus padres. Celestino comenzó a tratar con gran respeto y confianza a Rubén, se interesaba por sus cosas y se ofrecía para cualquier asunto que Darío pudiese necesitar. También Juana se presentaba en el piso de la pareja y aprendía a hacerle a su «yerno», así le llamaban ya, los platos que más le gustasen. Él disfrutaba con aquel movimiento y familia encontrada, aunque ellos eran siempre muy respetuosos con los horarios de él, y estaban pendientes de lo que su hija les dijera para no molestar a la pareja. Rubén se empeñó en que los pequeños de la familia fuesen a la escuela, que aprendiesen a leer y a escribir, en especial la pequeña María, a la que adoraba.

—Mejor que aprendan a leer y a escribir de pequeños, que nunca está de más, que luego es más difícil instruirse. Si no mirad a vuestra hermana Paca. Tan guapa y me está costando una úlcera que haga bien los palotes de las letras. No me hace más que engordar y engordar —decía bromista y provocador, pues a finales de octubre y primeros de noviembre ya empezaba a percibirse el embarazo de Paquita.

Darío dedicó una de sus crónicas de *La Nación* de Buenos Aires a la romería en Navalsauz, que publicó bajo el título de «Fiesta campesina». Una tarde, a la sobremesa, leyó a toda la familia la crónica y Celestino se emocionó por saber que su pequeño pueblo y sus tradiciones habían quedado narrados por un gran escritor como Rubén. Lo miraban con orgullo, y a su hija, con comprensión.

13

El otoño fue suave y transcurrió más o menos apacible, entre los compromisos familiares y profesionales de Rubén y Francisca. Entre otros muchos, los ensayos de la obra de Valle-Inclán, cuya financiación habían conseguido entre todos los amigos, en especial Rubén. Se había previsto el estreno para unos días antes de Nochebuena en el teatro de moda, el Lara. Rubén y su Francisca pasaban, pues estaba muy cerca de su piso, a darle ánimos a su amigo, y al elenco, que se esforzaba en cumplir las exigencias del autor sobre su texto. Muchos otros escritores y políticos fueron desfilando por la casa que compartían, o le fueron presentados a Francisca en tertulias, cenas y estrenos a los que Rubén la llevaba galante y orgulloso, y empezaba a presumir de su cercana paternidad. Ella se sentía orgullosa de ello, y se arreglaba más para su hombre que para los amigos de él, bebiéndose las palabras y aprendiendo sin darse cuenta sobre política, literatura, historia… Todo lo que la vida le había negado por su extracción social e infortunio le estaba siendo entregado porque sí, con creces, de la mano de su enamorado.

Volvieron a verse con Emilia Pardo Bazán, que era siempre muy afectuosa y considerada con Paca, y conoció a Juan Valera, que fue tan decisivo en la consagración de Rubén, y a Salvador Rueda. También fue muy prolijo en visitas el andaluz Francisco Villaespesa, que junto con el sevillano Manuel Machado divertían especialmente a Rubén por su sentido del humor y su gusto por la vida canalla y más golfa. En cierto sentido creo que Rubén se identificaba con aquellos más jóvenes que él, que siempre le llamaban maestro, y disfrutaba con ello, o a través de ellos recordaba una vida bohemia que, al menos de momento, había dejado al margen de su vida familiar junto a su Francisca.

Una mañana de diciembre, con el frío invernal ya echado sobre los tejados de Madrid en forma de nieve, el destino quiso poner a la pareja de nuevo a prueba. Se habían levantado perezosos de la cama, después de que Rubén, como era costumbre en él, se despertara de madrugada para escribir y ella lo acompañase. Francisca estaba de seis meses y lucía su embarazo con una gran hermosura, como si la naturaleza la adornara con toda clase de promesas de amor y de vida. Pero en la peripecia de existir, a veces, como en los cuentos, las hadas celosas se vengan de la dicha ajena, y ellos, cuya historia se parecía bastante a uno de esos cuentos fantásticos orientales de amantes en jardines principescos, sentirían aquella punzada en sus carnes. No sería la única vez ni, desgraciadamente, la más terrible…

Ella alimentaba la pequeña chimenea metálica, inglesa, que semejaba un dragón victoriano, con la madera que les quedaba en un cajón. Su panza redonda era como una cárcel para las brasas con las que calentaban las salas de aquel apartamento. Algunos edificios de la capital ya poseían sistemas de calderas de agua que se calentaban en los sótanos con carbón, y con él todas las estancias de los pisos, pero ellos debían conformarse con aquel sistema tradicional de quema de combustible. Él la miraba, fascinado, como si fuese Vesta, la diosa del hogar, quien enardeciera el fuego y su deseo.

—Me haces tan feliz, «Tataya», que podría morirme ahora mismo y no me importaría porque estaría lleno de amor —le dijo súbitamente, en el silencio de aquel piso.

—¡No digas esas cosas, por favor! —exclamó ella—. ¿No ves cómo estoy de embarazada, que parece que voy a explotar? Yo lo que quiero es que vivamos y envejezcamos juntos. Que veamos nacer y crecer a nuestros hijos y nietos y que disfruten de ti como lo hago yo —añadió mientras se envolvía con los brazos de él. Luego se volvió hacia su rostro y le preguntó—: ¿Y qué es eso de «Tataya»?

Él rió sonoramente.

—«Tatay» y «Tataya» son unas formas cariñosas que se dicen en mi tierra americana para papá y mamá. Es como decir papaíto y mamaíta pero más cariñoso. Bueno, por lo menos a mí me lo parece, conejita, probablemente porque me recuerda a mis días de chiquito —le contó él lleno de dicha—. Nunca me he planteado de dónde viene. Supongo que de las familias españolas cuando los niños llamaban a sus madres o tías, o nodrizas, «tata», y nosotros lo adaptamos a nuestra manera.

—Así que ahora soy tu «Tataya». No te basta con coneja, Paquita, ninfa, musa… Tú lo que quieres es volverme loca —le siguió la broma y la risa ella.

—Yo pensé que ya estabas loca. Si no, ¿cómo se te ocurriría fijarte en un bala perdida como yo y venirte a vivir conmigo?

—Y darte un hijo… —añadió ella.

—Eso además, Tataya… Qué inconsciencia. —Y la besó largamente, con una infinita ternura.

—Eres como un niño —le dijo ella, llena de amor…

—Fíjate, Paquita, que cuando era niño quería ser mayor. Quería escapar de un mundo que no me gustaba, que no sentía como mío. —Otra vez asomaba a sus ojos ese ribete de tristeza—. Era un joven envejecido por los sueños y, ahora, quisiera volver a ser ese niño para ti, ese joven sin cargas, para conocerte y entregarte todo ese tiempo… He pensado mucho en eso y en la juventud perdida, y he escrito estos días un poema para el próximo libro.

Y le recitó de memoria:

Juventud, divino tesoro,
¡ya te vas para no volver!
Cuando quiero llorar, no lloro…
y a veces lloro sin querer…

Plural ha sido la celeste
historia de mi corazón.
Era una dulce niña, en este
mundo de duelo y de aflicción.

Miraba como el alba pura;
sonreía como una flor.
Era su cabellera obscura
hecha de noche y de dolor.

Entonces calló y acarició lentamente la larga cabellera suelta, destrenzada, de su Francisca. La melancolía tenía en Rubén extraños momentos como aquél, en el que parecía arrastrar una pesada carga, como si el pecado original fuese sólo un eslabón del peso que sentía sobre su pecho. La sensibilidad tiene esas particularidades: hace que un recuerdo, una sensación, un perfume, un instante, nos quiebren como si fuésemos el más liviano de los vidrios. Alguno hubiese pensado que Rubén, un hombre bravo y gallardo por otra parte, era débil por aquellos accesos y, sin embargo, Paca lo amaba en todos sus momentos, en todos sus aspectos pero, por encima de todo, cuando mostraba aquella atractiva vulnerabilidad que le hacía tan varonil como irresistible.

No sabes cómo me gustaría alejarte de todos tus fantasmas, de todas tus heridas pasadas, pensó ella, y permanecieron allí, recostados, unos minutos más...

Fue entonces, antes de desayunar, cuando la campanilla de la puerta empezó a sonar insistentemente. Muy a menudo venían paquetes y cartas con peticiones, notificaciones, invitaciones o libros dedicados para Rubén que solía recoger la portera, diligente y amiga, sabiendo que la pareja se levantaba tarde si pernoctaba por el trabajo. Sólo cuando eran misivas urgentes de alguna embajada o despacho diplomático, o algún telegrama, subía el cartero a certificar que ellos en persona lo recogieran. Él abrió la puerta y, efectivamente, el uniformado mensajero estaba allí con un sobre en la mano. Hizo firmar al caballero el recibí, y se marchó, dejando aquella epístola, que llevaba el membrete del periódico *La Nación* de Buenos Aires, en sus manos.

Darío se sentó en su despacho, desbravó el sobre con el abrecartas y se puso a leer en silencio.

Paca lo conocía tan bien que sólo por la forma de entornar los ojos o fruncir el ceño sabía que las noticias que portaba aquella misiva no le iban a causar alegría. Así fue. Rubén dejó la nota telegráfica sobre la mesa, miró a través del balcón los tejados escarchados de Madrid, y luego volvió la mirada hacia su mujer, con los ojos nublados, como aquella mañana avanzada del grisáceo invierno.

—¿Qué pasa, Tatay? —Quiso aligerar la tensión incorporando a sus juegos y claves aquella nueva expresión que ya usarían siempre.

—No te va a gustar, conejita —le contestó él desganado—. Es una oportunidad laboral pero no viene en el mejor momento.

—Cuéntame, Rubén, qué pasa. —Ella estaba en un ay.

—Verás, Paquita, los dueños del periódico necesitan un cronista solvente para París. Va a iniciarse la Exposición Universal y saben que conozco la ciudad y el idioma, y quieren que vaya…

—Pero puedes negarte, ¿no? —preguntó Francisca escrutando lo que ya sospechaba un infortunio.

—Me temo que no, querida mía. Si no acepto es muy probable que se acaben las colaboraciones, el dinero y la posibilidad de darte a ti y a nuestro hijo una situación acomodada como merecéis…

—¿Y qué vamos a hacer, Rubén? ¿Qué vamos a hacer? —le insistía con angustia Francisca—. Yo no quiero estar separada de ti, pero no sé si podré viajar en este estado…

—Lo sé, Paca, correrías un riesgo con un viaje tan largo

y pesado, y nuestro hijo también. —Rubén se despachó un vaso largo de coñac cuando hacía mucho que no probaba el alcohol—. Créeme si te digo que lo último que deseo es repetir el error de tener a la mujer que amo a punto de dar a luz y tener que marcharme lejos. —Se bebió aquel trago de un golpe, y se sirvió otro, como si en el licor exorcizara los demonios del pasado…

—¿Y qué vamos a hacer entonces, Rubén? Yo tampoco quiero estar separada de ti…

—Algo se me ocurrirá, princesa, ya verás, yo me encargo…

Y el viento golpeó de pronto los ventanales del balcón, y un estremecimiento recorrió la espalda de aquella mujer enamorada, que temió, una vez más, perder al hombre por quien había apostado todo sin pensarlo. Se aproximó con su bata entreabierta, por donde asomaba su vientre en avanzado estado de gestación. Él, sentado en la silla de su escritorio, besó aquel bendito vientre, y apretó el rostro contra él, como si quisiera decirle algo a su hijo con el pensamiento… Sólo el abrazo de la pareja, en silencio, con el tímido crepitar de las llamas en la pequeña chimenea, les infundió el valor de mirar juntos al futuro…

Era cierto que la oportunidad de trabajar en París era interesante, estaba mejor pagada, y era un gesto de confianza por parte de los directores del medio. También que algunas de las crónicas políticas de Darío incomodaban a mandatarios, legados y vanidades varias, con lo cual resultaba conveniente mover la corresponsalía de su laureado cronista. No iban a ceder a las presiones de despedir a una de las firmas más respetadas en todo el ámbito hispano de su cabecero, pero desplazarlo atemperaba los descontentos con su mordaz visión, incluyendo al hermano de la legítima esposa de Rubén, a cuyos oídos había llegado ya la noticia de que estaba enamorado, a punto de ser padre y con intenciones de pedir formalmente el divorcio. Un divorcio que ya le había negado la esposa y que, además, él estaba retrasando con corruptelas funcionariales y sus influencias como ministro de Nicaragua.

Algunos de los políticos españoles tampoco estaban muy contentos con la visión y los análisis que de la situación española hacía el escritor, a veces con su propia firma y otras con el anagrama, que tanto le gustaba como juego literario al autor, de «Nebur», Rubén al revés, «Nebur Darío», cuya identidad todos sabían que era la suya. Había causado cierto escozor uno en concreto en el que el nicaragüense decía:

> España será idealista o no será. Una España práctica, con olvido absoluto del papel que hasta hoy ha representado en el mundo, es una España que no se concibe. Buena es una Bilbao cuajada de chimeneas y una Cataluña sembrada de fábricas. Trabajo por todas partes, progreso cuanto se quiera y se pueda; pero quede campo libre en el que Rocinante encuentre pasto y el Caballero crea divisar ejércitos de gigantes.

Algunos creyeron ver en sus palabras un ataque a los principios monárquicos de la Restauración, anclados en la tradición, y otros justo lo contrario: un ataque a los políticos más contrarios a la monarquía, o incluso una declaración abierta contra las ideas independentistas de ciertas regiones españolas. Con los intelectuales sucede a veces que, en vez de leer lo que dicen claramente, los supuestamente sesudos retuercen las palabras hasta que nadie, ni su propio autor, llega a saber lo que quería decir. Lo cierto es que muchos se habían incomodado y habían movido sus hilos de influencias con los Mitre, la familia dueña del cabecero más importante de Hispanoamérica, con lo que mandar al corresponsal a otro país, aunque con mejor sueldo y el supuesto aumento de responsabilidades, era una forma de calmar las aguas, sin importar que organizase un maremoto en la vida personal de Francisca Sánchez.

Paca y Rubén hicieron partícipes del problema al resto de la familia. Entre todos decidieron que ella se quedaría en Madrid, cerca de sus padres, que podrían socorrerla en un momento determinado, y más llegado el parto, mientras Rubén alcanzaba París y se asentaba en la capital francesa. Él le enviaría dinero, puntualmente, para que no le faltase nada, y encargaría a los buenos amigos que estuviesen siempre cerca por si necesitaba algo. Una vez diese a luz, y estuviera recuperada del parto, ella viajaría a París con su hijo para continuar su vida juntos. Todo parecía sólido y, sin embargo, a Francisca le temblaban las piernas y no de debilidad por su estado y siendo primeriza, sino porque se agolpaban en su cabeza la retahíla de chismes sobre la posibilidad de que él desapareciera desentendiéndose. Sabía que él la amaba. Se lo había demostrado muchas veces en aquellos meses, pero la voluntad de los hombres es frágil, y más en la distancia de los afectos en los que se diluyen…

En los primeros días del siglo veinte, en aquel esperado mil novecientos, en el que los más apocalípticos aseguraban desgracias y calamidades, Francisca vio partir en un tren a su Rubén y, con él, su corazón… El humo de la locomotora lo envolvió todo, también sus lágrimas, en aquel andén lleno de despedidas y de historias cruzadas. Supo que la vida y el amor eran también eso, un despedirse, una mano alzada con un pañuelo agotado ya de llanto ondeando en el aire, en el que volaban los nombres, los sueños y la alegría.

Paca contempló cómo desaparecía en el horizonte aquel tren que llevaba su bien más preciado, su hombre, quien la había despertado a otra vida y a otra verdad, y supo que su latido no volvería a ella hasta que pudiese encontrar su norte. Un norte cuya brújula apuntaba siempre en la dirección de Rubén, hacia la ciudad que decían del amor, París, y lo era, porque en ella estaría el suyo… Su príncipe: Rubén. Rubén Darío.

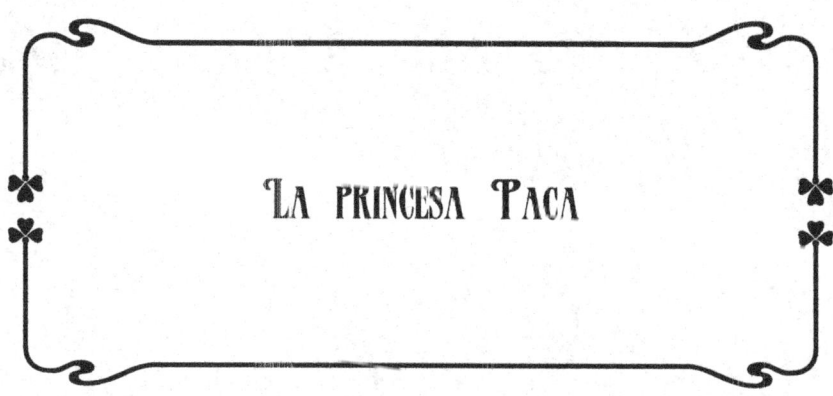

LA PRINCESA PACA

Sabe esperar, aguarda que la marea fluya
—así en la costa un barco— sin que al partir te inquiete.
Todo el que aguarda sabe que la victoria es suya;
porque la vida es larga y el arte es un juguete.
Y si la vida es corta
y no llega la mar a tu galera,
aguarda sin partir y siempre espera,
que el arte es largo y, además, no importa.

ANTONIO MACHADO

Una tarde, la princesa
vio una estrella aparecer;
la princesa era traviesa
y la quiso ir a coger.

La quería para hacerla
decorar un prendedor,
con un verso y una perla,
y una pluma y una flor.

Las princesas primorosas
se parecen mucho a ti:
cortan lirios, cortan rosas,
cortan astros. Son así.

RUBÉN DARÍO

1

Paca, ya sin su príncipe, sola en un Madrid invernal que caminaba tembloroso en los primeros pasos del siglo veinte, volvió a amarlo en sus palabras. Incluso en el silencio de su hogar recordaba el tono de su voz al recitar sus versos y la intensidad de aquella música rimada de la poesía que salía de sus labios. Bien sintió ella, que había sido durante más de veinte años analfabeta, que el amor comienza a hacerse con las palabras. Entendió que su falta de letras la había dejado en barbecho, como la buena tierra, para que aquel maestro hiciera florecer en ella lo mejor del idioma. Como la santa Virgen, podía afirmar que había acogido la semilla de un espíritu divino en su cuerpo, gozosa y humanamente, y que había dicho: «Hágase en mí según tu palabra».

El frío se resistía a irse cuando le quedaba un mes para cumplir los nueve de gestación de su primer hijo. Madrid era así de extremo. A veces la primavera se adelantaba con su estallido de flores y sol, o se enmarañaba con una telaraña gélida de escalofríos y cencellada. Era el cumpleaños de Rubén, aquel dieciocho de febrero, y aunque hacía sólo un mes que se había marchado a Francia, lo extrañaba con una profunda melancolía de enamorada. No era de afear que ella, que siempre había estado al margen de aquellos círculos intelectuales, fuese alguna vez con los amigos comunes, Manuel Bueno, Rueda, Palomero o Valle-Inclán, a oír lecturas de poemas, deseando que, en algún momento y por sorpresa, apareciera su hombretón y la abrazase. Casi se echa a llorar cuando en la presentación de un libro, *Ninfeas*, de un joven poeta andaluz, un tal Juan Ramón Jiménez, al que la llevó Francisco Villaespesa, oyó los versos de su Rubén, que él mismo le había leído cuando los escribía como prólogo para el joven autor y que le acabó enviando como atrio de su libro desde París, sin que ella lo esperase. Oír su poesía, su música, era oírlo a él y la emoción puso de nuevo presente, aunque siempre lo estaba, su ausencia:

¿Te enternece el azul de una noche tranquila?
¿Escuchas pensativo el sonar de la esquila
cuando el Ángelus dice el alma de la tarde?...

¿Tu corazón las voces ocultas interpreta?
Sigue, entonces, tu rumbo de amor. Eres poeta.
La belleza te cubra de luz y Dios te guarde.

Ella hubiese querido ser poeta para amarlo aún con más intensidad. Sentía aquella belleza honda de lo que Rubén traducía en métrica. Estaba segura de oír esas voces ocultas y, desde luego, de seguir el rumbo que su amor le dictaba hacia los brazos de aquel hombre. Supo en aquellos días que las distancias formaban también parte de las pruebas de amor, las más duras, porque probaban la resistencia y autenticidad de los sentimientos, aunque también los ponía en riesgo. Como sombras negras le asomaba el dolor de sentir que él pudiera engañarla con otras mujeres, pues quien ama sufre por compartir el cuerpo y la piel que siente como suya. El amor y el deseo también tienen un componente fortísimo de posesión que el sexo evidencia, pero Paca no sabía querer si no era entregándose sin más reservas como había hecho. La fidelidad, por supuesto, y la lealtad amorosa, era mucho más que un intercambio de fluidos o una cohabitación carnal, pero estaba aún muy tierno el corazón de enamorada para calcular otras variables. Otras posibilidades. No podía evitar tener miedo a perder a aquel caballero que le había hecho sentir cosas que nunca imaginó, y le enseñaba con cada respiración y cada palabra.

Bendijo una y mil veces el día en el que, a regañadientes, y por complacerlo a él más que otra cosa, aprendió a identificar y juntar las letras, a escribirlas, torpemente primero, y a leerlas después. Gracias a eso pudo tener noticias de su hombre, que le mandaba puntualmente cartas; lo primero un telegrama desde Hendaya cuando aún estaba en camino. Luego una pormenorizada crónica sobre una visita al santuario de la Virgen de Lourdes que también narraría para sus crónicas periodísticas, pues estaba muy reciente la muerte de Bernadette Soubirous, la niña a la que se le apareció la Virgen y cuyo cuerpo permanecía incorrupto para asombro de los fieles. Ya instalado en París le contaba en bellísimas cartas las maravillas de la Exposición Universal, con su impresionante torre Eiffel, que decía elevarse sobre el horizonte parisino como si estuviese hecha de relucientes railes de un tren que iba al cielo.

Rubén sabía de la ansiedad de Francisca por separarse, y por eso le fue detallando los mínimos detalles de su peripecia. Le desmenuzaba en epístolas su día a día, pormenorizadamente, lo que hacía que ella se imaginase que estaba a su lado, o se hacía una idea de cómo sería su convivencia parisina con él en cuanto pudiera viajar. Con enorme pudor, ella también redactaba sus torpes líneas para contarle cómo iba su embarazo y las cotidianeidades de su vida; muchas veces con la ayuda de la pequeña María, que con gran rapidez aprovechaba las pesetas que se habían empleado en que aprendiese a leer y a escribir, por deseo de su cuñado Rubén, y así redactaban entre las dos las noticias que luego iban a echar al correo.

Conforme se fue aproximando el inminente parto, Francisca se decidió a abandonar el piso donde había vivido todos aquellos meses con Rubén en la calle Marqués de Santa Ana. Sus jóvenes vecinas y la afectuosa portera se despidieron con llantos, aunque prometieron visitarla, pues estarían muy cerca, y lo cumplieron. Paquita regresó con sus padres y sus seis hermanos a la calle Cadarso. Se ahorraba así el alquiler y los gastos de un apartamento en el que estaba sola y, a fin de cuentas, pasaba casi todo el tiempo con su familia, en especial con su madre, que la cuidaba en el momento crucial para el desenlace del embarazo. Paca se lo contó todo a su compañero en aquellas misivas, que le costaban tanto esfuerzo escribir, y que se le quedaban cortas para todo lo que tenía dentro: deseos, sueños, nostalgias... Debían ser los pensamientos los mensajeros del amor, pensó para sí, y se sonrió porque se dio cuenta de lo poético de aquello y que, también en eso, su amor la había cambiado.

Rubén estuvo de acuerdo en aquella decisión, aunque le seguía mandando efectivo para que ella tuviese las comodidades necesarias. Había hablado también con algunos de los dependientes de las tiendas de ultramarinos para que ella pudiera comprar a cuenta, si alguna vez se demoraban los dineros desde Francia. Ella llevaba su lista, pagaba si tenía metálico, y si no, quedaba la cuenta pendiente hasta la siguiente remesa de francos. Francisca era como una banquera en la ciencia de administrar los giros que le hacía Rubén desde París. No había sido nunca una manirrota, y acostumbrada a ver cómo su madre, con tantos hijos, llevaba a la práctica a diario el milagro de la multiplicación de los panes y los peces, heredó para sí el pragmatismo y la optimización de recursos. Con eso y todo, decidió vender los muebles en el Rastro para poseer algo más de liquidez, salvo el escritorio de su marido, que se llevó a la habitación del piso familiar. Aún conservaba el aderezo de estrella que le regaló Rubén y el mantón que le dio como presente Manuel Machado; le rememoraban momentos felices. Todo lo demás le sobraba. Todo le sobraba y le faltaba lo más importante: Rubén Darío.

Francisca aprendió el arte de la espera, como una Penélope inusitada. Primero aguardó a que naciera su hija, que, puntual a su tiempo de maduración, llegó con la luna llena de marzo de aquel primer año del siglo veinte. Su madre ya le había prevenido de los síntomas y avisos que los niños daban cuando su advenimiento sucedía, y también las comadronas, avisadas con antelación, ayudaron en tan feliz momento. Más que los lógicos dolores, suavizados por la experiencia de su madre, que ya tantos partos había vivido, incluido el de Paca, le entristeció que Rubén se perdiera la llegada al mundo de su nuevo vástago. No se le borraba la imagen de aquel varón, el suyo, lejos de su primera mujer embarazada y del peligroso círculo vicioso de alcohol y culpa en que se había adentrado, solo, por sentirse culpable. Ella no quería ser para él más que alegría, y refugio. Allí, en el piso familiar de la calle Cadarso, vino al mundo su hermosa hija. Redonda, bellísima, con una preciosa mata de pelo castaño como su madre y su piel de alabastro, y los carnales labios del padre, rojos y voluptuosos como una fresa madura.

Le pusieron a la pequeña el nombre de Carmen. Carmen Darío Sánchez. Los abuelos estaban felices con el retoño y su nombre, sobre todo la abuela, Juana, porque era mujer piadosa y muy devota de santos y vírgenes, en especial de Nuestra Señora del Carmen. Paca no quiso quitarle la ilusión explicándole que, en realidad, no era por una cuestión de devoción la elección de ese nombre. Entre las muchas cosas que Francisca y Rubén hablaron antes de su marcha, estaba el asunto del nombre del hijo en camino. Si hubiera sido niño se habría llamado Rubén, como el padre, y en el caso contrario, como había sido, Carmen. Darío decía que no había nombre más español para una hembra que aquél. También que «Carmen» significaba —amante como era el escritor del latín y de la etimología— a la vez jardín y poema, y que no había sustantivo más apropiado para su hija. Para la hija de un poeta. Además, ellos se habían conocido en un jardín suntuoso de la Corte, y él era un servidor de la poesía.

Francisca quedó muy debilitada por el parto. No sólo

porque era primeriza en unos años en los que la medicina ginecológica no estaba demasiado avanzada. Se estilaba aún aquella máxima del derecho canónico en el que primaba la vida del *nasciturus* sobre la progenitora, lo que les daba a algunos médicos, no siempre cualificados, manga ancha en las intervenciones, con pérdidas de sangre y a veces consecuencias fatales. Paquita, con su impericia lógica, ninguna mujer nace sabiendo cómo parir aunque el instinto la ayude, se enfrentó más o menos bien al alumbramiento, auxiliada siempre por su amorosa madre. Los médicos achacaron la tristeza a la lejanía del esposo. Una melancolía que, aseguraban, acrecentaba a veces la experiencia de la maternidad. Es cierto que ella echaba de menos a Rubén, pero se le pasaba la pena mientras amamantaba a su hermosa Carmen, que era, en efecto, como un poema, como un jardín lleno de promesas por florecer a la vida.

Sorprendentemente, en un hombre tan recto y hecho al duro trabajo como Celestino, la pequeña Carmen despertó una ternura que sus hijos no habían visto tan a flor de piel ni con ellos. El abuelo no se separaba de la nietecita ni cuando su madre la amamantaba, pues había encontrado en ella una alegría que no esperaba, dado lo complicado de la peripecia vital de su hija y que no hubiesen acontecido las cosas exactamente como él hubiera deseado. La vida tiene ese poder, bien lo sabía él, que veía el milagro de la naturaleza cada estación en los jardines del Campo del Moro, y se abría paso por encima de las convenciones sociales y sus prejuicios. También el cariño, como un manantial subterráneo, afloró en su madurez de cabeza de familia, entregado al afecto por su nietecilla.

2

Paca se educó seguidamente en el arte de la espera de las cartas que le enviaba muy puntual y continuamente su Rubén. Era el único vínculo directo que tenían en esos días y aguardaba la correspondencia como a una bandada de palomas mensajeras que le dijeran que su amor seguía bien, y la extrañaba, y la quería a su lado. No había podido con el parto y la tristeza sobrevenida tras él, que en gran medida se debía a la ausencia de su amado, la fragilidad de su salud y el agotamiento, enviarle una notita a París contándole que ya había nacido su hija y las circunstancias en las que se encontraba.

Durante muchos meses, casi un año, su relación fue casi exclusivamente epistolar. Con las coyunturas del nacimiento, ni Francisca ni sus parientes habían podido hacer efectivas en dinero las letras que les mandaba desde París, ni pagar a los acreedores de las tiendas la lista, que había aumentado considerablemente con los últimos encargos para la recién nacida. Celestino, un hombre cumplidor siempre, tuvo una enganchada con uno de los tenderos que le reclamó de muy mala manera el pago. Francisca no estaba en condiciones de solucionar personalmente el asunto y, además, el efectivo había menguado con el pago de médicos y comadronas hasta casi desaparecer, con lo que estaban en una situación un tanto apurada. Los postreros ahorros se extinguieron en la pequeña celebración del bautizo de la niña, en la céntrica iglesia del Carmen, por deseo de la abuela, con su faldón de cristianar de Holanda, todo de encajes, sus flores blancas, y el convite con unos pocos amigos y vecinos.

La última carta que pudo enviarle a su Rubén, con su torpe caligrafía aún no muy ducha y bastante dubitativa, era de mediados de marzo, con unas fotos que le había pedido él para verla y tenerla presente en imagen. Ella se hizo aquellas fotografías, en el esplendor de su embarazo, con una belleza colmada, digna de un retrato de un gran pintor. Al no tener noticias durante un mes de ella, Rubén se preocupó mucho y le escribió:

París, 19 de abril de 1900

Querida Francisca:

Mucho me ha extrañado no recibir la letra primera con la carta. Haré que me paguen con la segunda letra, pero deseo me digas si certificaste la primera; y que reclames, porque no me ha llegado. Sobre todo, deseo tener la carta que vino. ¿Es que tú la has guardado, o la pusiste al correo? Contéstame. Toda carta que llegue, inmediatamente hay que mandarla.

Di a los que vayan a cobrar que se esperen cuando yo vuelva. No me es posible dar ahora nada, porque recibo aquí mucho menos dinero por el cambio del oro. Que esperen. A ti te mandaré el trabajo para que lo cobres. Y si necesitas, ya sabes lo que te he dicho.

Yo aquí no estoy muy bien de salud y me haces mucha falta. Recibí tu retrato. Estás muy guapa, coneja. Hay que ponerse buena.

Manda las cartas que puedas.

Te abraza tu

R. Darío

Recuerdo a los amigos.

Paca solía recoger la correspondencia en el antiguo piso de la calle Marqués de Santa Ana, donde habían vivido. Muchas peticiones de colaboraciones o pagos de algunos trabajos llegaban allí y él necesitaba que, con las propias cartas de Francisca, le enviase toda la mensajería en un paquete por si había algo importante. Su amiga Petra, la portera del edificio, se olvidó de llevarle el correo cuando fue a verla recién parida con su niña, y eso, sumado a la propia debilidad de Paquita, retrasó el envío.

En efecto, él le mandó algunos trabajos para los periódicos, como *El Imparcial*, donde estupendos amigos como Manuel Bueno o Mariano de Cavia recibían a su compañera con gran cariño y pagaban bien sus colaboraciones, de manera que ella debía llevarlos a redacción para que pudiera cobrar en metálico su precio. Era a éstos a los que les había pedido Rubén que vigilasen las necesidades de su Paquita, y que la socorrieran económicamente si, llegado el caso, él tenía algún problema o le pasaba algo. También colaboraba en revistas importantes como *La Diana*, que dirigía su admirado Manuel Reina, al que dedicaría una crítica muy elogiosa en sus artículos de *La Nación*. En contrapartida él dejó algunas de sus reflexiones sobre política o literatura, unas veces firmadas con el anagrama Nebur Darío, y otras con su propio nombre, en la citada *La Diana*, o en *La América*, donde también ejercía influencia Manuel Reina, y que fue el germen de la aún soñada Real Academia Hispanoamericana de Cádiz. Muchos escritores ambicionaban aparecer en aquellas páginas, pues la revista era muy tenida en cuenta tanto en España como en Hispanoamérica, y pocos repitieron tanto su opinión, y con tanta prédica, como Rubén Darío. Con todo, conforme Francisca pudo salir a la calle y bandearse un poco, con la mimosa ayuda de su madre, fue solventando las deudas y sorteando las estrecheces en las que estaba.

Se quedó un tanto preocupada con la situación que podía estar viviendo Rubén, con aquel detalle del cambio del oro a la moneda francesa que lo dejaba en desventaja económica. Era verdad que la moneda argentina en la que le pagaban a su cónyuge perdía al cambio del franco francés, y se hacía cargo de que, en realidad, él estaba teniendo que hacer frente a los gastos de dos casas: la suya en París, y la de Francisca en Madrid, aunque estuviera en la de sus padres. El nicaragüense era un hombre honesto y responsable, y no quería que a la amada madre de su hija le faltase nada, aunque él tuviera que pasar estrecheces. Mucho más que la cuestión económica, a Paquita le intranquilizaba su estado de salud. Rubén no era un hombre dado a quejarse, ni a mostrarse débil, sino todo lo contrario. La sensibilidad nunca le pareció a ella sino un gesto de irresistible atractivo masculino en él. Su fortaleza, que ella conocía de una manera íntima, parecía inquebrantable y se angustió al pensar que hubiera podido enfermar. Su protector y entregado amor le hacía querer dejarlo todo y marchar tras él a París para amarlo y cuidarlo, como había hecho desde que lo conoció. Quizá un sacerdote no les había echado las bendiciones sacramentales del matrimonio, pero ella se sentía bendita «para amarlo y respetarlo en la salud y en la enfermedad, en la riqueza y en la pobreza, en la alegría y en la tristeza, hasta que la muerte los separase»… Tal vez algunos considerasen servil aquel sentimiento de Francisca. En más de una ocasión intercambió opiniones al respecto con una gran mujer como Emilia Pardo Bazán, que tanto la apoyaba y la aconsejaba a seguir el dictado de su conciencia y sus sentimientos… Nada tenía que demostrar ella ya, había saltado por encima de las convenciones sociales y de lo permisible, por un amor que desafiaba normas, prejuicios y clichés. También el de que una mujer que se entrega sin reservas es menos mujer que otras, o menos libre.

Era muy pronto para dejar a su pequeña Carmen, que tenía sólo un mes y medio, por mucho que deseara cruzar los Pirineos y estar con su compañero. Él la necesitaba también allí, en Madrid, como enlace con los periódicos y amigos en la capital española, aunque podría haberle encargado el cometido a sus parientes o amigos. Tampoco la familia estaba pasando por un buen momento económico, y ahora eran uno más con su hija, a la que tenía que seguir dándole el pecho. Se le rompía el alma con pensar en dejarla, tan tiernecita, lejos de ella, y la tenía ya rota sintiendo que su Rubén estaba enfermo y ella no podía dedicarle todo su tiempo y su desmedido amor. De esto aprendió que cuando uno ama tanto y a tantos, y quiere acudir a todos los que ama, como en el martirio de cierta santa, puede acabar desmembrada por dos caballos: el corazón y la razón, que tiran en direcciones contrarias. Tal vez aquél fue el peor de los aprendizajes: el de la paciencia. No era la resignación una lección que quisiera asumir, pues durante toda su corta vida se había enfrentado y había superado las vicisitudes que se le habían planteado. Con obligada serenidad enviaba cartas más a menudo a Rubén, y éste le respondía en afecto y correspondencia.

París, 11 de mayo de 1900

Mi querida Francisca:

Sé que has salido bien de tu paso. Me alegro y te envío recuerdos cariñosos.

Te mandé hace poco cincuenta francos en un billete francés, que te han de haber cambiado con el premio del oro. Es decir, que son más pesetas que francos. Mañana te mandaré otra cantidad igual. No puedo más por ahora.

Cuídate. No sé todavía qué dispondrán en Buenos Aires, y así no sé si te veré en Madrid cuando pase la Exposición o te traeré a París antes. Ya veremos.

Procura cuidarte mucho y a tu chica.

Ten valor en la vida, sé siempre buena, y no dudes de que te querrá siempre como sabes,

Tu Conejo

A ella se le llenaban los ojos de luz y de lágrimas con cada carta. No todo el llanto es inútil o triste; hay otro muy salutífero que produce la alegría, esa alegría que sentía cuando leía aquellas líneas en las que él firmaba con esa broma tan suya, tan íntima, tan de su propia historia como pareja. En la distancia, seguían preocupándose el uno por el otro, cuidándose y alimentando aquella relación. Ya entonces barajaban diferentes posibilidades: esperaban a que acabase la Exposición y que Rubén volviera a Madrid, subía ella a París con la niña, o bien iba y la dejaba al cuidado de sus padres. Él no sabía qué dispondrían los directores de su periódico, y seguían en aquella espera que a ambos, pero sobre todo a ella, se les hacía eterna.

París, 21 de mayo de 1900

Mi muy querida Francisca:

Recibí tu última cartita y me alegro en el alma de que sigas mejor. Ya estaba preocupado por no tener noticias tuyas y sobre todo por creer que seguías enferma.

Villaespesa no ha mandado nada. Es un olvido de poeta y de andaluz. Se lo dispenso, pero en adelante manda tú lo que recibas, directamente. Creo que lo mejor cuando estés buena será que te vengas. Aquí viviremos cerca de París.

Pienso mucho en ti y ya estarás convencida de que te

quiero de veras y de que nunca nos separaremos. Cuando llegue la Petra avísame. Y escríbeme con más frecuencia. Un beso para ti y cuida de tu conejita.

Tuyo de corazón,

RUBÉN DARÍO

La Petra, claro, era su vecina y portera de la antigua finca donde vivían juntos. Muchas veces Paca añoró esos días de intimidad y convivencia en el pequeño apartamento. Él seguía teniendo la esperanza de que alguna empresa mejor para la pareja, y mejor remunerada, llegaría, y como la correspondencia era entonces tan caprichosa como el propio azar, él mantenía la atención, como una araña sobre su tela, sobre todos los hilos de su vida. Sin embargo, a Francisca alguna vez le asaltaba la duda y, en una de sus deficientes cartas, le preguntaba si veía a otras mujeres, si le era fiel, temores lógicos de enamorada que no había querido poner en su voz y que, conforme avanzaban los días, se atrevía a garabatear sobre un papel. No era ella muy dada al subterfugio ni a la insidia en tales cuestiones, con lo que las planteaba a las claras. Él le contestaba, firme y tierno a la vez, razonando con ella, desde sus ocupaciones en la cosmopolita París.

París, 4 de julio de 1900

Mi muy querida Francisca:

Recibí tu carta. Es bueno que no olvides mi carácter y mi modo de pensar y la historia de mi vida. Te quiero mucho, como bien lo sabes, y no he de dejarte nunca sin atender en lo que sea posible, pero, mi vida es de mucha agitación y trabajo y hace siete años que no tengo la menor noticia de mi primer hijo. Otra clase de pensamientos me mantienen en el trabajo continuo para conseguir dinero y posición. Me gustará que seas seria. Siempre has manifestado inteligencia y por eso y por buena es que te quiero y te ayudo. Aprende a leer y escribir correctamente para que puedas juntarte conmigo. Y no olvides que con niños no se puede viajar cuando no se es rico.

Créeme, coneja, que soy sincero y que soy bueno. Y tienes sabido que mi cariño es verdad, pero que yo no soy como todos los hombres. Yo soy especial, ya me conoces, y así me tienes que querer.

Recibe un beso y el afecto que no se acaba de

Tu Conejo

P. D.: Estoy con mis nervios y tengo que escribir tres cartas a *La Nación*.

Paca, que no había sido educada en los disimulos ni en las sutilezas, sabía, sin embargo, por esa inteligencia instintiva y natural de la que el propio Rubén hablaba, leer entre líneas. Tal vez no supiera recitar con la solvencia que debiera por su edad y como le pedía Rubén, no sólo para que pudieran comunicarse con mayor soltura, sino porque la quería de veras y deseaba que ella fuese mejor y con más armas, pero no se le escapaba el lenguaje de un corazón. Puede que no hubiera leído a Virgilio, pero sabía ver en el fondo de los ojos de su hombre y percibir sus palabras, por las que se manifestaban sus heridas... Porque él se le había abierto desde el primer día que fue a buscarla, y le contó su vivencia y sus sufrimientos. Francisca entendió que aquel hombre había sido despojado de mucho amor, de mucho afecto, de muchas atenciones, y ella no iba a ponerlo en más picotas de aquel tipo. Ella le había propuesto irse por sus medios a París, con su hijita, para vivir con él, pero tenía razón, y la tenía por sensatez y por mirar por el bien de ella y de su hija, que con un bebé tan pequeño, en condiciones no precisamente óptimas, podían correr el riesgo de enfermar o de algo peor.

Sintió que, una vez más, la vida le imponía una prueba, y decidió asumirla con amor y templanza, aunque esta pareja no pareciera ser la más perfecta para maridarse. Ella le volvió a escribir, pidiéndole que le contase cómo iban las cosas y que pensara qué era mejor hacer para todos; que, entre tanto, ella se aplicaría en mejorar su lectura con la pequeña María, que ya leía de corrido y le gustaban mucho las letras...

París, 14 de julio de 1900

Mi muy querida coneja:

Hace aquí un calor insoportable y no dan ganas ni de coger una pluma. Te escribo aunque sean cuatro letras para que veas que no pasa día sin que me acuerde de ti. Me gustó mucho tu cartita anterior y sobre todo lo que me dices de que te dedicarás a aprender a leer con corrección.

No dejes de hacerlo. He recibido buenas noticias del

Presidente y es probable que dentro de pocos meses me nombren cónsul aquí. En ese caso te avisaré, si eso sucede, para que te vengas. Entretanto, paciencia, y que pase el tiempo.

En cuanto me llegue la letra te mandaré, como siempre, el dinero que pueda. No te escribo más porque el día está horriblemente caliente y me canso de calor.

Un beso y un abrazo de tu Conejo

Una puerta o una ventana parecía abrirse por fin con esa noticia, pues Rubén le contó que se estaba barajando su figura para el nombramiento de cónsul de Nicaragua en París. De ser cierto, mucho cambiaría la situación personal y económica de la pareja, lo que les daría un poco de aire ante tantas necesidades, y para poder reanudar su vida juntos. No sabían que el siniestro cuñado de Rubén, Andrés Murillo, ya conspiraba en la sombra, una vez más, tratando de someter la voluntad del intelectual a sus deseos y a los de su hermana Rosario, la esposa legal, que no estaba dispuesta a renunciar al prestigio de su engañado esposo. Ajena a todo esto, Paca se llenó de nuevo de esperanza, y las negras nubes de sus temores se disiparon momentáneamente aunque no menguara el deseo de reencontrarse con su hombre y de que él conociera a su hija. Ella le mandó fotos a Rubén de Carmencita. También mostraba a la pequeña retratos de su padre, para que se familiarizara con su rostro, aunque la niña, de tan pocos meses, lo tomaba más por un juego que por otra cosa.

La infanta Carmen crecía en encanto y simpatía, hermosa como una muñeca, con rasgos muy parecidos a los de su madre y esos tirabuzones de color castaño que eran la envidia de las marquesitas que paseaban por la Casa de Campo o el Retiro. A principios de octubre, cerca de hacer un año de que Rubén fuese a Navalsauz a pedir la mano de su Paca, la niña con apenas siete meses ya hacía intentos de caminar, y luego de correr. Era como si tuviese prisa por vivir. Precoz como si sintiese que la vida era un azar impreciso que no siempre estaba dispuesto a darnos un día más. Carmen, el pequeño «jardín», el pequeño «poema» tierno y maravilloso de Francisca y Rubén, sentía en su mínimo cuerpecito, con esa intuición inocente de los infantes, que tal vez el invierno, como a las flores más delicadas de los jardines, no le concedería una segunda estación florida…

3

Rubén estaba feliz por las noticias que le llegaban de su posible nombramiento como cónsul. Se encontraba embebido de las maravillas que se mostraban en París —«la capital del mundo civilizado», como lo llamaba él— y en la Exposición Universal, que cubría como corresponsal. Los Mitre, la familia que dirigía *La Nación* de Buenos Aires, le pidieron que, ya que estaba en Europa, aprovechase para viajar a Roma con motivo del Jubileo del Año Santo católico. Le mandaron las credenciales para poder asistir a los grandes fastos en San Pedro del Vaticano e, incluso, por mediación del obispo argentino monseñor Romero, el permiso para entrevistarse con el papa León XIII. Él le aseguró a su Francisca que, si le daban ocasión, pediría al Santo Padre la anulación de su matrimonio con Rosario Murillo, para poder desposarse con ella tal y como le había prometido a Celestino. Paca conocía ya demasiado bien a su hombre y sabía que, fantasías de poeta aparte, era un hombre de palabra y cumplidor, pero su constancia en mantener lo dicho la emocionó hondamente, y lo contó en su casa a sus padres y hermanos, que lo recibieron con respeto.

Aumentaron el salario para los gastos de viaje y demás, lo que permitió al preocupado Darío aliviar los apuros de su mujer y su pequeña. Ya habían acordado por escrito que, si el nombramiento llegaba pronto, las mandaría llamar para que fuesen a vivir con él a la capital del Sena. Si se retrasaba, aunque fuese doloroso para Paquita, dejarían a la niña con los abuelos, con quienes estaba familiarizada y de los que disfrutaba tanto. Pasadas las Navidades ella sola se reuniría con él hasta que pudiesen volver a estar todos juntos. El poeta estaba feliz con eso y, también, con la posibilidad de conocer esa Italia que había amado en los libros y las leyendas, en las postales y las fotos. Todas las hermosas esculturas y cuadros, edificios y ruinas, que ya existían en el poderoso espacio de su imaginario sentimental y literario, donde vivía la historia y los mitos de sus versos. Venecia, Turín, Florencia, Siena... Miguel Ángel Buonarroti, Rafael Sanzio, Botticelli... El *David*, *El nacimiento de Venus*, *La última cena*... Sus ojos se iban a llenar con el talento de los maestros del pasado y su corazón deseaba compartirlo con la mujer que amaba. A vuela pluma, le fue mandando postalitas y cartas desde las ciudades en las que recalaba.

Turín, Italia, 14 de septiembre de 1900

Mi querida Francisca:

Voy en viaje a Roma, que me han ordenado, rápidamente. No tengo más tiempo que para escribirte estas líneas.

Escríbeme siempre a París con la misma dirección. De allá me mandarán al viaje tus cartas. Escribiré a un amigo de París para que te mande lo que sea posible. Confórmate con lo poco que sea y espera que yo vuelva a París, que será dentro de dos meses. Ten seriedad y paciencia. Y así te querrá siempre tu afectísimo

Conejo

Paca comprendió que, en aquella seca recomendación, estaba la confirmación tácita del envío del dinero para preparar su viaje a París, para hacerse cargo de los gastos, y para lo que pudiese suceder en Roma. Ella soñó con que su amor recibiese el sacramento religioso aunque, en su corazón, su amor ya estaba bendito por la sonrisa y los designios de Dios, sin importar que sus ministros no lo hubiesen certificado.

Rubén quedó impresionado por la pompa vaticana, y la ritualidad suntuosa y sacralizada del Jubileo. En la plaza se congregaban fieles venidos de todos los rincones del mundo, sobre todo a la hora del Ángelus, o en el momento de recibir la bendición *Urbi et orbi*, a la ciudad y al mundo. Él tenía una espiritualidad muy sincrética, muy amoldada a su libérrima forma de entender la vida, pero no podía dejar de emocionarse al ver cómo cientos de personas rezaban a la vez, cantaban salmos al unísono y pedían la gracia o el perdón de sus pecados al mismo Dios Padre, en cuya fe, para bien o para mal, había sido educado. Algo se movió dentro de sí, una necesidad de comulgar con todo aquello e, incluso, de confesarse, literalmente, después de décadas sin hacerlo. Probablemente desde que recibiera la primera comunión con ocho o nueve años. Quién le iba a decir a él que el propio Santo Padre, que con motivo de las ceremonias del Año Jubilar confesaba a algunos peregrinos, accedería a hacerlo al famoso Príncipe de las Letras españolas, venido de la republicana Francia.

Allí, bajo el baldaquino de San Pedro, que fue concebido como el baldaquino de la Confesión, Rubén se arrodilló frente al Vicario de Cristo con la humildad de un pecador más. Era un cuatro de octubre, y pensó si aquel santo que se entregó a los pobres, y hablaba la lengua ancestral de los animales, san Francisco de Asís, cuya onomástica se celebraba, no habría tenido algo que ver con el milagro. León XIII se dirigió a él en castellano, en deferencia a su lengua, aunque podrían haber hablado en latín o italiano, lenguas en las que el nicaragüense se defendía. Sintió cierta paz al descargar su conciencia de cómo no siempre había sido fiel a su primera esposa y de cómo aquella inconsciencia del alcohol y el sufrimiento le habían llevado a la trampa de casarse con Rosario Murillo. Le explicó su circunstancia de vivir en pecado con otra mujer a la que amaba y con la que tenía una hija. Su deseo de legitimarla de cara a la ley de Dios y a la de los hombres. Le suplicó que anulase el huero matrimonio vigente aún con Rosario Murillo en el Tribunal Eclesiástico de la Rota, para poder darle a la mujer con la que quería compartir su vida lo que le correspondía por amor y decencia. El Sumo Pontífice lo escuchó con interés y preocupación, también con misericordia, sorprendido de

Rubén Darío en la plenitud de su vida, cuando era embajador de Nicaragua en Madrid.

Francisca con el mantón de Manila que le regaló Manuel Machado durante una de las estancias del poeta sevillano en París.

Francisca con su hijo «Guichin», en el día de su comunión. Fue el único de los cuatro hijos que tuvo con el poeta que sobrevivió a Darío.

Francisca con «Guichin» y su hermana María, que fue su confidente y compañera inseparable durante la mayor parte del tiempo que vivió con Rubén Darío.

Rubén Darío Sánchez murió en 1948 en Ciudad de México, dejando viuda y tres hijos en Managua, Nicaragua.

febrero 2 1905

Mi tataya,

hoy te escribo ya repuesto de unos días de enfermedad que he pasado. Felizmente no ha sido muy fuerte; pero me has hecho muchísima falta. No hay como mi tataya para acompañarme.

Recibí tu cartita y así quiero que me escribas. Mucho me gusta que estén

gordando y que tú y María estén con buena salud. Cuídate mucho, mucho. Aquí ha vuelto el frío.

Está muy bien que te hayas comprado la máquina. Así te distraerás más en la casa y harás tus cositas.

Yo ya estoy con ga

[columna inferior izquierda]

nas de volver a París y procuraré hacerlo lo más pronto posible. Don Crisanto no ha vuelto todavía.

Muchos besos a ti y María y que te acuerdes a cada rato de mí, como yo. Tu tatay

---

«Mi tataya,
hoy te escribo ya repuesto de unos días
enfermedad que he pasado. Felizment
no ha sido muy fuerte, pero me has hec
muchísima falta. No hay como mi tata
para acompañarme.
Recibí tu cartita y así quiero que me
escribas. Mucho me gusta que estés
engordando y que tú y María estén co
buena salud. Cuídate mucho, mucho
Aquí ha vuelto el frío.
Está muy bien que te hayas comprado
máquina. Así te distraerás más en la ca
y harás tus cositas.
Yo ya estoy con ganas de volver a París
procuraré hacerlo lo más pronto posib
Don Crisanto no ha vuelto todavía.
Muchos besos a ti y María y que te
acuerdes a cada rato de mí, como yo
Tu tatay.»

«Mi muy querida coneja:
Hace aquí un calor insoportable y no dan ganas ni de coger una pluma.
Te escribo aunque sean cuatro letras para que veas que no pasa día
sin que me acuerde de ti.
Me gustó mucho tu cartita anterior y sobre todo lo que me dices de
que te dedicarás a aprender a leer y escribir con corrección.
No dejes de hacerlo. He recibido buenas noticias del Presidente y es probable
que dentro de pocos meses me nombren cónsul aquí. En ese caso te avisaré, si
eso sucede, para que te vengas. Entre tanto, paciencia, y que pase el tiempo.
En cuanto me llegue la letra te mandaré como siempre el dinero que pueda.
No te escribo más porque el día está horriblemente caliente,
y me canso de calor.
Un beso y un abrazo de tu conejo.»

Estas cartas son una muestra del legado que Francisca Sánchez dejó a su hija Carmen Villacastín antes de morir. Consta de once documentos inéditos, de los que no quiso desprenderse cuando donó el Archivo Rubén Darío al Gobierno español, por ser el único recuerdo de su gran amor por el Príncipe de las Letras.

Francisca, dos años antes de morir, con su nieta Rosa Villacastín.

que aquel escritor precedido por su fama se sincerase tan a corazón abierto con él. Tras escuchar su confesión y cuitas el Santo Padre quedó un momento en silencio y le dijo:

—Hijo mío, yo puedo elevar tu petición a la Rota, aunque tú deberás exponer tu causa, pero es preciso dar al César lo que es del César, y a Dios lo que es de Dios…

Rubén comprendió lo que el Papa quería decirle con sus palabras. Como el apóstol, que según los evangelios le preguntaba al Mesías, el representante de San Pedro le iluminó con la necesidad de hacer lo que era debido. Sabía que, aunque él fuese comprensivo como intermediario entre la divinidad y las debilidades humanas, éstas debían dirimirse no sólo en los tribunales religiosos sino también en los mundanos. Certeramente, León XIII puso ya en su cabeza la semilla de lo que debía hacer como hombre. Pedir en firme y en los tribunales nicaragüenses la anulación o el divorcio con Rosario Murillo, quisiera ella o no, se opusiese su hermano o no, costase lo que costara. El representante de San Pedro en la tierra tomó un crucifijo y se lo regaló, tras imponer una penitencia para el perdón de los pecados que se suponían con bula plenaria por ser el Jubileo. Mientras se lo entregaba y lo absolvía de la culpa le dijo:

—Que esta cruz te ilumine, a ti y a los tuyos, hijo mío.

Él besó su anillo, recogió aquel presente y se retiró a rezar como no había hecho desde que era un niño. Su santidad León XIII se retiró a sus aposentos, acompañado ahora por su camarlengo y su séquito, y lo dejaron allí, a solas, bajo el flamígero baldaquino.

Un tanto conmocionado por la experiencia vagó por las imponentes salas de la basílica de San Pedro del Vaticano.

Sin saber cómo ni por qué razón, llegó a una pequeña capilla lateral y cayó de rodillas. Al levantar la vista, se encontró con la belleza marmórea de *La Piedad* de Miguel Ángel. Frente a tanta perfección, tanta incontestable belleza, percibió el dolor de las manos suplicantes de quien la había sacado de un bloque de piedra. Comprendió la súplica que suponía la creación de una obra así, todo el genio y la soledad que aquel acto encarnaba, y se sintió más pequeño. Contempló los gestos de aquella señora, no como la divinizada Madre de Dios según los dogmas de la Iglesia, sino como una madre cualquiera que sostenía entre sus brazos el fruto de su vientre. Su hijo yerto y martirizado, muerto, por una razón que se escapaba de su doliente maternidad en aras de un supuesto motivo divino que ella no comprendería.

El rostro de su amada Francisca vino a su cabeza, en el retrato de aquella esplendorosa mujer embarazada, y se mezcló con la imagen de la escultura. Sintió la enorme delicadeza de la mujer, entregando siempre al mundo su dolor y su esperanza, desde siglos y tiempos inmemoriales, a la voracidad de un mundo que no respetaría su amor ni su milagro. Pensó en su Paquita, con su pequeña hija en brazos, sola, lejos de él, de sus besos, y quiso que todo fuese distinto y mejor, que él fuese distinto y mejor para esa mujer que le había regalado por amor todo lo que era y lo que tenía. Rubén oró y lloró a partes iguales delante de aquella Piedad que pedía para sí y para los suyos. Rezó con todas las oraciones que recordaba y con algunas nuevas que salieron de sus labios como versos, con significados resurrectos: «No nos dejes caer en la tentación, y líbranos del mal. Amén».

4

Un año separado de su amor era demasiado para ella, pensaba Francisca, pues apenas había empezado a vivir su historia apasionada con Rubén, seis o siete meses, cuando éste hubo de marcharse a Francia. Paca apuraba sus últimas semanas con la pequeña Carmen antes de partir para París. Se le partía el corazón con pensar que debía separarse de ella, a pesar de la alegría que le daba volver a reencontrarse con su hombre. Rubén ya había regresado de Italia, y lo notaba en sus cartas más cariñoso, preocupado y tierno, como si algo definitivo le hubiera sucedido allí. Le contó su petición al papa León XIII, lo que éste le había dicho, y la cruz bendecida que guardaba, como regalo para ella y su hijita. Le aseguró que empezaría a planear cómo iniciar el trámite de divorcio con su mujer, que hablaría con algún abogado de confianza para que fuese moviendo el papeleo y que, paralelamente, llevaría la petición de anulación eclesiástica al Tribunal de la Rota. Ella lo sentía aún más cerca y, aunque las estrecheces económicas no ayudaban a aliviar la situación, en su horizonte sólo se perfilaba el dichoso reencuentro.

Paca había recobrado prácticamente su figura, después de superar los rigores de la debilidad tras el parto, el período de lactancia de su hija y los nervios de no saber qué sería de su vida, así, separados. Lucía un talle estupendo, con los corsés típicos de la época, y sus trajes con mucho cuerpo, lo que no pasaba desapercibido a los hambrientos cazadores de mariposas de la Corte. Ella prefería la tranquilidad de la casa, tanto con Rubén como en su ausencia, en la paterna. Sin embargo, los recados de su hombre, sus cumplimientos de correspondencia con los amigos en redacciones, las lecturas o las conferencias hacían que en más de alguna ocasión ella tuviese que asistir en representación de Darío. Su belleza y su historia con el Príncipe de las Letras nicaragüense le habían dado un halo de misterio, seductor, que alguno interpretó como una posibilidad de llegar a algo más con tan codiciada y hermosa dama.

Una noche, en un estreno de teatro al que le había pedido Rubén que acudiera con los cuidados del común amigo Villaespesa, estaba ella en el palco, deseando que terminara el segundo acto para volver a casa con su pequeña, y en el intermedio en el que los asistentes aprovechaban para departir sucedió algo que le molestó especialmente. Se había ausentado un instante su acompañante y, en aquella ausencia, sintió Francisca que la observaban ojos golosos. Los oyó antes que verlos cuando, al otro lado de la cortina del palco, a sus espaldas, alguien dijo:

—Una flor tan delicada no debería andar sola por los pasillos oscuros de un teatro. —Al volverse vio tras de sí al marqués de Borja, el mayordomo del Palacio Real y los jardines de la Casa de Campo, acompañado por un joven banquero, de nombre Gonzalo, atractivo y descarado, con el que había coincidido en varias ocasiones.

Tenía, como el propio marqués, fama de tunante, de donjuán cortesano. Aspiraba, por sus préstamos a la Casa Real, a ser aristócrata, como el propio mayordomo, al que todos llamaban marqués de Borja pero que todavía no lo era. Todos le otorgaban ese tratamiento a don Luis Moreno y Gil de Borja, por ser oriundo de la ciudad aragonesa cuyo nombre aristocrático pretendía. La reina regente le prometió que así sería, pero no le fue concedido hasta que dos años después el rey Alfonso fue coronado. En las mismas batallas andaba el otro caballero, y en anotarse, como si de piezas de caza se tratara, todas las conquistas que pudiera, aunque en el caso de Francisca Sánchez erró el tiro.

—Como ustedes bien saben, caballeros, las flores no andan. —Le salió ahí lo recio y pragmático de su espíritu castellano—. Y estos pasillos están perfectamente iluminados. En cuanto a mi soledad, es casual, porque he venido con un buen amigo mío y de mi esposo —dijo sin saber por qué, quizá como defensa o porque lo sentía como tal—. Seguro que lo conocen, es el escritor Francisco Villaespesa.

—¿Esposo? —recalcó con muy mala fe el banquero, el tal Gonzalo—. Tenía entendido que el señor Darío estaba casado con la hermana de un ministro de su país. Rosario Murillo, creo que se llama…

—Está usted informado a medias, caballero —replicó ella como si echaran vinagre en sus heridas—. Están divorciándose. Mi… Rubén —dudó— ha pedido incluso la anulación eclesiástica de su matrimonio ante el papa León XIII en Roma.

—¡Vaya, cuánta voluntariedad! —volvió a zaherir el financiero—. ¡Eso solemos decir todos los que buscamos algo de las mujeres hermosas que se nos resisten! —añadió pasando ya la línea de la mala educación.

—Creo que está usted faltando el respeto a la dama, amigo Gonzalo —intervino don Luis, el marqués emérito de Borja, conquistador pero respetuoso.

—Lo único que digo es que una «dama» —subrayó con una maliciosa sonrisa en la boca— como ésta no debería pasar estrecheces teniendo la posibilidad de tener amigos galantes como yo, que la colmaría de presentes y atenciones —insinuó pasando el reverso de su dedo índice por el filo del escote de Francisca.

La reacción de Paca no se hizo esperar. Se levantó como un resorte y le propinó tal bofetada a aquel incómodo y malintencionado pretendiente que le dejó marcado en la cara la palma de su mano con sus cinco dedos. Justo en ese momento entraba Francisco Villaespesa con unas copitas de anís, que se derramaron ante el susto de aquel sonoro guantazo. Parte de los vecinos de palco y de los asistentes a la representación, que se habían quedado en sus butacas o se reincorporaban para el segundo acto, se volvieron ante tal jaleo. Aquel gallito de corral, acostumbrado a usar su influencia económica y su cercanía a las finanzas de la familia real, se quedó congestionado y sorprendido ante la respuesta de aquella gran mujer.

—Me parece que se equivoca usted de dama —le replicó ella, con los brazos en jarras y, por su tono, dispuesta a ponerle el otro carrillo a juego si se sobrepasaba—. Aunque no estoy segura de que usted sea un caballero.

—Yo sólo quería ofrecerle mi ayuda —masculló él, enrojecido por la vergüenza de ser puesto en su sitio delante de toda la alta sociedad e intelectualidad madrileña por la que él creyó presa fácil.

—No necesito su «ayuda», —y fue ella la que puso énfasis ahora en las palabras— que, sin duda, no es desinteresada…

—Discúlpelo usted, señora Francisca —le pidió el marqués de Borja, llevándose al impresentable amigo de allí.

Un silencio de respeto se hizo a su alrededor mientras se volvían a apagar las luces y comenzaba el último acto de la representación. Lo sucedido sirvió como aviso a galanes de ocasión, que quizá habían confundido la valentía de Paca al entregarse sin reservas al hombre que amaba con otro tipo de entregas más propias de mujeres de la Corte. Cuando ella se tranquilizó un poco, soliviantada por la insolencia y los malos modos de aquel hombre, se sintió orgullosa de sobreponerse a la adversidad y a los caminos oscuros por los que la vida a veces trata de desviarnos. Ya a solas, en su casa, apurada por necesidades cotidianas, se sintió inmensamente rica en honradez.

Francisca se despidió de los suyos a finales de enero del nuevo año, mil novecientos uno. Preparó su poco equipaje, algo de abrigo y alguno de los trajes que le regalase Rubén, para que la viese guapa y en todo su esplendor a su llegada a la cosmopolita París. Su pequeña Carmen, que ya correteaba precozmente por los pasillos de la casa, a veces con alguna caída de la que se reponía enseguida, gateando y volviéndose a levantar, la miraba curiosa, como si presintiese que aquél no sería un día más de tantos. Ya balbuceaba alguna palabra como «Mamá», y la repetía constantemente como si fuera consciente de que no estaría para prestarle las atenciones que le reclamaba. Jugaba con las mudas de ropa que ponía sobre la cama antes de meterlas en la maleta, o se agarraba a sus faldas, sonriéndole, con su boquita roja y sus ojos abiertos a un mundo que se le presentaría gigante.

—Yo no sé si voy a poder hacer esto, madre —le decía a Juana, abrazándose a su hijita y besándola—. Se me parte el corazón al dejar a mi niña sola, sin saber cuándo podré volver por ella o podrá usted traérmela a Francia.

—¡Anda, mujer, no seas blanda! —le insistía su madre, aunque también estaba entristecida por la separación—. Carmencita va a estar divinamente con sus abuelos. Mira a tu padre, si no tiene ojos nada más que para ella. —Y era verdad, se le caía la baba con la mocosa—. Tú tienes que estar con Rubén. Él te necesita. Además, no es bueno que los amores se enfríen, ni que un hombre esté solo… ya me entiendes —le decía su madre sin querer entrar en detalles—. Y mucho más ahora que está en conversaciones con abogados para separarse de la otra…

—¡Ojalá sea pronto, madre, ojalá! —Y se le venía a la cabeza la mala intención del banquero de la otra noche—. No por mí, de veras, sino porque nadie pueda echarle una mala palabra a ustedes ni a mi hija…

—¡Bueno, Paquita, eso se va a solucionar, ya verás! —le decía Juana, que tan disgustada había estado, pero que ahora tenía gran respeto y afecto por Rubén—. ¡Si ya has visto que hasta se lo ha pedido al Papa! ¡Qué más prueba quieres, chiquilla! —dijo aludiendo a lo que les había contado Paquita del viaje de Rubén.

—Pues nada, madre, me voy. —Y se abrazó a ella queriendo ser fuerte…

La pequeña Carmen volvió a abrazarse a sus faldas:

—Mami —gimoteó, y Paca se aferró a ella, oliendo sus maravillosos tirabuzones castaños y el aroma a flor que exhalaba todo su cuerpecito.

—¡Ay, madre, yo creo que la niña tiene fiebre! ¡Está muy caliente! —Y en efecto así le pareció.

—¡Que no, mujer, que es sólo la pena que te da a ti que la niña esté mala! ¡Vamos con el abuelo, cariño! —le dijo esto último a la pequeña, que tenía pasión por Celestino y él por ella; y Carmen salió a buscarlo a la puerta donde estaba—. ¿Ves? Está perfectamente. Anda, vete ya, antes de que os echéis a llorar, ella y tú —le dijo con los ojos húmedos—. Nosotros nos quedamos con ella, que va a estar estupendamente. ¡Tu padre se muere antes de que le pase nada a su nieta! —Y fue a Juana, tan entera como siempre pretendía estar, a la que se le saltaron las lágrimas—. ¡Y escríbenos, que ya nos leerá tu hermana María las noticias para saber que llegaste bien! Nosotros también te contaremos…

Francisca cerró la puerta despacio, mientras uno de sus hermanos le cogía la maleta y unos pocos paquetes para llevarla a la estación de trenes. Lo último que vio, mientras la puerta se entrecerraba lentamente, fue el rostro de Carmen, como una muñeca preciosa, en brazos de Celestino, imitando la mano de éste en el aire diciendo adiós. Ella les sonrió con el corazón, dándoselo por su sonrisa y sus ojos, y luego se tragó el llanto mientras bajaba las escaleras, como si hubiese metido ese mismo corazón bajo los tacones de los zapatos.

Pronto llegaron a la Estación del Norte, muy cerca del domicilio familiar de la calle Cadarso, que bordeaba por la Cuesta de San Vicente los jardines del Campo del Moro. Paca pensó que siempre había bordeado aquellos lindes ajardinados en los que su vida había cobrado sentido. De no ser por los azares del destino y las circunstancias familiares, que la llevaron de la mano de su padre a adentrarse en aquellas frondas que le hubiesen estado vedadas de otra forma, nunca habría conocido a Rubén. Nunca habría experimentado aquel amor capaz de hacerle traspasar las fronteras de sus propios principios y condicionantes morales y religiosos, e incluso a franquear fronteras de países cuyo idioma y costumbres ni siquiera conocía.

Su hermano tuvo que dejarla allí, en la estación, esperando el momento de coger su tren hacia Irún, para pasar al otro lado de los Pirineos hacia Hendaya. Debía incorporarse al trabajo, con su padre, que se había escapado a la hora de comer para despedirse de su hija. Don Celestino, que aún era un hombre joven y fuerte, aunque ya maduro, era previsor, y le iba enseñando a su hijo mayor los trabajos de cuidado y mantenimiento de aquellos jardines cruciales en la vida de Francisca, por lo que pudiera pasar. Una de las grandes sabidurías de las personas del campo es que nadie vive para siempre, que todos volvemos al ciclo de la tierra antes o después; y el único legado que podía dejarles a sus hijos era el de ser decentes, aprender un oficio y ser capaces de sobreponerse a las adversidades. No era poca cosa. Frente a tanto carroñero que con el apelativo «humano» se decía tal, ser persona era una herencia que todos los hijos de Celestino y Juana, también Francisca, llevaron siempre consigo.

Sólo le quedaba una hora antes de tomar asiento en el tren, ya detenido en el andén, así que se sentó en uno de los bancos metálicos mientras los revisores les daban permiso, previa revisión de su pasaje, para tomar asiento. De pronto vio a lo lejos, desgarbada y con andares trabajosos, a una pedigüeña que le resultaba familiar. Lastimosa y mendicante, identificó a aquella anciana gitana, Fuensanta, a la que había ayudado meses atrás, y que le vaticinó que conocería a un príncipe, como fue en efecto, aunque resultara un príncipe muy particular. La vieja andaba como distraída, con su letanía de pedir una limosnilla y, a la vez, refunfuñaba y hablaba, a veces para sus adentros y, otras, como si departiera con interlocutores invisibles. Incluso parecía enfadarse o discutir con ellos. Les respondía de mala forma, o les decía que se callasen, pero sólo la zíngara era capaz de verlos u oírlos si es que estaban…

Fuensanta parecía más menuda, más disminuida, aunque tenía muchos años y el frío de enero no ayudaba a sus gastados huesos. Pasó por delante de Francisca y, al verla, se le iluminó la cara de alegría, y le dijo:

—¡Mi niña! Pero si estás hecha una gran señora, una princesa, diría yo. —Y aunque resultaba una exageración era cierto que Francisca lucía elegantemente vestida.

—Doña Fuensanta, ¿cómo está usted? Siéntese un poco, mujer, que se la ve cansada. —Y le hizo hueco al lado del banco, aunque algunas de las señoronas de por allí miraban con cierto desdén o desconfianza a la anciana.

Paca conocía bien el desprecio que algunos mostraban por los que no habían tenido en la vida tanta suerte como ellos, naciendo en altas cunas, en familias nobles o acomodadas. Ella, sin embargo, no por haber conocido las necesidades de una familia humilde, que también, sino por naturaleza, sentía compasión por todos los que, en su camino, parecían más desvalidos. En su corazón había amor para todo el mundo, y con aquella forma de ser, tratar con afecto a la vieja Fuensanta no le suponía un esfuerzo.

—Venga usted aquí, que hace un día muy frío y no está usted para intemperies. —Y mientras se sentaba le frotaba cariñosa las manos.

—Sí, hija, estoy cansada. Son los años, ¿sabes? Mi cuerpo cada vez me responde peor, y eso que mis ojos, casi ciegos, cada vez ven más. —Aquella paradoja le resultó muy inquietante a Francisca.

—Tome, Fuensanta, para que coma usted caliente, que hace mucho frío este invierno —dijo mientras sacaba unas monedas de su monedero, pues, aunque no le sobraban, sabía que le hacían más falta a la achacosa señora que a ella.

—¡Qué buena eres, mi hijita! —le agradeció, besando sus manos con su boca arrugada—. Quien da lo que necesita es porque tiene un corazón muy grande. ¡Qué pena que haya quien quiera causarte dolor! —dijo esas últimas palabras enigmáticas con las que hacía sus augurios mientras parecía discutir, entre dientes, con presencias invisibles…

—¿A mí, hacerme daño? Pero ¿por qué? ¿Quién? —le

interrogó ella, confundida, y sabiendo que ya en otra ocasión le había predicho la verdad...

—Una mujer, muchachita —contestó, casi con otra voz, como si viera en la bruma de aquella tarde invernal. Sus palabras salían de aquel cuerpo menudo, pero era como si otra voz, o voces, la usaran como instrumento—. Una mujer hermosa, de ojos grandes y pelo oscuro; una mujer hechicera, de cuello largo como una garza, y que mercadea con poderes oscuros que piden precios de sangre...

—Pero yo no conozco a nadie así —le dijo, angustiada del vaticinio—. Yo no he hecho daño a nadie...

—Tú no, princesa, pero hay quien no soporta la felicidad de los demás. Tú posees amor. Un amor que fructifica en hijos hermosos y que aún dará más cosechas, pero, atiéndeme. —Tomó su mano con una fuerza impropia de alguien tan menudo y mermado—. Protege con tu luz a los tuyos. Sobre todo a tus hijos, porque hay quien está dispuesta a empeñarse con el infierno para que tú seas vencida en la vida y desposeída de los que más quieres... Tu viaje no ha de producirse aún, sino más tarde y con un coste en lágrimas... No sabes cómo lo siento, princesa...

Luego aquella vieja gitana se levantó y se fue, canturreando, hablando con aquellas presencias invisibles, como si hubiese sido poseída por un espíritu o por la locura. Ni siquiera tomó las monedas que de buen grado y desinteresadamente le había ofrecido Francisca, y que quedaron en su mano como una ofrenda rechazada... La vio desvanecerse, como si la misma Fuensanta fuese también un fantasma, una aparecida, entre el vapor de la máquina de tren y la niebla densa que espesaba con la caída de la tarde en la Estación del Norte. Sintió que debía ir a abrazar a su hija, protegerla como le había recomendado la gitana y, justo en ese instante, sonó el aviso del revisor dándoles paso al tren. Quedó turbada, desconcertada ante el dilema que el destino volvía a ponerle delante: su hija o el amor de su vida. Qué parte de su corazón le era más indispensable... De qué ventrículo prescindiría para seguir viva...

—¡Viajeros al tren! —pregonó el revisor de nuevo, justo cuando ella con la maleta en la mano estaba a punto de abandonar aquel viaje y le daba la espalda...

Paca respiró hondo, cerró los ojos un momento y pensó que no debía dejarse conducir por los oráculos de una desconocida. Ella le tenía ternura a la anciana, pero que hubiese acertado una vez no significaba que fuese a hacerlo una segunda. Además, todavía no se había encontrado con aquella siniestra mujer que tenía comercio y trato con poderes oscuros. Si aparecía, ya se encargaría ella con uñas y dientes de defenderse a sí misma y a los suyos, como había hecho siempre. Se dio la vuelta y subió la metálica escalerilla del vagón que le correspondía. Buscó su asiento, acomodó la maleta y los pocos paquetes que llevaba, y miró por la ventanilla a los que se quedaban, a los que se despedían, a los que, como ella, habían de separarse de lo amado quién sabe si con la misma fortuna o suerte adversa.

Había pasado una hora desde que su hermano mayor la dejase allí esperando, y de la inquietante profecía de la gitana Fuensanta. El tren avisaba ya de su marcha, y entonces por el cristal vio aparecer a su hermano con el rostro demudado, escrutando el tren con los ojos, entre el humo y el vapor, buscándola a ella. Paca cogió rauda su maleta y sus paquetes, salió del compartimento y bajó aceleradamente la escalerilla mientras el tren se ponía en movimiento.

—¡Paquita, corre, es tu hija, Carmen! ¡Está muy malita, con fiebre, y te llama!

Al oír a su hermano supo que, desafortunadamente, la gitana tenía razón.

La bruma los envolvió también a ellos, y su corazón se quedó en sombras…

Una madre siente a su prole antes de que éstos se duelan de algo. Ella había presentido antes de irse, cuando cerraba aquella puerta de la calle Cadarso, que su hija la llamaba con los ojos, suplicante de amor y de cuidados. Quiso convencerse a sí misma de que exageraba, apoyándose en los ánimos y consejos de su madre, para ir a cumplir con su destino de amante compañera, pero el azar ya había trazado otras variables.

Ya antes de entrar en la casa familiar oía el llanto desconsolado de su hijita, y saltó los tramos de la escalera de dos en dos, de tres en tres, adelantándose a su hermano. Ya dentro, vio cómo Celestino maldecía, acunando a la pequeña, mientras su mujer, la abuela, le pedía que se la diese. Paca tomó a su Carmen, que lloraba con una angustia sin tregua en los brazos de su padre, y notó que, en efecto, ardía de fiebre como había percibido sutilmente un par de horas antes. Resuelta, miró a su madre y le dijo:

—¡Llama al médico inmediatamente, corre! —Y acunaba a su hijita, cantándole y besándola, deseando que la fiebre y el mal pasaran a ella para aliviar su pena.

Mientras la mecía, al darle un beso, observó que unas pupitas rojas empezaban a aparecer en su cuello y en su cara...

El diagnóstico del médico no fue halagüeño. Se había declarado una epidemia de viruela en la ciudad, y la pequeña Carmen tenía todos los síntomas de haberla contraído. El doctor les advirtió de lo contagioso que era pero ninguno de los parientes quiso moverse de la casa. Celestino, que no dejaba de besar y cuidar a su nieta, enfermó dos días después. Durante semanas fiebre, llantos, rezos, maldiciones y al final... el silencio engulló la casa como una paletada de tierra y niebla pesarosa...

Paca enterró a su hija y a su padre en los primeros días de febrero. Los enterró juntos, en la misma tumba del cementerio de San Isidro, porque juntos habían estado en el amor y en la calamidad de la enfermedad. Ningún consejo hizo que Celestino dejara de acariciar ni besar a su nietecita, ni cuando las pústulas cubrían su tierno rostro. El amor verdadero no tiene prevenciones. Se entrega sin más. Sin reservas. Ese amor le costó la vida, aunque tampoco Francisca dejó de cuidar, de besar y de acariciar a su niñita y a su padre, pero no quiso la afección hacer mella en ella. Quizá porque quitándole a su hija y a su padre le hacía más daño que matándola. Recordó entonces, una vez más, los presagios de la gitana Fuensanta...

Así, con sus hermanos y su madre, y unas pocas amigas y vecinas —la epidemia había diezmado la población madrileña en esos días—, dieron sepultura a su progenitor y a su hija. Ella y su madre los amortajaron, en la casa, y pusieron a la niña en brazos de su abuelo, como había estado casi desde que nació. Como estuvo hasta el último momento. Ella sintió la paz, en la atroz circunstancia de la sepultura, de que se harían compañía, y tuvo cierto consuelo aunque notara una especie de agujero en su pecho. Como si le hubieran arrancado un órgano o le faltase aire; algo que no era capaz de definir: un hueco.

Llenaron la sepultura de flores del jardín de la Casa de Campo, pues muchas de ellas daban flor y fruto gracias a los cuidados de su padre. También como ofrenda a aquella niña que quizá fue concebida entre esas flores, y que tenía nombre de jardín y de poema. Rosas, lirios, narcisos, jacintos, celindas, Carmen, Carmen, Carmen…

Sin mirar atrás, un par de días después del sepelio tomó el tren en la Estación del Norte, camino de París, camino de Rubén, camino del amor…

5

Francisca nunca había sido miedosa o cobarde. Además, cuando lo pierdes casi todo, esa pérdida te da una pátina de fortaleza que te hace casi indestructible. No es que no le doliese nada, llevaba la herida de perder a su hija y a su padre en el costado como una lanzada mortal, pero sabía que, después de eso, estaba preparada para enfrentarse a cualquier cosa. Paca era una superviviente y los supervivientes son peligrosos por sus certezas: saben que sólo la muerte es definitiva y, hasta ésta, acaba pasando... Por supuesto que le preocupaban muchas cosas. En primer lugar, cómo quedaría su familia sin el patriarca, y la reacción de su Rubén al reencontrarla. Ya le había anunciado el deceso y la causa de la muerte de su hija, razones también de su retraso. Él le contestó con pesar y comprensión, y le reiteró su promesa de amor y su deseo de reencontrarse con ella.

Juana le aseguró que nada pasaría, que ella tenía que hacer su vida, más ahora, y que se marchase a París con Rubén sin más dilación. El mayor de los hermanos ocupó en la

Casa de Campo el puesto de trabajo de su difunto padre y, con el mismo sueldo, bandearían —le aseguró su viuda madre— las circunstancias. Con esa tranquilidad, y la promesa de que ante cualquier imprevisto le escribiría a la pequeña María, se marchó Paquita. Llevaba las señas de donde vivía su Rubén en París. Rue du Faubourg Montmartre, 29. Ni siquiera se había planteado cómo haría para hacerse entender, no ya para entender el francés y poder desenvolverse en un país extranjero. No le importaba. Saldría adelante, así tuviese que comunicarse por señas como los mudos. Se sintió capaz de cualquier cosa. Más fuerte y más hecha como mujer. Ni un tiralevitas como aquel banquero pretencioso del teatro, ni las habladurías de vecindonas amargadas y ociosas, ni las premoniciones de una pitonisa, ni su propio miedo, ni siquiera la pena de dejar a su pequeña hija y a su padre enterrados lejos de sí, harían que se sintiese menos capaz y digna de amor que cualquiera otra. El amor era su certeza. Lo había sido siempre...

El viaje desde Madrid hasta la capital del Sena fue largo, lleno de transbordos y pernoctas a la espera de conexiones. Llevaba consigo algunas vituallas con las que entretener el estómago. Su madre se había empeñado, aunque entre la pena que había sufrido por la pérdida de los suyos y la preocupación por los que quedaban, no tenía demasiado apetito. Los nervios por el reencuentro también tenían su sitio en el corazón y en el ánimo de Paquita, que había adelgazado aún más en aquellas fatídicas semanas, asemejándose a las lánguidas mujeres de moda en las estampas, carteles y revistas de sociedad de la época. La suerte quiso ponerse de su parte en este particular y, desde Madrid, iban en su mismo vagón un grupo de chicas jóvenes que iban a estudiar en un colegio interno en París; vigiladas por una tutora, como era habitual en las jovencitas de las familias acomodadas. Se defendían muy bien en aquella lengua, y se ofrecieron a acompañarla y guiarla durante aquellos días.

Rubén Darío la esperaría en la estación con un escritor mexicano amigo suyo, con el que compartía piso a fin de ahorrar en gastos. Su compañero de letras y vida bohemia se llamaba Amado. Amado Nervo. Era poeta, como él, lo que suponía la gloria del talento y la calamidad mundana de la miseria con la que el mundo trata de postrar a sus pies a los que rompen sus normas y se salen de ellas. Francisca no lo conocía ni sabía de su prestigio pero, acostumbrada ya a los coros literarios por los meses de convivencia en Madrid con Rubén, no se arredró ante aquella circunstancia. Por supuesto que no era el escenario ideal compartir intimidad con un desconocido después de un año separada de él, aunque, por otro lado, hecha a las cotidianeidades de vivir con seis hermanos y sus padres, no se iba a poner melindrosa. Mucho menos ahora, tras perder a su hijita, pues lo último que deseaba, y menos en una ciudad y un país que desconocía, era la soledad de largas tardes o noches en silencio.

Necesitaba bullicio, y risas, humanidad y futuro. Necesitaba esperanzas y a Darío, por supuesto, y sus palabras: esas palabras que la embriagaban y le daban consuelo en la intemperie de un mundo que no respetaba la bondad de un abuelo, o de una niña, o del amor. Esos versos, esa música, esa poesía, a ella, que durante dos largas décadas había sido ágrafa, le seguía consolando de pérdidas tan irreemplazables. Porque el amor se empezaba a hacer, ya lo había sentido antes, con las palabras, y la muerte parecía vencerse, en cierta medida, también con ellas...

Al llegar, Paca se deslumbró con la belleza pulcrísima y moderna de aquella estación parisina de Orsay. Tanto que, para sus adentros, pensó que más parecía un museo que una estación ferroviaria. No halló a su príncipe y al amigo mexicano en el andén. Se sorprendió un poco pues su caballero le había dicho que la recogería y no era hombre impuntual. Tal vez algún contratiempo lo habría retrasado. También era cierto que no había llegado exactamente en el tren que le había comunicado pues, para poder ir con las chicas que iban a ayudarla, hubo de cambiar el último tramo de enlaces ferroviarios por otro tren que arribaba un poco más tarde. Inquieta, decidió aguardar un rato, pero tras una hora de espera sin que nadie llegase, se decidió a ponerse en marcha. Sus amigas, que la acompañaban y la invitaron a un refresco con unas pastas, le indicaron cómo ir desde la estación a la dirección que ella tenía. Debía cruzar el puente Real, sobre el Sena, y avanzar hasta el jardín de las Tullerías. Seguir la vereda del río, hasta desembocar, a la altura de la Îsle de la Cité, en la rue Montmartre. Ella anotó en su cabeza, pues le costaba más hacerlo por escrito, las indicaciones que las compañeras de viaje españolas le dieron. Por si acaso, las muchachas le dieron sus señas en la escuela del Sacré-Coeur, donde estudiaban y residían. Con la promesa de visitarlas en algún momento, Paca salió de la hermosa estación de Orsay y se encontró con un París radiante, de edificios impresionantes, todo él como un gran museo en cuyo espejo se miraban orgullosos los parisinos.

La ciudad se había engalanado aún más con motivo de la reciente Exposición Universal y, aunque ella no era muy ducha en idiomas, además del dominante francés podía distinguir, de trecho en trecho, otras lenguas como el inglés, el alemán o también, como en su viaje, el español. Percibía gran afluencia de hispanoparlantes venidos de América, cuyo acento, enamorada de un nicaragüense, distinguía rápido por su cantarina y más dulce entonación. A ella, hecha a los rigores, también en la lengua, de la vieja Castilla, le acabó seduciendo aquella otra forma de decir más suave, menos agreste, más rica en giros y emociones.

Se le había echado la noche encima con la espera y la despedida de las jóvenes estudiantes. El invierno, además, acorta siempre las horas de luz. Se encontró una capital nevada y aterida de frío, aunque animosa en las calles, con hombres y mujeres que iban y venían, entrando y saliendo de hoteles, cafés y restaurantes. A la luz de aquella agitación, parecía imposible que en otros lugares del mundo se enterrasen niñas de menos de un año, o padres abnegados… Resuelta, cruzó el puente como le habían dicho, y le impresionó la anchura, helada en ciertas partes, de aquel río y la imagen de la Îsle de la Cité con la catedral, señora del reducto aislado. También se maravilló con el jardín de las Tullerías, que bordeó, y volvió de nuevo a su cabeza cómo los ríos y los jardines marcaban los pasos decisivos que iba dando en su vida. Rubén le había explicado aquella broma primera de cuando se encontraron en la Casa de Campo, y sabía ya qué era una ninfa por las explicaciones de su hombre. Aterida de frío, la noche helada mordía como una fiera invisible de congelados dientes. Se sonrió pensando en que quizá ella, sin saberlo, pertenecía a esa clase de espíritus de los bosques y las flores, y en que, por una razón ignota, el destino había querido que, por esa cuestión, ella y el poeta se conociesen así. Luego su pragmatismo castellano la espoleó, y apresuró su paso, ansiosa de reencontrarse con él, que era la razón por la que toda su vida estaba patas arriba. Eso es lo que suele pasar con las razones de amor: cuando llegan son como una riada que arrasa con todo…

Francisca llegó a París el dieciocho de febrero de mil novecientos uno. Se dio cuenta, allí, en el portal de la casa señalada, de que era el cumpleaños de Rubén Darío. La casapuerta estaba abierta, así que sólo tuvo que franquearla y subir los tramos de la retorcida escalera de madera hasta el piso preciso. Con cierta taquicardia emocionada, llamó a la campana de la puerta, y oyó los pasos de alguien que se aproximaba para abrirla. Apareció ante ella un caballero enjuto, de corto pelo negro, ojos vivos y frondosa barba y bigote al estilo decimonónico. Invitándola a pasar, le dijo:

—Mademoiselle Darío, adelante, la estábamos esperando. —Y le mostró una galante sonrisa—. Su caballero, el Príncipe de las Letras —y volvió a oír aquel apelativo—, la espera en el salón. Claro que, siendo usted la amada del príncipe, el tratamiento más apropiado sería el de princesa. ¡Señor Darío, la princesa Paca acaba de honrarnos con su presencia!

Fue la primera vez, y de labios del escritor Amado Nervo, que la llamaban princesa. La princesa Paca. No sería la última ocasión en la que ella, nacida de humildes orígenes, sería tratada de aquella forma, por la corte más selecta y aristocrática, en el sentido etimológico de los mejores, en la bohemia de París.

Rubén la alzó por los aires, con su fortaleza portentosa, feliz de tener a su coneja, su Tataya, su princesa, por fin con él. En su emoción se mezclaban el amor evidente que le tenía, los efectos de la distancia, y la pena de aquella mujer por haber perdido a su hija, Carmen, a la que él no había llegado a conocer sino por fotos. Sus lágrimas y sus besos se mezclaron, con esa sensibilidad varonil, a flor de piel, que la había enamorado y que seguía poseyendo por arrobas.

Le presentó oficialmente a su compañero, Amado Nervo, que estaba como él de corresponsal en París, en el caso de Nervo, del periódico mexicano *El Imparcial*. Hombre de gran talento, educado y respetuoso, fue de una fidelidad y discreción extrema con su amigo y con Francisca. Aquella incómoda circunstancia de ser pareja de tres pronto se tornó en afectuosa compañía, pues Amado nada más llegar la trataba como a una verdadera princesa, y en una agradable sensación de familia. El mexicano se convirtió en una especie de primo, o hermano de ultramar, que se desvivía en afecto y muestras de cariño constantes con la pareja.

El piso era amplio, con techos altos y de un viejo esplendor. Rubén, según le contó a Francisca, lo compartió primero con otro escritor, el guatemalteco Enrique Gómez Carrillo, de quien había sido jefe en un periódico en América. Más tarde, cuando éste se marchó, Nervo coincidió con Rubén y congeniaron tan bien que decidió ofrecerle la habitación del anterior. En el centro del piso había un gran salón, con una chimenea enorme, y se comunicaba con la cocina por un pasillo y con la sala de entrada, que daba a la puerta; luego tenía dos grandes dormitorios, con antesala, que ambos usaban de estudio, y baños independientes. Tanto el salón como las alcobas, y también las salitas de trabajo, poseían grandes balcones por los que, durante el día, se tamizaba una blanca y abundante luz.

Después de las presentaciones, de conocer la casa y de dejar su maleta y hatillos en el dormitorio que compartiría con su hombre, se dio cuenta de que hacía muchísimo frío en la casa. No lo percibió al principio, aterida como estaba de las calles nevadas de París, por el calor de los abrazos y los besos, y la emoción, que siempre suele caldear los cuerpos desde esa caldera prodigiosa que propulsa los latidos y la sangre. Rubén la vio temblar, y se percató de su escalofrío.

—Verás, Paquita, la salamandra de la calefacción se ha congelado y hay que repararla. Me temo que tendrás que calentarte en la chimenea y conmigo. —Y le guiñó un ojo pícaro—. Amigo Amado, alimenta un poco más el fuego, que tenemos a mi princesa aterida —dijo repitiendo el apelativo que oyó a su camarada.

—¡Enseguida, capitán! —respondió él a la broma, como si formaran parte de la tripulación de un barco.

—Pero ¡qué hacéis, locos! —les gritó ella al ver que, en vez de azuzar el fuego con madera, lo hacían con libros y revistas.

Ella, que aún no leía ni escribía fluidamente, que no pertenecía a los cenáculos literarios más que por amor al poeta, tenía, sin embargo, un grandísimo respeto por los libros, por el trabajo que los otros ponían en ello, por la vida que se dejaban en cada línea, como había visto hacer y vivir a su Darío, noche tras noche, sin descanso.

—No te preocupes, Paquita —le dijo sonriendo Rubén—, sólo quemamos los libros malos y los de los enemigos…

Las páginas y las hojas crepitaron, volumen tras volumen, indolentemente, con algunos nombres cuyo propietario conocía de Madrid. Así, con aquel ajuste de cuentas incinerador, entraron en calor los tres, y compartieron risas, una copa de coñac y afecto.

Francisca y Rubén quedaron por fin solos, después de un par de copas y de hacer su propia crítica literaria, su criba, en aquella hoguera de la noche parisina. Amado tuvo a bien, y dada su exquisita educación y prudencia, retirarse a su habitación y dejar a la pareja a solas. Los dos se miraron, con el reconocimiento de los amantes, con esa intimidad que no se había enfriado ni por la nieve, ni por el año de distancia, ni por la terrible pérdida de su hija. Él la tomó de la mano y, como si no hubiesen estado separados nunca, la llevó al dormitorio, y se amaron lenta, tierna y apasionadamente.

—¿Sabes que hay aves en mi tierra americana que se emparejan para siempre y nunca se separan? Son como las tórtolas aquí, que buscan su amor y mueren de pena si la otra desaparece. —La besaba, con sus labios y con aquellas palabras que salían de ellos—. Eso es lo que siento yo por ti, Paquita…

—Dame tus palabras, amor mío, dame tus versos —le susurró ella, y él no podía comprender cómo aquella mujer a la que amaba, que no había sido nunca instruida en letras, se sentía tan subyugada por la poesía…

Sin rechistar, embriagado también él por aquel amor, por el placer en la fría noche parisina, por el reencuentro

con su amada, mientras seguía acariciándola bajo las sábanas, y besándola, al oído le fue deslizando sus versos:

> *Yo soy aquel que ayer no más decía*
> *el verso azul y la canción profana,*
> *en cuya noche un ruiseñor había*
> *que era alondra de luz por la mañana.*
>
> *El dueño fui de mi jardín de sueño,*
> *lleno de rosas y de cisnes vagos;*
> *el dueño de las tórtolas, el dueño*
> *de góndolas y liras en los lagos;*
>
> *y muy siglo diez y ocho y muy antiguo*
> *y muy moderno; audaz, cosmopolita;*
> *con Hugo fuerte y con Verlaine ambiguo,*
> *y una sed de ilusiones infinita.*
>
> *Yo supe del dolor desde mi infancia,*
> *mi Juventud... ¿fue juventud la mía?*
> *Sus rosas aún me dejan su fragancia,*
> *una fragancia de melancolía...*
>
> *Potro sin freno se lanzó mi instinto,*
> *mi juventud montó potro sin freno;*
> *iba embriagada y con puñal al cinto;*
> *si no cayó, fue porque Dios es bueno.*
>
> *En mi jardín se vio una estatua bella;*
> *se juzgó mármol y era carne viva;*
> *un alma joven habitaba en ella,*
> *sentimental, sensible, sensitiva.*

Y tímida ante el mundo, de manera
que encerrada en silencio no salía,
sino cuando en la dulce primavera
era la hora de la melodía...

Hora de ocaso y de discreto beso;
hora crepuscular y de retiro;
hora de madrigal y de embeleso,
de «te adoro», de «¡ay!» y de suspiro.

Ella le contestó con más besos, con más promesas de amor, con más sueños. No durmieron en toda la noche. A los ritos gozosos del amor y del deseo se añadieron las ansias de recuperar el tiempo perdido, de contarse lo vivido en esos más de trescientos sesenta y cinco días separados. La familia, los viajes, las vicisitudes, los sueños, las angustias, los deseos, el parto, su pequeña hija, hermosa como un poema o como un jardín, la enfermedad, la muerte... la vida, el futuro.

6

La luz del nuevo día volvió a sorprenderlos de nuevo juntos y abrazados. No dormitaban, como aquella otra vez en la que Francisca despertara del cansancio del amor, con el sonido del agua y la visión de su hombre metido en el río. Aunque estaban desnudos como aquella otra vez, bajo las sábanas, con una luz marmórea o alabastrina que se colaba por el amplio ventanal del dormitorio de Rubén. Paca no quería dormir. Mucho había dormido ya lejos de su hombre, lejos de aquella luz, de aquellos versos. La vida era muy corta. La prueba la había sufrido, dolorosamente, con la pérdida de aquella preciosa muñeca que era su hija, que no llegó a vivir un solo año.

—¿En qué piensas, Paquita? —le susurró él, abrazado a su cuerpo, en aquella hora del alba.

—En que la vida es muy corta, mi amor, y la desperdiciamos en naderías…

—«Nuestras vidas son los ríos, que van a dar en la mar, que es el morir» —le dijo él poniendo sus labios en el oído de ella.

—No sé muy bien qué quieres decir con eso aunque lo intuyo —le dijo ella, dándose la vuelta y mirándolo a los ojos—. Lo cierto es que tú y yo sabemos algo de ríos. —Y le sonrió, pues ambos recordaron las orillas del Manzanares y tenían cercanas ahora las del Sena—. Pero fíjate que yo nunca he visto el mar. Ni siquiera cuando pasé cerca de la costa en Irún o Hendaya, en tren, de camino aquí, pude verlo por una densa niebla como una cortina...

—Pues eso hay que arreglarlo, conejita —le dijo él con una serenidad que sólo encontraba en los brazos de su Francisca—. Tienes que conocer ese misterio, esa maravilla del mar...

—Sí, pero no será hoy. Hoy tú y yo —le sentenció pícara— no nos vamos a mover de este océano de sábanas y mantas...

Paca se hizo más pronto de lo que esperaba a la rutina de París y de aquella casa. Amado era la discreción personificada y hacía todo lo posible, sobre todo los primeros días, para no coincidir con ellos y darles espacio e intimidad. Comía fuera, y también ellos porque, aparte de unas licoreras y copas de alcohol, no había más menaje en la casa. Paca descubrió con Rubén el magret de pato, el puré de patata y manzana, las *brasseries*, las fondues, y todas las especialidades de la cocina francesa. Tenían demasiada mantequilla para su gusto, pero la curiosidad y las ganas de complacer a su sibarita Rubén la llevaron a probar aquella gastronomía.

La situación económica mejoró un poco pues, a las crónicas que puntualmente le pagaban los jefes argentinos de

Darío del periódico *La Nación*, había que añadir otros trabajos sueltos que se prodigaron desde España, o Nicaragua, desde México, o en la propia Francia, donde el interés por la literatura hispanoamericana comenzaba a aumentar, con pequeñas editoriales que publicaban a estos autores y un creciente número de hispanos residentes en la capital. El Barrio Latino se convirtió en uno de los sitios de moda para locales, restaurantes y farras, aderezada con la cultura criolla hispanoamericana. El propio Rubén publicó un volumen con crónicas y artículos, e incluso una segunda edición de *Prosas profanas* que fue muy celebrada por aquella colonia latinoamericana que le tenía también como maestro, al igual que sucedía en Madrid. Entre los asiduos a tertulias, estrenos y cafés, además del propio Amado Nervo, estaban Enrique Gómez Carrillo, Manuel Ugarte, Justo Sierra, José María Vargas Vila o Rufino Blanco.

No tener que mantener los gastos duplicados de la casa de Madrid hacía que pudiesen permitirse vivir más holgadamente, y Darío, que era un trabajador incansable y gozaba en ese momento de muchas colaboraciones bien pagadas, pronto colmó a su Paquita de vestidos, sombreros, e incluso alguna joya importante, a la última moda de París. Como sucedió en el Madrid aristocrático e intelectual, aquella real hembra empezó a destacar y llamar la atención de los caballeros, aunque ella sólo tuviese ojos para su hombre. Éste se empeñó en que tomase una chica de servicio, para que la ayudara y pudiese disfrutar con él de la vida social de la ciudad cosmopolita pero, también, con el práctico sentido de que la ayudase en un idioma que no era el suyo. Encontraron a una joven hija de trabajadores españoles emigrados a

Francia que, habiendo nacido allí pero siendo de padres castellanos, hablaba con soltura ambas lenguas. Aunque Francisca no estaba acostumbrada a tener servicio, sino a servir, tuvo en aquella joven una aliada y confidente. Ella se seguía encargando de las cosas importantes de la casa, como la cocina, pero se sentía más acompañada con aquella encantadora muchacha, con la que pudo adentrarse en los mercados parisinos y hacerse con menaje, vajilla, ropa de cama y cocina, además de los ingredientes con los que sabía que su Rubén disfrutaba a la hora de la mesa. También Amado Nervo cayó seducido por las maravillas culinarias que era capaz de elaborar aquella mujer, que puso sensación y sabor de hogar entre aquellas paredes, adobando las famosas chuletas que tanto le gustaban a su hombre, con pimentón, sal y tomillo; la benefactora sopa de tortuga que tanto alentaba su estómago en las vigilias de escritura; el arroz con frijoles americanos que le retrotraían a sus días de adolescente, y todas las variedades preferidas del poeta.

Amado Nervo y Rubén retomaron también la enseñanza de la escritura y la lectura, en pequeños cuadernos con tapas de hule en los que Francisca se aplicaba. En muy poco tiempo, recobraron esa cotidianeidad de dicha, de complicidades, de amor, que toma la forma discreta de la convivencia.

—¡Cuánta falta me hacías, Paquita! ¡Cuánta falta!

Y ella lo besaba en la frente, como besaba la frente de rizos de su hijita…

Llegó la primavera a París, y la ciudad del amor se abrió de almendros y cerezos con la vigilante figura de la metálica torre Eiffel reflejándose en el río. Los días se hicieron más largos, y más cálidos, y las ganas de dicha y alegría se contagiaban como una enfermedad benévola. Entre los amigos de farras no faltaba Manuel Machado, que se había trasladado también a la capital del Sena y trabajaba en la sección española de la editorial Garnier, donde aparecieron algunos de los volúmenes de Darío. Volvió a lucir para él el maravilloso mantón de Manila, que algunas le envidiaron por la moda exótica de lo español que enfebrecía la ciudad. Incluso quisieron comprárselo, pero ella se negó a desprenderse de aquel presente que tanto le gustaba a Rubén y que con tan temprano afecto le había ofrecido Manuel.

Con Manuel Machado, Amado Nervo y su Rubén conoció las díscolas noches de París, sus cabarets y salas de fiesta. En el Chat Noir, el Moulin Rouge o el Folies Bergère contempló cómo las bailarinas con faldas voladas enseñaban las ligas y el interior de su corsetería bailando el cancán. No pudo evitar pensar en las devotas cortesanas del Palacio Real que despellejaban a la erudita Emilia Pardo Bazán por decir en voz alta que tenía los mismos derechos como mujer escritora que los hombres. ¿Qué hubieran dicho de contemplar aquellos bailes y alternes? Las cantantes y las danzarinas alternaban con los caballeros sin pudor, bebían y fumaban con ellos y, aunque algunas sí desempeñaban el oficio más antiguo del mundo, otras, simplemente, se tomaban una copa o fumaban con sus largas boquillas de marfil, jade o ébano.

Muy cerca de donde vivían en Montmartre le sorprendieron los famosos cabarets del infierno (L'Enfer) y del cielo (Cabaret du Ciel), que lindaban el uno con el otro. Los dueños eran rivales entre sí, y a la ocurrencia de uno, el otro contraatacó con el local contrario. En L'Enfer había que pasar por una boca infernal, y todo estaba decorado como si al adentrarse en él uno se introdujera en el mismísimo averno. El portero era un señor vestido de demonio, con tridente, cola y cuernos, que respondía al nombre de Mefisto. Las mesas estaban circundadas por unos sofás redondos, que simulaban calderas, y las bebidas llevaban nombres como «Condenación eterna», «Concupiscencia», «Pecado venial», «Pecado mortal», que servían camareros vestidos de diablillos o condenados, con cadenas y semidesnudos. Solía haber representaciones y bailes, como en el resto de los cabarets y locales de la zona. Por el contrario, en el del cielo te recibía un señor vestido de san Pedro, con una llave enorme que más parecía un bastón que otra cosa, sonaba música de órgano de iglesia cuando no había espectáculo, y los camareros iban vestidos de ángeles, arcángeles, querubines o serafines, aunque con la misma desvergüenza, impudor y falta de tela, en muchas ocasiones, que en el otro. Evidentemente aquí las consumiciones tomaban nombres como «Salvación eterna», «Gracia divina», «Bula plenaria» o «Polvo de ángel», aunque en ambos locales los componentes eran de altísima graduación alcohólica y, en muchas ocasiones, alucinógenos, por ser destilados de ajenjo, estramonio o peyote. Pero el hada que reinaba en las copas de los bohemios de París era la absenta, en todas sus variedades, el hada verde de los artistas.

Paca crecía como mujer y se bebía un mundo fantástico, que pareciera imposible de no estar desfilando ante sus ojos, acompañada de aquel príncipe, un rey ya en reconocimiento y sabiduría, que la amaba con su cuerpo y con su poesía. No era más que una muchacha enamorada. La pasión fue su única guía. La brújula fundamental de su vida. Pero todos los caminos conducían a aquel hombre. Ese hombre de labios gruesos y sensibilidad herida que venía del otro lado del océano.

En aquel París de la bohemia, Francisca supo que había otras formas de ser y de vivir, y que no eran ni mejores ni peores, pero sí distintas y más libres. Se alegró de conocer otro mundo, aunque echase en falta el suyo y los ámbitos de su lengua y su cultura, en los que siguió creciendo gracias a sus maestros; cada vez entendía más por qué los jóvenes escritores llamaban así a Rubén Darío, o a Amado Nervo, que fueron sus particulares profesores de escritura y lectura. Ella podría haber presumido de haber aprendido a leer y a escribir de dos de los escritores más importantes en castellano, pero no lo hizo. La presunción no fue nunca uno de sus defectos y, además, su mayor gloria era amar y haber sido amada por aquel hombre: Rubén Darío.

Una noche fueron los habituales, Manuel Machado, Nervo, Darío y ella, al cabaret Lapin Agile. Era la primera vez que les acompañaba a ese local y Rubén hizo bromas porque su nombre significaba «El Conejo Ágil» y, claro, con las bromas privadas que tenían de llamarse conejo y coneja los dos se reían ante las miradas inquisitivas de los otros, que no sabían por dónde iba aquella chanza. Fue también la primera vez que Francisca participó en el ritual de la absenta, la famosa hada verde, y que la probó. Vio cómo en historiadas copas talladas se vertía el licor verde y sobre la copa se ponía una especie de cuchara o colador de plata con un terrón de azúcar que se diluía con agua muy fría. Al mezclarse todo ganaba tonalidades lechosas, como si el verde intenso de la absenta se mezclara en niebla o humo... Le dio un sorbo. Estaba muy fuerte, pero poco a poco los sorbos le iban dando calor, y un leve regusto a hierbas, amargas, que el azúcar no terminaba de eliminar... No era la primera vez que su hombre y los amigos participaban de aquel rito alcohólico —era consciente por la pericia con la que se desenvolvían en él—, pero le gustó tomar parte en aquella iniciación que sólo compartían los varones con sus iguales...

Uno de los camareros se acercó a la mesa donde estaban y les indicó en francés que el señor del fondo había preguntado por la joven del mantón de flores y la peina de estrella. Quería saber quién era, y si podría pintarla. Todos los escritores se volvieron hacia la mesa preeminentemente en sombras, de donde provenía la pregunta y la invitación. Quien convidaba era un hombre que rondaría los setenta años, y que vigilaba sonriente desde la distancia con sus gafas de ver. Rubén le preguntó al camarero:

—¿Y quién es el señor que nos invita y que tanto pregunta? —La cuestión, ya mojada en la absenta, tenía más de curiosidad que de legítimos celos.

—Se trata del pintor Edgar Degas —contestó el chico con su parisino acento.

Todos se sobrecogieron al saber la identidad de aquel hombre, que ya casi no pintaba y que había posado sus ojos cansados, cazador como era de belleza, en la ausente Francisca, ajena por completo a la importancia del pintor. Amado Nervo, en su estupendo francés, le dijo al camarero:

—Respóndale al señor Degas que la mujer a la que admira es una princesa, la princesa Paca, y que es difícil que su príncipe permita que pose para nadie...

El joven volvió con el recado al pintor y su séquito de admiradores acompañantes. Tras unos instantes, Degas pidió vino, se levantó y brindó, coreado por todo el cabaret, a la salud de la *princesse* Paca. Todos, incluidos los poetas embebidos de los efectos de la absenta, corearon aquello de la *princesse* Paca, la *princesse* Paca, la *princesse* Paca y, sin esperarlo, Francisca Sánchez fue coronada por los artistas, definitivamente, en los templos de la bohemia parisina, como la princesa Paca.

Aunque aquella broma de la princesa Paca fue tomada en serio por algunos de los intelectuales y artistas de París, Francisca se sentía más cómoda en casa, entre sus guisos, y entregándose, también en las pequeñas cosas como la comida, al hombre al que amaba. Bien es cierto sin embargo que aquel respeto, en comparación con la vida que le tenían destinada en la que se hubiese sentido humillada y condenada, como si no valiese más que una bestia que tirase de un arado hasta morir de extenuación, la hacía sentirse poderosa, nueva, y capaz de seguir enfrentándose a las circunstancias que se le pusieran por delante. Todas las iría sorteando como hasta el momento en el que pasó de ser la pobre niña analfabeta hija de un campesino a la amada de uno de los hombres más respetados de la cultura española. La llamaban princesa y, en cierto sentido, lo era. No por cuna o sangre, si es que eso significaba algo, sino por tesón, esfuerzo y, sobre todo, valor. Por ser capaz de enamorarse y pasar por encima de todo lo que se le había dicho que no se debía hacer porque no era decente o apropiado. Ella sintió, supo y demostró que no hay nada sucio o innoble en entregarse, en hacer lo que hiciera falta por aquel a quien se amaba.

7

Una tarde de aquéllas apareció por casa, cuando Rubén descansaba un poco del calor de mayo que empezaba a ser persistente por la humedad del río Sena, Manuel Machado. Se presentó con otro hombre joven, que resultó ser su hermano Antonio, que estaba buscándose un porvenir y unos francos como eventual profesor de español, o traduciendo textos al francés desde su lengua castellana para la misma editorial donde trabajaba Manuel. Antonio, un poco más serio que su hermano, menos bromista y más taciturno, miraba con veneración a Darío, al que, por supuesto, llamaba maestro, como todos. Él también quería ser poeta, y aseguraba Manuel que tenía buena mano y hondura para la poesía, pero era menos decidido y más tímido que su precedente.

Amado Nervo les contó cómo estaba progresando la princesa en sus ejercicios caligráficos y en la lectura, y cómo se emocionaba su sensibilidad maravillosa con los poemas, recitados por ellos, prueba de su natural inteligencia y capacidad.

—Alguien que siente un verso incluso sin entenderlo tiene un corazón grande y una inteligencia innata —aseguraba Nervo sobre Francisca.

Antonio se conmovió con todo eso, y con la maravillosa y esforzada historia de amor entre Rubén y Paca y, de forma inesperada, porque aseguraba su hermano que tenía que arrancarle las cuartillas para poder leer algo de él, o hacerlo sin su permiso, a escondidas, cuando no lo veía, se le escaparon unos versos suyos en honor de la pareja:

> *Dicen que el hombre no es hombre*
> *mientras no oye su nombre*
> *de labios de una mujer.*

A Rubén, príncipe de los versos polifónicos y enjoyados, llenos de cisnes, de lujos orientales y ostentaciones mitológicas, le turbó y le llegó el golpe de esa poesía seca, directa, reflexiva. Mucho conversaron sobre su relación con los poemas de cancionero y del flamenco, que tanto le interesaba a Darío, y por supuesto a los Machado, que le contaron cómo su padre había sido el primero en estudiar la poesía y las raíces de la literatura y la poesía flamenca en las universidades españolas.

—Muchachos —les dijo Rubén a los hermanos—, tenéis ahí un territorio virgen y maravilloso para la poesía. No lo dejéis. —Y repitió para sí, mientras miraba a Francisca: «Dicen que el hombre no es hombre mientras no oye su nombre de labios de una mujer».

Se acercaba el cumpleaños de Paca, y el calor se hacía cada vez más insoportable en París. Rubén cumplía con sus muchos compromisos, algunos le llevaban a viajar dentro y fuera de la ciudad, incluso del país, pero hacía todo lo posible por volver lo más pronto con ella, con quien se sentía a salvo, y tranquilo, y dichoso. Cuando regresaba, ella notaba el cansancio, cada vez mayor, y en la mayoría de los casos un deterioro que se relacionaba con la absenta y con el mucho licor y poco descanso y comida entre los camaradas artistas. Mucho pesar le ocasionaba a Paca verlo así, sobre todo cuando alguna noche, cada vez con más reiteración, él se despertaba con pesadillas terribles, temblando como un niño. Un temor a la muerte apareció, mezclado con ciertos ataques de misticismo religioso que ella no había conocido hasta el momento.

Al despertar de uno de esos malos sueños Rubén le contó a Francisca que los dos únicos sirvientes de sus tíos abuelos, Serapia y el indio Goyo, le contaban de chiquito e incluso de adolescente cuentos de ánimas en pena y de aparecidos. Decía que, desde entonces, en momentos tensos de su vida, se apoderaban de él aquellas visiones nocturnas, que parecía como si la casa se le echase encima, y con ella mil formas distintas de muerte y angustia.

—No se da uno cuenta sino bastante más tarde de lo que es una gran conmoción como ésa, ni de su profundidad de abismo —le confesó Rubén.

Paca tomó conciencia de que el dolor de la infancia seguía presente en él, como una herida invisible que abría sus labios cuando el miedo le mordía. El alcohol avivaba aquellos sueños y, aunque algunos amigos incluso le rehuían cuando sucedían aquellas neurosis, ella lo acompañó siempre, consciente de que su amor le calmaba…

El primer día de junio, Rubén le dijo a su Francisca que se la llevaba de viaje. Que hiciera la maleta con lo imprescindible, un par de trajes elegantes, unas mudas y poco más, y que la esperaba en la estación de Orsay, con unos amigos. Amado Nervo se quedó en el piso de París, estaba un poco enfermo aunque no se sabía de qué, de melancolía aseguraba con cierta sorna Darío. A Francisca le daba reparo dejarlo solo pues le había tomado gran cariño, pero él mismo la convenció de que se fuera, pues quería que disfrutara de la sorpresa de su marido.

Madame Darío, que era el tratamiento de los amigos franceses, los que no repetían el título otorgado por Nervo de princesa Paca, llegó como una exhalación a la estación de trenes, en cuanto dejó algo de comida preparada para su querido Amado y preparó su equipaje, sin saber nada de adónde iba. Al llegar se encontró con Rubén y el amigo argentino Manuel Ugarte, otro de los habituales. Ugarte era un joven apasionado, especialista en filosofía y en política, y hablaba sin parar de las bondades del socialismo. Había sido discípulo del pensador francés Jean Jaurès, uno de los máximos valedores del movimiento socialista en Francia. Rubén, inquieto ante cualquier nueva tendencia ética o estética y, por supuesto, política, bromeaba con él pero, en el fondo, ponía gran interés en todo lo que aquel joven compañero le contaba. Como una broma, y haciendo también partícipe a Francisca de la conversación, le dijo:

—Paquita, esconde el crucifijo que llevas y que me regaló para ti el papa León XIII, porque estos socialistas y él no se llevan muy bien. —Ella dio un respingo, allí, en la estación, mientras esperaban el tren que habían de tomar, y cubrió con sus manos aquella joya tan querida por lo que significaba...

—No se preocupe usted, madame Darío, que aunque sea una princesa y católica, nosotros no nos comemos a los niños. —Y se rió sonoramente—. Lo único que le pasa al Papa es que sabe que predica la pobreza pero no la cumple, y nosotros la predicamos y la ponemos en práctica...

—¡Bueno, bueno, amigo Ugarte, dejemos el mitin, o la homilía, o lo que sea esto, y vamos a tratar de relajarnos y a pasarlo bien! —le replicó Rubén sonriente.

—¡Lo que mande el maestro Darío! —zanjó él—. Al fin y al cabo, a los únicos príncipes que yo respeto son a los de las artes, a los de las letras, o a los del amor, y en vuestra pareja se dan todas las conjunciones...

El joven Ugarte resultaba absolutamente encantador, hombre a la vez simpático, culto y comprometido, y aseguraba Rubén que era un escritor de brío, como había demostrado en un libro de relatos reciente. Entre las bromas y los halagos, tomaron un tren que los llevaría a algún sitio indeterminado al norte de Francia.

El viaje resultó muy ameno, aunque la piel de Darío estaba un poco macilenta y su rostro cansado. Él, sin embargo, le quitaba importancia, feliz de poder disfrutar de su Francisca unos días, lejos de compromisos y de la asfixiante capital al borde del verano. Conforme parecía que se acercaban a su destino, después de unas cuantas horas de traqueteo ferroviario, a ella le pareció sentir un frescor en la cara que no conocía, y una especie de perfume puro en el aire que no le recordaba a nada anterior. Rubén se sonrió cuando ella abrió la ventana y cerró los ojos para tratar de identificar aquella sensación. La miró y le dijo:

—¿No decías que no conocías el mar, Paquita? —Besó sus manos—. Hoy voy a mostrártelo y lo tendrás cada vez que lo quieras…

Rubén y Francisca llegaron al pueblecito de Dieppe, en el norte de Francia, en la llamada costa de Alabastro. Ella miraba incrédula, desde la altura de la habitación del hotelito donde se instalaron, aquel azul del agua que se movía, cambiaba a verde, o a turquesa, y también a gris o plata si alguna nube se interponía en la luz del sol. Aquellos ribetes de olas blancas que rompían en la orilla, como enaguas levemente levantadas por la brisa. Arriba del pueblo, en las lomas, el pequeño castillo con sus torres como de cuento de Darío, y debajo la blancura de la arena de la playa, en aquel canal de la Mancha que sólo se parecía al seco paisaje de su infancia por el nombre. Ugarte tomó otra habitación, aunque les acompañaba a casi todo con algunos amigos más que les esperaban allí. Paca no podía más que sonreír y tirar del brazo de su hombre para bajar a la playa.

Le impresionaba el sonido del mar, su cadencia. Las pequeñas gotas que llevaba el viento a su rostro, y ese aroma tan intensamente fresco y puro. Se descalzó, se mojó los pies y, sin pensarlo, ella que era tan comedida en todos sus actos, se metió en el agua, sin saber nadar tampoco, gritando de alegría y riendo, salpicando a Rubén, que la miraba desde la orilla, dichoso de darle a su princesa aquel mar, aquella tarde, aquel sol…

—¡Gracias, Rubén! ¡Gracias! —le dijo con una emoción que le costaba expresar en palabras—. El mar suena como tú. Como tus versos…

—¡Qué cosas dices, conejita! —le contestó él, emocionado con el júbilo de la mujer que amaba y esas impresiones que, en cierta manera, tenían mucho más sentido de lo que podría parecer.

—¡Recítame algo, Rubén! ¡Algo tuyo!, que pueda sentiros al mar y a ti.

Y él la complació:

> *Margarita, está linda la mar,*
> *y el viento*
> *lleva esencia sutil de azahar;*
> *yo siento*
> *en el alma una alondra cantar;*
> *tu acento.*
> *Margarita, te voy a contar*
> *un cuento.*
>
> *Éste era un rey que tenía*
> *un palacio de diamantes,*
> *una tienda hecha del día*
> *y un rebaño de elefantes,*
> *un kiosco de malaquita,*
> *un gran manto de tisú,*
> *y una gentil princesita,*
> *tan bonita,*
> *Margarita,*
> *tan bonita como tú.*

Una tarde la princesa
vio una estrella aparecer;
la princesa era traviesa
y la quiso ir a coger.

La quería para hacerla
decorar un prendedor,
con un verso y una perla,
una pluma y una flor.

Las princesas primorosas
se parecen mucho a ti:
cortan lirios, cortan rosas,
cortan astros. Son así.

El mar fue testigo de aquel primer baño de amor, y el príncipe de los poetas recitó para Francisca cuanto ella le demandó, mientras las olas hacían coros con sus ribetes de jade, y sus madréporas y brisas. Paca se sintió, en efecto, como una reina. Porque el amor nos puede hacer sentir más frágiles o invulnerables, y aquel hombre le demostraba cuánto amor, a pesar de sus peripecias, sentía por ella.

Francisca salió empapada del mar, como una de aquellas divinidades mitológicas de las que tanto hablaba y escribía Rubén. Él la abrazó, dándole calor, pues la brisa de poniente arreciaba anunciando ya la caída de la tarde, y ella temblaba de frío por la ropa mojada y la emoción. Él la besó, tiernamente, notando aquel sabor salado del agua en sus labios, y le susurró:

—Debí dejar que Degas te pintara. La posteridad habría admirado tu hermosura plasmada por un maestro…

—Yo ya tengo mi «maestro» —replicó ella, recalcando esa palabra con tantos significados entre ellos y para los demás, tratándose de Darío—. Nadie habrá de pintarme sino tú con tus palabras, amor mío…

Rubén, ese genio que había recibido tanta adulación, ese veneno lisonjero que puede asesinar a los más valiosos de los hombres, sintió en aquellas palabras la verdad y el amor más incondicional que hubiera percibido nunca. Ni siquiera su madre, que había preferido abandonarlo al cuidado de unos parientes, le había entregado tanto por casi nada. Él supo que ella era la mujer de su vida. La compañera con la que quería envejecer y demostrar sus grandezas, también sus fragilidades, en las noches oscuras preñadas de miedos y debilidades. Comprendió que el destino le había conducido a ella por una razón inequívoca y que aquel regalo de cumpleaños, para su Francisca, era en realidad un presente para él: la constatación de una mujer única. La revelación de un amor como el mar: fecundo, hermoso, fuerte, ilimitado…

El poeta y su amada pasaron varios días juntos en la costa, incluyendo el cumpleaños de Francisca, el cuatro de junio, en aquella coqueta, tranquila y pesquera ciudad de Dieppe. Muchos franceses, sobre todo de París, solían escaparse al pueblecito pesquero para descansar de los rigores ardientes del verano parisino. Aún no había demasiada gente pues, aunque algunos años junio se excedía en sus temperaturas en la capital del Sena, era más llevadero que los meses de julio o agosto. Los dos lo agradecieron, ya que así podían estar más tranquilos. Ella sintió que podría vivir, perfecta y feliz, en un sitio como aquél o parecido, con la interlocución de esa criatura tan inexplicablemente sobre-cogedora como era el mar. Le pareció muy apropiado para un poeta aunque a ella, como enamorada, le valdría cualquier sitio donde estuviese él, que era el océano donde naufragaba y navegaba su vida al tiempo.

Transcurrió casi una semana, en la buena compañía del argentino Manuel Ugarte y sus correligionarios, porteños, chilenos, algún mexicano, que trataban con veneración, más que con respeto, al príncipe Rubén. Francisca percibía en él una ternura quizá no nueva hacia ella, pero sí más consolidada, más real, más tangible. Y estaba en lo cierto, como solía sucederle con esa innata intuición que poseía. Una tarde antes de irse, frente al mar, su Darío llegó a decirle:

—Paquita, tú eres mi Ítaca, y mi isla de los Bienaventurados al tiempo. —Estaban empapadas en algo de melancolía sus enigmáticas frases.

—Como de costumbre, no sé exactamente lo que me quieres decir —replicó ella, sonriente, sincera, dichosa—, pero seguro que es algo maravilloso…

—Lo que quiero explicarte, aunque me enrede como poeta en complicarte lo que digo, es que eres la persona y el lugar donde quiero regresar siempre, donde estoy sereno y feliz…

—Yo también te quiero, amor. ¡Ves qué sencillo!

Y los dos se rieron…

—Tienes toda la razón, princesa. Tengo que aprender a hacer como el joven Machado, a decir las cosas en román paladino… más sencillo, quiero decir…

—Tú di las cosas como las sientas, como quieras, que yo sabré sentirlas con el entendimiento de la emoción, que es más rápido que la otra inteligencia —le dijo ella sin ser consciente de la honda verdad que acababa de expresar sin pretenderlo...

—¡Qué sabia eres, Francisca! ¡Qué sabia! —Y una sincera emoción respetuosa iba con esas palabras y el beso que le dio...

La semana pasó volando, como suele suceder con las horas felices, entre el amor, su entrega, las confidencias y los proyectos. Darío se extrañaba de la tardanza del nombramiento como cónsul que le prometieron, o del silencio al respecto, pero eran felices... Pronto se vieron en la última noche antes de regresar a París cenando todos el delicioso marisco regado con buenos vinos de la zona que tanto le gustaban al poeta. Francisca hubiese deseado estar siempre así con él, rodeado de respetuosos y buenos amigos, alrededor de la mesa, riendo, felices, reposados... En su mente guardó el recuerdo, con el mar de fondo, con ese mar de la costa de Alabastro donde sintió esa fuerza de la naturaleza por primera vez, de la mano de su hombre, al que también sentía como un insólito fenómeno de la naturaleza. Mientras volvían, en aquel tren cimbreante que los llevaba desde el norte a la capital parisina, pensó que, en el fondo, por mucho que la vida le hubiese quitado y puesto a prueba, era una mujer dichosa y afortunada. Sólo deseaba, como un regalo más, el milagro de darle más hijos a su Rubén. Hijos fuertes como ella, capaces de perpetuar el legado de su padre, y de florecer en un mundo necesitado de poesía y hermosura.

8

Francisca no cabía en sí de gozo con la semana pasada junto a su hombre en la costa. Se levantó antes que él, había quedado con la doncella que la ayudaba en la casa y, sobre todo, con el idioma francés para hacer las compras, y dejó a Rubén y a Amado Nervo descansando, al que no habían visto pues llegaron de noche y él ya estaba en la cama. Darío comería fuera, pues debía marcharse a hacer unas gestiones para averiguar qué sucedía con su supuesto nombramiento. Ella, eufórica, quería hacer las compras, después de una semana fuera, y pasear por París, que, sin ser su hogar, la había acogido con tanto respeto.

Al volver, oyó toser en su dormitorio a Amado, y se preocupó. No era tiempo de catarros tan al filo ya del verano, pero otras enfermedades, bien lo sabía ella, que había sufrido la pérdida de su hija y de su padre a la vez, podían hacer mella en una persona. Con discreción llamó a la puerta con los nudillos, suavemente, y siguió oyendo la tos, sin que Nervo le contestase. Inquieta, decidió abrir, y se lo encontró en la cama, desmayado, sudando por una intensa fiebre, y con convulsiones. A gritos llamó a Lina, la chica que les ayudaba en casa, y le pidió que fuera corriendo a buscar a un doctor, y a monsieur Darío al consulado de Nicaragua. Luego, sobre la marcha, mientras vertía agua en el aguamanos y empapaba unas gasas para ponerlas sobre la frente de Amado, le dijo a Lina que olvidase lo del consulado, que fuera rápido a por el doctor y volviera con ella, consciente de que necesitaba más sus traducciones que al poeta en ese momento. Lina salió como una exhalación, y volvió a los veinte minutos con uno de los médicos que en Montmartre asistía, habitualmente, a los desventurados artistas víctimas de la bohemia y sus excesos...

El doctor auscultó al paciente, que parecía volver en sí en algunos momentos y murmuraba el nombre de una dama: «Ana Cecilia», «Ana Cecilia», musitaba con voz quejumbrosa... A través de Lina, su intérprete en esos casos, el médico le aseguró que no se trataba de nada serio: falta de buena alimentación y sueño, deshidratación, un enfriamiento y, lo más seguro, una intoxicación por exceso de absenta o de opio, que le producía la fiebre, cosa muy común entre los adeptos al hada verde y los paraísos artificiales. En más de un caso sus excesos habían conducido a desenlaces fatales, ya Paquita había oído historias al respecto. Le apenó pensar qué llevaría a aquel hombre, un portentoso escritor mexicano, respetado, a cometer semejante tontería... Después de oír ese nombre de mujer, supuso que el amor, como suele suceder, estaba detrás de este exceso.

Paca mandó a Lina a por té, limón, leche, y algunas verduras, para prepararle unos calditos depurativos a Amado Nervo. El médico les había dicho que lo más importante era que bajasen la fiebre, con compresas de agua fría, y que tomase alimentos que purgaran su cuerpo de las toxinas del opio o la absenta, o lo que fuese que hubiera tomado, a fin de eliminar angustias o neurosis. También que se hidratara y alimentase bien, y guardase reposo durante unos días. Francisca, resuelta, estuvo cambiando las compresas de agua helada con regularidad y, al caer la tarde, ya había vuelto en sí el escritor y no tenía calentura. Preparó unos caldos con acelgas, col y cebolla, y le iba acercando a cada rato un té con leche, una limonada o una taza de caldo, según el ánimo o las ganas del paciente. Nervo estaba más avergonzado que enfermo, pudoroso de que la compañera de su amigo lo viera así, y de ocasionarle tales quebrantos. Ella, sin embargo, lo hacía de buen grado, le profesaba un gran cariño y respeto, y le reñía diciéndole:

—¡Desde luego que todos los hombres sois como niños! ¡Cuántas grandes obras y luego una tontería los desarma!

Él le sonreía agradecido.

Paca no había entrado antes en los aposentos de aquel caballero, por pudor y respeto tanto a él como a Darío. No había reparado en los detalles ni particularidades de aquella alcoba, simétrica a la que ocupaba ella con Rubén. Le llamó la atención un enorme pañuelo mexicano, que parecía antiguo, muy vistoso, y, de pronto, se percató de que Amado se dio cuenta de la atención que esta prenda le ocasionaba y ella se ruborizó. Salió de la sala, con el pretexto de buscar más gasas y ya, de noche cerrada, llegó Rubén al domicilio. Ella le contó todo lo sucedido y él le agradeció los cuidados de su buen amigo.

En los días sucesivos Francisca se encargó de las atenciones de Amado. Rubén estaba muy agitado con la noticia de que su aún cuñado, Andrés Murillo, maniobraba desde su influencia ministerial para evitar el nombramiento de Darío, pues sabía de sus intenciones de divorciarse de su hermana y de casarse con Francisca, cosa que no estaba dispuesto a aceptar. Amado seguía mejor pero triste, y Francisca, con la confianza de las horas compartidas y de ser prácticamente su enfermera, le dijo una de aquellas tardes:

—Susurró usted en su delirio un nombre de mujer... Ana Cecilia —deslizó como si tal cosa, como si conversara trivialmente de algo sin importancia.

—Ana Cecilia Luisa Dailliez, sí. El amor de mi vida —dijo agachando los ojos y con gran pesar.

—Pero ¿por eso está usted triste, Amado? ¿Por un amor no correspondido? —le preguntó con toda la franqueza y la inocencia Francisca...

—No, querida —contestó él—, por un amor que ni siquiera sabe que existo...

—¿Y cómo es eso, maestro Nervo? —le interrogó ella, adoptando las formas que oía aplicar a los admiradores del escritor, mientras se sentaba en un lado de la cama y le ofrecía otra taza de té verde...

—Pues verá usted, es que es una mujer muy hermosa, y muy joven, y yo no soy capaz de confesarle que voy a verla pasar, y me quedo extasiado como si ella fuese un ángel —dijo el poeta mexicano con los ojos iluminados—. Ella a veces se queda quieta, como una estatua, como una «amada inmóvil»...

—Y en vez de invitarla a salir —le interrumpió—, con la facilidad de palabra que tiene usted, le da por beberse la absenta de Montmartre y Montparnasse, darse un garbeo por un fumadero de opio y darme a mí y a Rubén, que tanto le queremos, un susto de muerte...

—¡Ya lo siento, *princesse*, ya lo siento! —exclamó con gran cariño, con aquel título honorífico de princesa con el que la había coronado con toda la bohemia francesa por testigo.

—Bueno, amigo mío, se acabó el opio y el hada verde —le recetó con afecto y pragmática Francisca—. A partir de ahora buenos caldos, té verde, y en cuanto esté fuerte, le pide usted salir a esa joven, que otras más duras, como yo, hemos caído en brazos de príncipes extranjeros de las letras. —Y le guiñó un ojo.

—¡Ay, querida, el título de princesa le viene a usted ya corto! ¡Es usted una reina! —Y se rieron los dos con la complicidad de compartir vida y confidencias.

Así, por una extraña razón, Amado Nervo, Rubén Darío y Francisca Sánchez conformaron, en aquel París en el que eran foráneos, una entrañable y particular familia. Quizá mejor avenida que las que comparten sangre porque se querían en la desdicha, se apoyaban, se protegían y cuidaban. Nunca tuvo noticia Paquita de una discusión entre su Rubén y Amado. Al fin y al cabo Caín y Abel eran hermanos de sangre y no acabó muy bien la cosa. Ellos, sin embargo, crecieron juntos, superaron difíciles momentos juntos, y se prestaron, en la intemperie del mundo, afecto...

Había pasado casi un año de dicha con su príncipe. El tiempo volaba cuando la alegría imperaba y, así, los meses y las estaciones se sucedían como estrellas fugaces. Él iba constantemente a Inglaterra y a Bélgica, a dar conferencias o enviado por el periódico para hacer sus corresponsalías, pero siempre volvía a los brazos de Francisca buscando el refugio del amor, y su calma apasionada. Ella, aprovechando uno de esos viajes de su hombre, había tenido que marchar a España para solucionar algunas deudas familiares, que tras la muerte de Celestino acuciaban a la familia. Les reclamaban el dinero e intereses de la hipoteca que pesaba sobre la casa en el campo, y el jornal como jardinero del hermano no daba para todo, con lo que tuvieron que regresar todos a Ávila, acosados por los acreedores. En quince días, y con el apoyo de su Rubén, había dejado solventadas las deudas mayores, las hipotecas que pesaban sobre la casa del pueblo, en Navalsauz, y algún fleco económico más. Reubicados de nuevo su madre y sus hermanos en el piso de la madrileña calle Cadarso, y segura de que con los francos que Darío y ella les mandarían desde Francia, junto al trabajo en la Casa de Campo de su hermano, estarían bien, regresó a su hogar. Paca había asumido, en realidad, el papel de bienhechora de su familia. Al principio se sonrojaba al hablar de estos asuntos con Darío, aunque él, preocupado siempre por los suyos, sentía a su familia política como suya y no tenía objeciones en echarles una mano. Todo lo contrario. Tampoco había dejado de enviar dinero al hijo que había tenido con su primera mujer, Rafaela Contreras, a pesar de haber renunciado a sus derechos sobre él. Y su hermana Lola, con quien Paca empezó a cartearse, también recibía ayuda de Rubén. La única persona a la que no quería demostrar ninguna atención ni responsabilidades, y eso que ella lo intentaba por la presión de su hermano ministro, o por amigos comunes de la prensa o la sociedad nicaragüense, era a su vigente esposa, Rosario Murillo. Lo único que quería de ella era el divorcio, pero ella no estaba dispuesta a dárselo...

Era finales de agosto en París y el calor resultaba ya difícil de soportar. Amado Nervo siguió los consejos sentimentales de Francisca y, el último día de aquel mes, se plantó delante de su Ana Cecilia y se declaró. Al contrario de lo que todos pudieran pensar, en vez de una catástrofe, la mujer se sintió halagada, y aceptó salir con él y conocerse. Pronto el idilio cuajó en una relación seria. Las parejas se conocieron y congeniaron enseguida, y solían salir a cenar o a almorzar, o a pasear juntos. Ana Cecilia y Francisca se hicieron amigas, y encontraron, en su propia lengua y complicidad, un apoyo en tierra extraña.

Amado decidió que se irían a vivir juntos, primero a un hotel y luego buscarían piso, y se lo contó a Francisca y a Rubén. Aunque se llevaban muy bien estaba claro que dos parejas viviendo juntas en el mismo piso era demasiado complicado de llevar. Amado, que había sufrido un inopinado y sinsentido despido como corresponsal del periódico *El Mundo*, había encontrado corresponsalía en París para *El Imparcial* mexicano, y podía mantenerse con su Ana Cecilia. También Rubén, con sus muchas colaboraciones y a pesar de no llegar el nombramiento consular por culpa de no ceder ante su cuñado, el ministro nicaragüense Andrés Murillo, podía hacer frente a los gastos e incluso a los caprichos de su casa.

Antes de recoger sus cosas y marcharse, y en presencia de Rubén, Amado Nervo se dirigió a Francisca y le dijo:

—¿Recibiría la princesa Paca un humilde regalo mío? Se trata de algo que estimo muchísimo, el pañuelo que hay sobre mi mesa y que me ha acompañado siempre por el mundo, porque me lo dio mi madre; era suyo, lo usaba ella.

—No puedo aceptarlo, Amado, es demasiado valioso para usted —le respondió azorada Francisca.

—Por favor, Rubén, convence a tu Paquita para que tome este presente. Me haría muy feliz que lo tuviera ella, para siempre. —Y en sus palabras había una entrega total.

—Paca, por favor, acepta el obsequio de nuestro amigo mexicano —le pidió Rubén—. Es su deseo y bien sabe él por qué lo hace...

Francisca abrazó a aquel hombre, a aquel gran escritor que le daba lo poco de valor sentimental que le quedaba de su madre. Creo que Amado Nervo, ese gran escritor que tanto había perdido en la vida, como su querido hermano, que se suicidó, se sentía en deuda con aquella buena mujer que, no sólo lo cuidó desinteresadamente sino que, además, le animó a dar el paso más importante de su vida: el del amor. Gracias a Francisca él se atrevió a declararse a la mujer que amaba y a iniciar una vida en común con ella.

Pocos meses después Amado Nervo y Ana Cecilia abandonaron París para volver a su México natal. Nunca más volvieron a verse, a pesar de que se cruzaran cartas con Darío y con Paca, y que los invitasen, muchas veces, a visitarlos allí, en su tierra mexicana. Paca llevó consigo toda la vida aquel pañuelo de la madre de Nervo que le había entregado él, y lo cuidó hasta el fin de sus días. En él recordaba esa familia, peculiar, estrambótica, pero verdadera que conformó y disfrutó en aquellos días de absenta y rosas. Gracias a él y a su Rubén, aprendió a leer y a escribir con soltura, y se sintió de verdad una princesa...

9

Otras nuevas semillas florecían en aquel verano extenuante y en aquellos primeros meses del suave otoño. En el seno de Francisca, como había deseado frente al mar, en la costa de Alabastro, crecía la semilla de carne y sangre del poeta. Un nuevo hijo se abría paso como una promesa de continuidad y de vida. Un nuevo fruto del amor que se profesaban a oscuras, y a la luz del día...

Rubén quería que su hijo naciera en España. Aseguraba que él amaba París, que era su madre universal, pero anhelaba que su hijo fuese español. Paca estaba de casi siete meses, en aquel iniciado año de mil novecientos tres, y, si como deseaba su hombre, había de nacer en su país, tenía que marchar pronto, antes de que el embarazo estuviera más avanzado. Ella se sentía estupendamente. Nada que ver con aquel otro primero, en el que los nervios, la inexperiencia y las circunstancias la minaron de mareos, debilidades y temores. Se sentía capaz de subir la torre Eiffel corriendo, aunque Rubén le pedía calma y reposo. Ella dudaba, pues su primera hija había nacido en Madrid, lejos de él, y su pérdida sembraba en su alma negros pensamientos, pero la voluntad de Rubén y tener cerca a su madre en el momento del parto le hacían la idea menos antipática.

Francisca dejó organizada la casa de París, dejando al cargo de la intendencia y la limpieza a la fiel Lina, que era de su confianza. Rubén haría probablemente todas sus comidas fuera, pero ella quería que, si se quedaba encerrado a escribir, dispusiera de todas las comodidades y vituallas de su gusto. También había encargado a la portera, una señora viuda francesa muy amable con la que se acabó entendiendo con afecto y el poco francés de supervivencia que había aprendido en aquellos dos años, que se hiciera cargo del correo y los paquetes que llegaran a la casa para monsieur Darío.

Finalmente se dispuso el viaje a España. Paca daría a luz en Madrid, con su madre, y Rubén trataría de escaparse de sus compromisos conforme se acercase el momento para intentar estar con ella. Él envió unas cartas a un amigo, un médico y poeta canario, Luis Doreste Silva, para que la asistiese en el parto y posteriormente en la salud de madre e hijo, y éste, dada la admiración por su maestro y la amistad que tenía con la pareja, aceptó encantado. Rubén se quedó un poco más tranquilo sabiendo que su amada y su vástago estarían en buenas y afectuosas manos.

Francisca alquiló un pequeño piso en el 7 de la calle Ilustración, muy cerca de la casa de su madre y hermanos, y desde donde casi le llegaban los aromas de las flores del jardín de la Casa de Campo, donde conoció a su Darío. Estaba a un tiro de piedra de su madre, aunque Juana, servicial y enternecida por la edad creciente, no se despegaba de su hija mayor. Tampoco María, que ya rondaba los catorce, y que se espigaba hermosa y bellísima como una azucena. No parecía que hubiese pasado el tiempo de separación entre las hermanas pues, aunque ya hecha una mocita, se agarró a sus faldas igual que cuando era una mocosa que apenas andaba.

Los amigos no la dejaban ni a sol ni a sombra. La frecuentaban y la mimaban con obsequios y cuidados Emilia Pardo Bazán; Villaespesa; Manuel Machado y su hermano Antonio, ya de vuelta en Madrid; Palomero; Manuel Bueno; Valle-Inclán; Juan Ramón Jiménez; Mariano de Cavia, y todos los granados periodistas, dramaturgos y poetas de la capital. Sabían que el nuevo heredero del rey Darío iba a nacer y, además, aquella hermosa mujer, servicial y entregada por amor, se había ganado el respeto y el afecto de tan brillantes eminencias.

Cuando casi cumplían las fechas calculadas para el parto, a finales de marzo, le llegó a Francisca la noticia que durante más de año y medio había esperado junto a su esposo, y que él mismo le anunciaba en una pequeña postalita:

París, 15 de Marzo de 1903

Mi querida hijita:

Acabo de recibir nombramiento de Cónsul de París.

Tatay

Aquellas sucintas líneas, escritas en el mismo momento en que le anunciaban el nombramiento, la llenaron de una gran dicha, no ya por ella, sino por el reconocimiento que suponía para aquel que, durante toda su existencia, había llevado a las cimas del respeto internacional el nombre de Nicaragua y su cultura. También el de la poesía y la lengua castellana que, por mucho que lo honrara el título de Príncipe de las Letras españolas, le condenó algunas veces a fatigas económicas imperdonables. Casi estuvo a punto de dejarlo todo y salir en viaje para reunirse con él y celebrarlo juntos en París, pero sabía que el nacimiento era inminente, y no quería poner en riesgo a su hijo, además de incumplir el deseo de su padre de que naciera cerca del lugar donde se conocieron, en la tierra española que él consideraba la patria madre.

Sobre el quince de marzo, con la primavera al filo, llegó al mundo un varón hermoso, una miniatura del padre, por el que recibió el nombre de Rubén Darío Sánchez. Manuel Machado bromeaba con la fecha del advenimiento: «Cuídate de los idus de marzo», cosa que Paca no entendía, pero que divertía mucho a los colegas escritores. En cuanto el padre vio la foto del bebé, orgulloso, le puso el sobrenombre a Rubencito de «Phocas el Campesino», porque decía que tenía parecido con aquel emperador que empezó siendo pastor en Tracia y terminó dominando el destino del Imperio romano. Por supuesto, como se había comprometido, la asistió en el parto el canario Luis Doreste Silva que, dichoso, le envió una nota al padre, a París, en la que decía:

Rubén Darío Sánchez, «Phocas el Campesino», nacido robusto, como presagio de fuerte y mejor sino, por lo tanto, en cuanto a naturaleza, sangre y futuro.

Paca se recuperó enseguida de aquel parto y, sólo unos días después, bautizó al niño en la ermita de San Antonio de la Florida. Muchos de los mejores escritores y periodistas de la capital se rifaron apadrinar al pequeño, pues todos respetaban, por no decir veneraban, al padre. Finalmente, en la iglesita de la pradera de San Antonio, coronados de aquellos frescos del genial Goya, ejercieron Emilia Pardo Bazán como madrina, y Antonio Palomero, el periodista, como padrino. Por testigos, todos los amigos y padrinos suplentes: Carmen de Burgos, Manuel Machado, Villaespesa, Valle-Inclán, Rueda y el propio partero, Luis Doreste, que con su gracia canaria decía tener más derechos que el resto por haberlo ayudado a nacer. De forma que aquello, más que un bautizo, acabó pareciendo una de las tertulias del café de la Montaña.

Al mes de haber nacido Rubencito, y mientras Rubén padre tomaba posesión de su cargo como cónsul de Nicaragua en París, Francisca decidió trasladarse con el bebé, todavía lactante, su madre y su hermana María a la casa del pueblo en Navalsauz. Pensó que, con el caserón más acondicionado, ahora que disponían de más dinero y comodidades, y con pocos vecinos, el pequeño estaría menos expuesto a enfermedades y contagios que en la populosa capital. Paca, que ya sabía el hueco que dejaba en el alma la pérdida de un hijo, quería preservar a éste de peligros, y creyó que en el campo, respirando el aire puro de la sierra de Gredos, estaría más seguro. Así fue aunque, como le vaticinara la vieja gitana Fuensanta, el bien y el mal siempre buscan vericuetos para consumar sus designios.

Rubencito, que era como le llamaban ella y la abuela

Juana, era robusto, fuerte y hermoso. Tenía los rojos colores de su padre en las mejillas, y sus labios carnosos, su mandíbula cuadrada y su pelo espeso y rizado. Contemplarlo era mirar una reducida miniatura de su progenitor, y a Francisca, esto, le hacía muy feliz.

Rubén le mandó carta a Paca explicándole que, solventada la toma del cargo consular, y puesto un secretario, un tal Julio Sedano, él podría relajarse un poco y tomarse unos meses de tranquilidad con ella, atendiendo sus crónicas para *La Nación* de Buenos Aires. Le decía que tenía ganas de sol y de sur, y que, en su conocimiento de España, no había llegado a viajar por Andalucía. Todo lo que los buenos amigos de allí le contaban de su historia y sus costumbres le seducía, sobre todo porque muchas de las costumbres gastronómicas y musicales, e incluso expresiones, las habían heredado de aquellos locos andaluces embarcados en los barcos hacia las Américas. También se le hacía atractivo el vasto y rico pasado monumental e histórico de aquella tierra, que habían recreado en el arte pintores, músicos y escritores. Por esa razón Darío había contactado con Isaac Arias, cónsul de Colombia en Málaga y conocido suyo, para que le hiciera de guía en la tierra malagueña. Éste le contestó desde el Liceo malacitano, donde tenía gran preeminencia, y se decidió que pasarían las Navidades y unos meses más en la ciudad.

Francisca estaba feliz por muchas razones: por el dichoso alumbramiento de su hijo, que, con tres meses, ya no quería ser amamantado y buscaba los sabores con los que ella misma había crecido en el campo, y parecía fuerte e independiente; por el nombramiento de Rubén, que lo resarcía de tantos sinsabores, además de darles una posición más holgada, y, sobre todo, por el deseo del poeta de compartir con ella la visión de Andalucía por primera vez. Ella recordaba las dulces pasas malagueñas que le regalara a su familia la mujer de Francisco Silvela, Amalia Loring y Heredia, que procedía de allí, y cómo fantaseó en alguna ocasión con conocer aquella ciudad. Su deseo se vería cumplido y del brazo del padre de su hijo. Del amor de su vida.

Rubén viajaría desde París a Barcelona, y desde allí embarcaría hasta Málaga, donde Paca se reuniría con su príncipe. Al principio pensó en llevarse al pequeño Phocas, Rubencito, con ella, pero lo vio tan dichoso en Navalsauz, su pueblo, y a su madre, la abuela Juana, con él, que temiendo, además, los rigores del viaje en invierno decidió dejarlo al cuidado de los suyos. Ella tomó trenes desde Ávila hasta Málaga, y fue percibiendo cómo cambiaba el paisaje y la temperatura conforme iba más al sur. El invierno, acostumbrada a los rigores castellanos o de Madrid, y luego a los aún más fríos de París, le parecía más suave y benévolo en aquellas latitudes. Al llegar a Málaga le deslumbró la luz y el encanto de la gente. La belleza de la ciudad y su ritmo, marcado por el mar Mediterráneo y por su puerto.

Paca y Rubén se alojaron al principio en un hotel cerca de la catedral malagueña. Los dos estaban tan a gusto que lo que iba a ser una visita breve se convertiría en meses de estancia y disfrute. Alquilaron una pequeña casita en la zona inglesa, en el paseo de Reding, muy cerca del Cementerio Inglés, donde las casas decimonónicas gustaban de la moda imperante, que imitaba el pasado árabe de Andalucía. Así, en una casita con un pequeño jardín, con unos tejados de cerámica vidriada en verdes y azules, y con puertas y ventanas que emulaban las lobuladas arquitecturas de los viejos alcázares y palacios, disfrutaron del reencuentro amoroso y de la pasión del sur.

Él había llegado unos días antes, y ya había entablado amistades con políticos, escritores y pescadores. Tanto era así que, incluso, le habían enseñado el arte de la pesca del copo, que era una forma muy típica de los pescadores malagueños de cobrar sus piezas al mar lanzando un tipo de redes que luego se cerraban de un tirón. Rubén la llevó a tomar una de las especialidades marineras de la ciudad, unos espetones de sardinas que a él le parecieron deliciosas y ella también disfrutó. Las hacían allí mismo en la playa, o en el puerto, al lado de sus embarcaciones, que llamaban jábegas. Ensartaban con gran pericia las sardinitas en unas cañas y las asaban en las ascuas.

Guiados por el amigo Isaac Arias, el cónsul colombiano, conocieron todos los rincones y monumentos, las costumbres y barrios de aquella ciudad que les fascinó, de la Cañada de los Ingleses a Puerta Oscura, de la catedral a la Farola. Incluso participaron en algún acto importante como cuando en diciembre, en el aniversario del fusilamiento de Torrijos, Rubén acompañó a las autoridades con su Francisca, al homenaje que se les hacía.

En Málaga pasaron las Navidades, y aprovecharon los meses para disfrutar el uno del otro con dedicación y gozo. Desde la capital malacitana, hicieron escapadas a Granada, a Córdoba, a Sevilla, incluso a Cádiz, pero siempre volvían a su refugio malagueño, donde se sentían tranquilos, queridos y dichosos. Tanto les impresionó que Rubén dejó huella de aquel amor por Málaga y su gente en una de sus crónicas:

> Ésta es la dulce Málaga, llamada la Bella, de donde son las famosas pasas, las famosas mujeres y el vino preferido para la consagración. Aquí hay luz, montes apacibles, el Mediterráneo, barcas pescadoras. «Larios y boquerones». He de celebrar siempre, ante todo y después de todo, el hechizo de la mujer malagueña, indudablemente la primera en hermosura en todo el reino de la belleza que es la tierra de España. Hay que ver Málaga en un día como éste, con sus calles y paseos, su Caleta y el Palo, su Alameda y su nuevo Parque, animados de maravillosas rosas vivientes; hay en ellas una inquietante mezcla de ángeles católicos y zoraidas sarracenas. Tienen el más provocador de los pudores con bellos ojos y caras y cuerpos de celeste pecado mortal.

La vuelta a París fue dichosa, después de haber gozado de unos meses juntos de alegría compartida en Andalucía, que tanto les había seducido, con especial predilección por Málaga y su gente. Las noticias sobre Rubencito, el pequeño Phocas, que había cumplido un año, eran que estaba sano como un roble, y fascinado por las cosas del campo, los animales y las plantas desde tan infante. Debían, sin embargo, volver a la capital francesa, pues muchos meses se había ausentado Rubén de su cargo, y parecía que había ciertos problemas con el secretario que había dejado, Julio Sedano, y las atribuciones y libertades que se había tomado, sobre todo dinerarias.

Aunque no tenía mar, ni su idioma, ni la paz que habían disfrutado en los jardines de Andalucía, París estaba al borde del verano y sintieron que era posible, con dinero, claro, vivir huyendo del invierno. Rubén era tierno y cariñoso con Paca, y se sentía dichoso de la fortaleza de su descendiente y eso que, con cierta sorna, Manuel Machado y Villaespesa se metían con el pequeño diciendo que era muy enclenque y debilucho. Paca se lo perdonaba porque sabía que lo hacían como broma, para provocar al padre, que ya iba ella cogiendo la guasa del humor del sur y más después de haber convivido con los andaluces y vivir en Málaga.

Entre tanta calma, sin embargo, una tormenta comenzó a formarse en el horizonte de aquella pareja. Una tempestad en la sombra, con nombre de mujer, que seguía moviendo sus hilos e influencias familiares, y que no tardaría en complicarles mucho la existencia. Otra más íntima descargó primero, una tormenta perfecta en la cotidianeidad conyugal: la salud de Rubén. Las muchas fiestas, compromisos, amigos, peticiones de prólogos, colaboraciones, textos, empezaron a agotarle. El refugio del alcohol volvía a ser su escape, sobre todo sin Paca, y ésta empezó a notar cómo los demonios nocturnos reaparecían sin que ella pudiese expulsarlos.

Francisca llegó a pensar que su nombramiento y tantas responsabilidades iban a costarle la vida a su Rubén. Como si un rayo de luz les iluminase en el momento preciso, el gobierno nicaragüense le pidió que volviera a Madrid, para formar parte de una comisión. Un conflicto territorial con Honduras necesitaba negociadores de prestigio, y pensaron en el escritor y cónsul nicaragüense en París para ese cometido. Paca ganó distancia con los problemas de la absenta y los licores, y de los compromisos diarios en la capital del Sena, además de los peligrosos aduladores e interesados admiradores, que regaban con toda clase de narcóticos sus lisonjas.

10

En febrero desembarcaron en Madrid, aunque Rubén llegó seriamente enfermo por culpa de la bebida. Se instalaron muy cerca de la Puerta del Sol, en un piso bajo, en el 4 de la calle Veneras. Paca tenía que luchar, casi a diario, para tratar de alejar a Rubén de la dependencia que le había generado el alcohol. Ella veía cómo, aunque su genio seguía brillando —escribía incluso estando borracho—, su cuerpo comenzaba a dar señales inequívocas de deterioro. Ella no sabía qué hacer. Él decía que si no tomaba licor ya no podía escribir y, al final, Paca acababa cediendo ante las demandas y los cambios de humor de Darío. Él iba amarilleando la piel, como esas hojas emborronadas con viejos poemas y textos que se apergaminan adoptando tonos macilentos. Lo sabía bien porque ella, por amor y respeto, había empezado a guardar cada manuscrito, cada carta, cada hoja emborronada de versos o literatura del poeta. No era sólo una cuestión de admiración, era, sobre todo, un acto más de amor hacia él. El verdadero amor posee siempre ese punto de veneración por el otro, que no debe apagar la cotidianeidad aunque la rebaje.

Una terrible noche de marzo, no había escrito el poema con el que se abriría el importante encuentro de escritores y políticos hispanoamericanos en el Ateneo de Madrid. Rubén le pidió a Villaespesa que se llevara a Paquita a un estreno y luego a cenar para poder encerrarse a escribir el poema. No le extrañó a Francisca porque, algunas veces, él necesitaba el silencio y la soledad para encontrar ese estado de gracia en el que se producía el milagro de su escritura. Cuando regresó, él estaba completamente borracho, fuera de sí. No agresivo, porque nunca lo vio agresivo, mucho menos con ella, ni cuando entraba en los peores episodios de neurosis o narcolepsia. Perdía la conciencia y la recuperaba a ratos, y la encerró en el piso pues ella quería ir a buscar a un médico. Con lágrimas en los ojos, él le dijo:

—¡Baila para mí, Paquita! Ponte ese mantón que tanto te gusta, sólo el mantón y esa peina de estrella que te regalé cuando pedí tu mano. Sé mi inspiración, Francisca, se mi musa, porque me ha abandonado.

Ella no sabía muy bien qué hacer y, como siempre, porque le amaba, le satisfizo en lo que le pedía.

Francisca se desnudó para él, se puso el mantón sobre el cuerpo y aquel precioso tocado que llevaba siempre consigo. Colocó un disco de vulcanita sobre el aparatoso gramófono que le habían regalado nada más llegar a Madrid y se puso a bailar y a cantar para él, emulando las danzas de gusto oriental que habían visto juntos en los cabarets parisinos. Él le sonreía, y seguía bebiendo sin mesura. Entonces, cuando ella creía que iba a perder el sentido de nuevo, volvió a su mesa de escritorio, cogió una de las holandesas blancas que estaban tiradas por el suelo, la pluma con punta de oro con sus iniciales grabadas, y como poseído por un genio, el suyo propio, probablemente, y mientras Paca seguía danzando, él fue escribiendo de corrido, sin detenerse, su «Salutación del optimista». Luego, tras escribir de un tirón aquella maravilla, y ya más sosegado, cayó en un profundo sueño que Paca supuso de catalepsia.

Al día siguiente estaba pletórico. Sólo recordaba la imagen de su amada, radiantemente hermosa con el mantón y la peina, inspirándole aquellos versos. Al leerlos en el Ateneo de Madrid, los dignatarios, los políticos, los escritores y los artistas alabaron y corearon con palmas aquello que consideraron un himno de exaltación de la cultura hispanoamericana y que, sin lugar a dudas, lo era, además de una obra maestra de la poesía. En aquel salón del Ateneo sonó su voz como la de un gigante:

Ínclitas razas ubérrimas, sangre de Hispania fecunda,
espíritus fraternos, luminosas almas, ¡salve!
Porque llega el momento en que habrán de cantar nuevos
                                        [himnos
lenguas de gloria. Un vasto rumor llena los ámbitos;
mágicas ondas de vida van renaciendo de pronto;
retrocede el olvido, retrocede engañada la muerte,
se anuncia un reino nuevo, feliz sibila sueña,
y en la caja pandórica de que tantas desgracias surgieron
encontramos de súbito, talismánica, pura, riente,
cual pudiera decirla en sus versos Virgilio divino,
la divina reina de luz, ¡la celeste Esperanza!

Pálidas indolencias, desconfianzas fatales que a tumba
o a perpetuo presidio, condenasteis al noble entusiasmo,
ya veréis el salir del sol en un triunfo de liras,
mientras dos continentes, abandonados de huesos gloriosos,
del Hércules antiguo la gran sombra soberbia evocando,
digan al orbe: la alta virtud resucita,
que a la hispana progenie hizo dueña de siglos.

Abominad la boca que predice desgracias eternas,
abominad los ojos que ven sólo zodíacos funestos,
abominad las manos que apedrean las ruinas ilustres
o que la tea empuñan o la daga suicida.
Siéntense sordos ímpetus en las entrañas del mundo,
la inminencia de algo fatal hoy conmueve la tierra;
fuertes colosos caen, se desbandan bicéfalas águilas,
y algo se inicia como vasto social cataclismo
sobre la faz del orbe. ¿Quién dirá que las savias dormidas
no despierten entonces en el tronco del roble gigante
bajo el cual se exprimió la ubre de la loba romana?
¿Quién será el pusilánime que al vigor español niegue
                                                            [músculos
y que al alma española juzgase áptera y ciega y tullida?
No es Babilonia ni Nínive enterrada en olvido y en polvo
ni entre momias y piedras, reina que habita el sepulcro,
la nación generosa, coronada de orgullo inmarchito,
que hacia el lado del alba fija las miradas ansiosas,
ni la que, tras los mares en que yace sepulta la Atlántida,
tiene su coro de vástagos, altos, robustos y fuertes.

Únanse, brillen, secúndense, tantos vigores dispersos:
formen todos un solo haz de energía ecuménica.

Sangre de Hispania fecunda, sólidas, ínclitas razas,
muestren los dones pretéritos que fueron antaño su triunfo.
Vuelva el antiguo entusiasmo, vuelva el espíritu ardiente
que regará lenguas de fuego en esa epifanía.
Juntas las testas ancianas ceñidas de líricos lauros
y las cabezas jóvenes que la alta Minerva decora,
así los manes heroicos de los primitivos abuelos,
de los egregios padres que abrieron el surco prístino,
sientan los soplos agrarios de primaverales retornos
y el rumor de espigas que inició la labor triptolémica.

Un continente y otro renovando las viejas prosapias,
en espíritu unidos, en espíritu y ansias y lengua,
ven llegar el momento en que habrán de cantar nuevos
                                          [himnos.
La latina estirpe verá la gran alba futura:
en un trueno de música gloriosa, millones de labios
saludarán la espléndida luz que vendrá del Oriente,
Oriente augusto, en donde todo lo cambia y renueva
la eternidad de Dios, la actividad infinita.
Y así sea Esperanza la visión permanente en nosotros,
¡ínclitas razas ubérrimas, sangre de Hispania fecunda!

Entre aplausos y vítores, Francisca supo, después de aquel momento mágico y terrible, que Rubén Darío empezaba a ser patrimonio de todos, y que eso lo hacía menos suyo. Es cierto que trabajaba sin cesar, pero también bebía sin cesar. Ella se enfadaba con él, porque veía el daño que le hacía la bebida.

—Oh, no, rey; tú no debes beber, porque eso es lo que

te mata —le llegó a decir en uno de aquellos accesos de delirios que luego lo dejaban baldado y en cama durante días.

Y él le aseguraba que dejaría el alcohol, cosa que le recomendaban también los médicos. Éstos le prescribían que lo abandonase poco a poco, pues la abstinencia y los delirios que le provocarían dejarlo de golpe serían muy duros de sobrellevar para ambos. A Francisca no le importaba si era para que volviese a estar bien, pero ya nunca volvió a estar bien del todo... Como si la eternidad lo reclamase con un heraldo oscuro...

En mayo, Paca escribió a su madre pidiéndole que trajese a Madrid a su hijo. Tenía ya casi dos años, y en las fotos aparecía guapo y serio, mayor de lo que era y rodeado, en efecto, de plantas y animales, como ya le advirtiera en otras misivas su madre, por los dictados que le hacía a un vecino que se las escribía. Francisca pensó que, además, la visión de su hijo haría que Rubén reaccionase, le diese alegría, y quisiera salir del infierno en el que se había metido con el alcohol.

Rubén se sosegó un poco con sus libaciones alcohólicas al ver a su pequeño vástago, hermoso y robusto, como una copia seráfica de sí mismo. El niño lo miraba como si se reconociera en él y no lo extrañó siquiera. Juana, que lo había traído a la capital desde el pueblecito de Ávila, se emocionaba de ver a la familia reunida, al niño con los padres, y Rubén se sintió orgulloso y cumplido en el infante. Rubencito se asomaba al balcón que daba a la céntrica y populosa calle de Madrid. Miraba la gente y se sorprendía del murmullo constante de la calle, y de las conversaciones de la gente. No estaba acostumbrado, hecho a la tranquilidad rural de Navalsauz, a contemplar semejante espectáculo que, precisamente por eso, lo dejaba como hipnotizado en aquel balcón enrejado del piso de sus padres, que daba a ras de la misma calle. Allí se pasaba las horas muertas, observando a los que paseaban o trasegaban de un lado a otro, con ojo de entomólogo, como si los clasificara.

Los amigos que habían sido testigos o padrinos del pequeño quedaban con Francisca o con Rubén, que ejercía contento de padre, para ver al heredero del Príncipe de las Letras. Le traían regalos: dulces, o juguetes, y él los miraba a todos como desde la distancia de conocer su ascendencia, aunque encantador y simpático, como el niño que era. Una de aquellas tardes paseaba Darío con Paca, Rubencito y su amigo Manuel Machado. Era mayo, y la temperatura agradable pero sujeta a repentinos cambios de tiempo y a tardes frescas, como pasaba a veces en Madrid en la primavera. Su vástago iba por delante de ellos, dando saltos y jugando, vigilado por sus padres, siempre, aunque él se volvía para comprobar que estaban, regalándoles sonrisas y guiños. Ella sintió que la felicidad más serena debía de ser muy parecida a aquélla: pasear con el hombre al que amaba y su hijo, charlar con los amigos, y no desear riqueza ni distinción alguna más que ésa. En un momento determinado, al encarar una de las calles estrechas que se abrían a la plaza de Oriente, con el Palacio Real de fondo, la luz reverberó sobre la cabecita del pequeño Rubén, que se había adelantado de unas zancadas hasta los parterres donde florecían las plantas de primavera: las prímulas y los geranios. Rubén les indicó a su amigo Manuel y a su mujer esa estampa del niño, con esa especie de aureola dorada, sonriéndoles, metido en la tierra, y jugando con las flores que tanto amaba, instintivamente, desde que casi gateaba:

—¡Mirad mi vástago! ¡Es como un santo niño o un ángel jardinero! —Las lágrimas se le saltaron al poeta, herido por una honda emoción y su sensibilidad epidérmica.

—¡Papi! ¡Tatay! —exclamó el jovencito, al que le habían enseñado a decir esa palabra la abuela Juana y su madre en esos días por ser lo que decían en Centroamérica por «papaíto». Y viendo que su padre lloraba, estaba a punto del llanto él también pues, además de crío, había sacado en eso la empatía paterna.

—¡No, mi vida, no! —le decía Rubén abrazándolo y besándolo—. No llores tú, que es muy pronto y eres muy tierno para saber lo que es la tristeza. Yo lloro de alegría. También se puede llorar de felicidad, ¿sabes, pequeño Phocas?

Rubén lo estrechó contra sí, como si quisiera protegerlo del dolor del mundo metiéndolo dentro de su pecho. El niño se abrazó a él, igual que un sarmiento se aferra a la cepa de la vid, y le ofreció una de aquellas prímulas, como queriendo consolarlo. Luego se fueron todos juntos, Rubén con su hijo en brazos, para cenar en un restaurante cercano a la Cava Alta, en el Madrid imperial de los Austrias. Francisca no percibió la figura de la vieja gitana, Fuensanta, ya casi como un espectro envuelto en harapos, huesuda como una parca, que recogía aquella prímula perfumada que el niño cortase para su padre. Se la llevó a la nariz, mientras los veía alejarse, y negó con la cabeza, apenada, también con lágrimas por su rostro, cuarteado por las visiones y los años...

Esa noche, Rubén permaneció toda la velada junto a la camita de su hijo, mirándolo embelesado, vigilando su sueño, con la complacida alegría de su madre. Sólo le pidió a Francisca su pluma, una holandesa y un libro en el que apoyarse para escribir allí, al lado de su pequeño. Garabateó emocionado un poema con el título «A Phocas el Campesino», que guardó Paquita toda la vida consigo:

Phocas el Campesino, hijo mío, que tienes
en apenas escasos meses de vida, tantos
dolores en tus ojos que esperan tantos llantos
por el fatal pensar que revelan tus sienes …

Tarda en venir a este dolor adonde vienes,
a este mundo terrible en duelos y en espantos;
duerme bajo los ángeles, sueña bajo los santos,
que ya tendrás la vida para que te envenenes…

Sueña, hijo mío, todavía, y cuando crezcas,
perdóname el fatal don de darte la vida,
que yo hubiera querido de azul y rosas frescas;

pues tú eres la crisálida de mi alma entristecida,
y te he de ver en medio del triunfo que merezcas
renovando el fulgor de mi psique abolida.

Ella, que ya comprendía las grafías del alfabeto y había conseguido leer y escribir con su mucho tesón, leía sobre el hombro de su hombre, mientras su pequeño ángel descansaba plácidamente. Francisca tiró suavemente del brazo de

Rubén, incitándolo a seguirle hasta el lecho, pero él se resistió con ternura y le susurró:

—Déjame quedarme un poco más con nuestro Rubencito; no he tenido nunca la suerte de velar los sueños de un ángel, y menos que ese querubín fuese carne de mi carne…

Francisca asintió en silencio y dejó a padre e hijo solos. En esa íntima comunión del amor paternofilial del que el Príncipe de las Letras Castellanas, ya coronado como rey en las salas del Ateneo madrileño, no había disfrutado nunca hasta ese momento. La abuela Juana se lo llevaría al día siguiente de vuelta a Navalsauz. Francisca ya planeaba en su cabeza cómo hacer para reunirse todos, por fin, definitivamente, en París o en Madrid. Estaba harta de ausencias, de tener que elegir entre su amado y el amor de su pequeño, y por fin las cosas, a pesar de los problemas de salud de Rubén, parecían ponerse en su sitio. Sin embargo, la vida suele deshacer nuestros planes con un golpe de viento, de un manotazo…

Como el espejismo de un oasis fue aquel remanso momentáneo de felicidad y calma en los días madrileños de Rubén y Francisca. Él parecía recuperarse de los episodios de delírium tremens causados por los malos hábitos parisinos, y que arrastró con su vuelta a Madrid. Las semanas con su hijo Rubencito le habían alegrado el ánimo, le serenaron, y se ilusionó en un junio exultante aunque de tiempo variable con la edición de su nuevo libro *Cantos de vida y esperanza*.

Había dejado el cuidado de la edición a su joven amigo Juan Ramón Jiménez que, hipocondrías aparte —se había trasladado frente al sanatorio del Rosario para sentirse más seguro—, gozaba de su confianza y afecto. Decía Rubén que el onubense de Moguer era un poeta importante, «oceánico», aseguraba, y que estaba llamado a ser una de las voces imprescindibles. No debía de equivocarse mucho porque, además de dejarle lo más preciado para él, aparte de su amada Francisca y su hijo, que era su obra, colaboró con Juan Ramón en su nueva publicación, la revista *Helios*, que dirigía a trancas y barrancas. Otros importantes intelectuales como Gregorio Martínez Sierra, o María Lejárraga, amigos también de Darío, apoyaban abiertamente al joven escritor andaluz, tanto en lo literario como en lo personal. A Francisca le tranquilizaba ver que se entregaba de nuevo al trabajo, y estaba ilusionada al ver que entre las últimas inclusiones del libro estaba aquel enternecedor poemita escrito a la cabecera de la cama de su hijo, «A Phocas el Campesino», o ese otro, «Salutación del optimista», trazado de un tirón con el concurso de ella misma como musa. Fue muy comentado el tono político del libro, y el propio Rubén explicó en el prefacio que: «Si en estos cantos hay política, es porque aparece universal. Y si encontráis versos a un presidente, es porque son un clamor continental. Mañana podremos ser yanquis (y es lo más probable)». Se refería al poema dedicado al presidente estadounidense, Roosevelt, y a su preclara visión desde la guerra hispanoestadounidense del 98 de cómo el gigante estadounidense había puesto sus ojos de águila en el sur. Mucho se debatía en los mentideros y tertulias de aquellos años sobre el asunto, y lo que llamaban «El dolor de España» o «El problema americano», y el nicaragüense fue de los primeros en anticipar el asunto. Se preparaba una conferencia panamericana en Brasil, y el nombre de Rubén Darío se barajaba como dignatario para la misma.

Con aquellas controversias y la dicha del nuevo libro, la pareja se prometió un futuro mejor, y un presente en calma entre Madrid, París y América. Emprendieron un breve viaje de recreo a Palma de Mallorca, invitados por unos buenos y pudientes amigos, los Sureda. Esta familia, banqueros de éxito, era muy sensible al arte, y mecenas de pintores y escritores como Santiago Rusiñol o Joaquín Sorolla, a los que conocieron en la breve estancia isleña. Sin embargo, la fatalidad quiso volver a herirles, cebándose en lo más querido...

11

A la vuelta del luminoso viaje a Palma, se encontraron tristes noticias en su casa de la capital española. Juana, la abuela del pequeño Rubencito, les escribía contándoles una repentina enfermedad del infante. Parece que, cuando se trasladaban de la estación de Ávila al pueblo de Navalsauz, en un pequeño carro tirado por mulas, el niño cogió frío en el cambiante aire de aquel final de mayo caprichoso y malévolo.

Rubén Darío organizó enseguida el viaje. Él no podía marcharse de Madrid, pues tenía que atender los compromisos diplomáticos y la presentación del nuevo libro, que tendría lugar en la embajada, pero envió a su Paca con su secretario en Madrid, Eduardo Lázaro, para que la socorriera a ella y a su hijo en todo lo que fuera menester. Fue el secretario el que buscó médicos que pudieran atender al pequeño, pues al llegar a la casa familiar, Paca se encontró a su polluelo inconsciente, ardiendo en fiebres, y a la abuela fuera de sí, maldiciendo y lamentándose de su desgracia.

Rubén padre estaba muy nervioso, preocupado por su

279

retoño y atado por su trabajo en la capital del reino, cuando lo que deseaba era reunirse con su vástago y su compañera. El secretario le mandaba correspondencia y noticia casi diaria de cómo cursaba la afección, pero Darío temió lo peor al no recibir dos días seguidos las misivas. Al tercero, recibió por el correo las letras de su asistente, con un negro presagio:

Navalsauz, 10 de junio de 1905

Mi respetable y distinguido amigo:

Ayer, 9, no escribí a Ud. por haber salido de aquí precipitadamente, porque el de cabecera pidió consulta puesto que el niño se agravó el jueves por la noche de una manera alarmante. El viernes hubo consulta opinando los tres médicos que el niño estaba gravísimo. Veremos lo que resulta; temo que no sea nada bueno.

Doña Francisca no se aparta de su hijo ni un instante, así como María. Sin más que manifestarle, reciba recuerdos de Da. Francisca y María.

EDUARDO LÁZARO

Esa misma noche, mientras Rubén recibía el laurel de Madrid, de nuevo, y los elogios de todos los más importantes políticos e intelectuales de España y América, su hijo Rubencito, Phocas el Campesino, exhalaba su último aliento en los brazos desesperados de su madre. Como una Piedad marmórea, se le detuvo el corazón en el pecho, mientras Rubén leía los versos dedicados al hijo ya muerto…

El pequeño Rubén murió de una bronconeumonía, según dictaminaron los médicos. Hubo que arrancar su cuerpo de los brazos de su madre, que no entraba en razón, y no quería entregarlo a su abuela para que lo amortajara y recibiese sepultura. Sólo las lágrimas y los besos de su hermana María consiguieron aflojar el lazo de sus manos sobre el hijo exánime. Aquel junio extraño de mil novecientos cinco Francisca enterró a su segundo hijo, en el pequeño pueblo de sus padres y donde ella misma había nacido. Una pequeña lápida de mármol con su nombre y su fecha de nacimiento y muerte, rodeada de plantas y flores, como a él le gustaba. Sólo con la familia, los pocos vecinos y el secretario de Rubén, Paca enterraba con el niño sus ilusiones, su alegría y su deseo de seguir viviendo. El problema de desear la muerte es que, como la vida, ella escoge sus caminos, y decide su momento para todos, y no suele coincidir con el conveniente para cada uno…

El asistente de Rubén en Madrid ya había avisado a éste del triste deceso de su heredero. Cuando llegaron de regreso, acompañados de María, que ya casi no se separó de ellos, Paca era un espectro, una sombra de sí misma apuntalada por el resorte absurdo de seguir viva. No lloraba, no gemía, no se quejaba. Había agotado todo su arsenal de súplicas, oraciones, maldiciones y llantos en la última noche junto a su pequeño Rubencito. Daba miedo verla, conducida todo el tiempo por su hermana, como un lazarillo. Aunque no estaba privada de la visión parecía que no veía, que no oía, que no sentía nada… Su hombre sólo pudo abrazarla, muda, ausente, estrecharla contra sí y llorar por los dos, tratando de darle algo de calor humano, pues el cuerpo de ella, en pleno verano de Madrid, se había quedado aterido como la piedra de la lápida de su pequeño hijo, como si la muerte la hubiese marcado con su helor… Una herida de silencio empezó a hacerse un abismo de tristeza entre la pareja…

Acostumbrado a ser el mimado, el objeto de todos los cuidados de su Francisca, Rubén se asustó de la lógica abulia de su princesa, de la desgana por vivir tras la muerte de su hijo. Tanto se preocupó que tramó una distracción para ella, que durante aquellos días se dejaba llevar como un muñeco de trapo roto. Él confiaba sus cuidados a las delicadezas de su hermana María, una belleza y un encanto de muchacha, que se afanaba en peinarla, asearla, sacarle el trabajo de la casa, todo con tal de que volviera a ser la mujer fuerte y animosa que todos conocían. Rubén fue desprendiéndose de compromisos, delegando en amigos y en sus asistentes, y con su secretario personal, Eduardo Lázaro, que había demostrado no sólo ser leal y eficiente, sino también discreto, y más con todos los dolorosos trances personales que acababan de soportar, organizó una escapada a Asturias.

Rubén recordaba la alegría de su mujer aquella otra vez en la costa de Alabastro, en Francia, cuando la llevó a conocer el mar por primera vez. Todos sus recuerdos comunes en ciudades marítimas eran dichosos: Dieppe, Málaga, Palma de Mallorca, y pensó que el cambio de aires, la paz de la brisa marítima, y la serenidad de las olas le harían bien. María regresó al pueblo, con su madre, el mismo día que ellos marchaban hacia el norte.

Así llegaron, iniciado el verano, a Asturias. Un buen amigo de Rubén, médico, que lo admiraba mucho, el doctor José Buylla, les había ofrecido alojarse en su propia casa, en realidad una mansión frente al mar. Él lo agradeció pero, como no iba la pareja sola, viajaban con su secretario personal y con una doncella que había contratado para que Paca no hiciera nada, de nombre Genoveva, no quiso aceptar el sincero y generoso ofrecimiento. Alquiló una casita en la orilla izquierda del Nalón, casi en su desembocadura al mar, en el encantador San Esteban de Pravia. Francisca, al llegar allí, como si un resorte de pronto la volviese a la realidad desde el mundo de tristes sombras en el que se había sumido, recordó los versos de Manrique que su Rubén le dijera cuando ella le confesó no haber ido nunca a ver el mar: «Nuestras vidas son los ríos, que van a dar en la mar, que es el morir», y ella, que nunca había sido una mujer cultivada ni leída hasta enamorarse de su hombre, entendió el más hondo sentido de aquellos versos frente al paisaje que bebían sus ojos...

Rubén acertó en que el mar consolaría con su canción sedante el alma herida de su Paquita. Día tras día, él iba percibiendo más atención en ella, un pequeño esfuerzo por arreglarse y acompañarlo a cenar con los curiosos profesores de la universidad de Santander, o los intelectuales locales, que querían conocerlo, espoleados por la curiosidad de que aquel príncipe de la literatura hubiese encontrado solaz en su tierra. Él tenía además algunos amigos de su primer viaje desde América a España, pues el primer puerto de la península que tocó y donde tomó tierra fue Santander.

La casa que alquilaron era amplia y encantadora, en aquel lugar privilegiado donde a Francisca no le hubiese importado varar su vida y llorar frente al mar, sin que nadie la viera. Rubén extremó los mimos, la ternura y la delicadeza. Paseaban juntos, contemplando magníficas y rojizas puestas de sol. Comían fuera para ahorrarle a ella tener que ocuparse de menús o de cocinar. Al llegar los rigores estivales de final de julio incluso llegaron a bañarse de noche, desnudos, juntos, bajo la luz de la luna, mientras caían las estrellas fugaces como lágrimas celestiales, en aquellas frías y bravas aguas del mar Cantábrico. Durante un par de veranos más se alojaron en aquella casa apacible que le había recomendado a Rubén el pintor Sorolla, donde éste había dejado su impronta en una de las paredes, con un fresco, una marina con motivos asturianos. El dolor de Rubén y Francisca no desapareció, pero el mar supo lamer aquellas heridas hondas con su sal y sabiduría de siglos...

Los meses del fatídico año fueron pasando y, aunque nada podría hacer olvidar a sus padres la pérdida del pequeño, el tiempo fue otorgando cierta pátina de normalidad a la situación de la pareja. Rubén viajaba mucho por cuestiones diplomáticas: Inglaterra, Bélgica, España y, en julio, fue enviado a Río de Janeiro, en Brasil, como secretario de la legación de Nicaragua, a la conferencia panamericana que allí se celebraba. Algo debió de suceder en el viaje porque Darío, alma de lo que él llamaba la nación latina, empezó a cambiar su discurso antiestadounidense y escribió en aquellos días un poema contrario en gran medida a su pensamiento anterior. De hecho, incluso era elogioso y acogedor con el nuevo «imperio» estadounidense, que comparaba con el romano, en su texto «Salutación al Águila». Algo tuvo que ver la escala en Nueva York desde Europa, en ruta hacia la conferencia panamericana, y su íntima entrevista con el ministro nicaragüense Felipe Correa. El texto, que se leyó en Brasil, produjo malestar incluso entre algunos amigos incondicionales de Darío como Blanco Fombona, que se lo reprochó en la prensa.

Los vaivenes de la política no eran ajenos a la estabilidad de la pareja, y Francisca observaba, avisada de antemano por Rubén, comportamientos extraños en el secretario del consulado en París, el tal Julio Sedano. Pronto sabría a qué razones respondía, qué intereses procuraba, y qué siniestra presencia, a punto de hacer una entrada casi de ópera, estaba también implicada en ello.

Francisca guardaba las ausencias al frente del hogar en París y los intereses de su amado. Es cierto que una pérdida como la de los dos pequeños era insalvable, y que muchas parejas se hubieran quebrado ante tan luctuosos acontecimientos, como de hecho sucedía muy a menudo. Es indudable que entre los viajes y el poso de amargura que deja la muerte de la descendencia hubo momentos en los que Francisca creyó que su príncipe la abandonaría para siempre. Ella no supo, aunque siempre llegaban malintencionados comentarios, si él buscó, en aquellas embajadas diplomáticas por otros lares y países lejanos, cuerpos y labios en los que ahogar su tristeza. Nunca tuvo constancia de que así fuera y sí de que él volvía a ella, siempre, y cuidaba por su bien. En cuanto a Paca, aunque aquel vacío que sintió con la pérdida de su florida Carmen se agrandó con su tierno campesino infante, sólo tenía una certeza en su corazón y en su pensamiento, y era el amor incondicional que sentía por Rubén.

12

Para el otoño de mil novecientos seis, Darío, ausente durante tantos meses, regresó a su puesto consular en París, y al hogar en el regazo de Francisca. Venía agotado de política, aunque cada vez estaba más involucrado en todos los temas de su país y de América, extenuado del viaje y, además, mucho más enfermo de aquel falso refugio del alcoholismo en el que se encerraba en las peores ocasiones sin darse cuenta del mal que le causaba. No pudo soportar encontrarse con otra traición nada más volver a París. Julio Sedano, al que él había contratado como secretario por amistad y había dejado como canciller del consulado de Nicaragua en la capital francesa, incluso con llaves de su casa, se alió con uno de los enemigos políticos de Rubén: el embajador Crisanto Medina. Éste odiaba el brillo y el prestigio de Darío y, para colmo, tenía amistad con el hermano de su mujer legal, Rosario Murillo. Por esta razón, y con la información privilegiada que le daba el secretario infiel, le hacía la vida imposible a Rubén, le complicaba pagos y facturas, le dilataba trámites, le hacía desprecios en actos públicos; cuestiones que no estaba dispuesto a soportar por más tiempo. Por esas cuestiones, y al borde de una crisis nerviosa, le pidió a su Francisca, renovando su amor, que se marcharan unos meses de París, a Palma de Mallorca, donde habían sido tan fugazmente dichosos rodeados del buen clima de los amigos.

Así lo hicieron. Marcharon enseguida a las islas españolas del Mediterráneo, y se alojaron en una pequeña villa en el 6 de la calle Dos de Mayo de Palma, en el agradable barrio del Terreno. Reavivaron el amor entre ellos, con mejor temperatura, más tranquilidad y muchas largas conversaciones, y sus sentimientos, después de siete años de azarosa conversación, parecieron florecer con más fuerza y, pronto, volvió a fructificar en ella la simiente. Casi no quería decirlo, temerosa de que no llegase a buen término, pero para sí, no cabía de gozo.

La calma, sin embargo, duró poco. Sin saber por qué, las cuentas del banco de Rubén quedaron embargadas, sin explicación alguna. Un amigo, Luis Bonafoux Quintero, les dio noticia, a finales de noviembre, de la presencia inquietante de una dama, Rosario Murillo, la esposa legal de Rubén, en París. Se la veía acompañada de Julio Sedano, el que fuera secretario traidor de Darío, y del embajador Crisanto Medina. Rubén se sentía sin fuerzas para enfrentarse a la situación, mucho menos a su esposa a la fuerza, y entonces volvieron a saltar los resortes de aquella principesca Paca, recia y capaz de enfrentarse al mundo por su amor. Él quedó en la villa de la isla, cuidado por los amigos comunes, en especial los Sureda, y ella se decidió a partir con urgencia a Francia.

A pesar de la fecha otoñal, el mar estaba en calma y la temperatura era suave, casi primaveral, particular que solía ser común de aquella isla. Casi por cosa de magia, cuando Francisca sacó su pasaje y puso el pie en el *Cataluña*, el barco que la llevaría de Palma a Barcelona para enlazar los trenes hasta París, un viento frío, que parecía llevar una voz oscura en su seno, empezó a soplar. Ella se cruzó en la pasarela con el pintor Santiago Rusiñol, que había decidido no viajar por las noticias que le habían dado los marineros. Le aconsejó lo mismo a Paca, pero ella estaba decidida a hacer frente a los enemigos del poeta, en especial a aquella mujer pérfida, por muy bendecida que estuviese por el sacramento del matrimonio. Eran las seis de la tarde cuando se embarcó y, al caer la noche, el mar comenzó a picarse hasta que se desató un temporal terrorífico. Al filo de la medianoche estuvieron a punto de naufragar y Paca creyó que perdería la vida en la travesía. Poco faltó. De hecho la isla de Palma quedó aislada y durante dos días, tanto en la ciudad insular como en Barcelona, dieron por perdido el *Cataluña*. Rubén se desesperó pensando que había perdido a su princesa en aquella misión que él no se había atrevido a afrontar. Cuando se restablecieron las transmisiones telegráficas, Rubén pidió que le dieran noticia del barco y que, si llegara a tocar puerto, se hicieran cargo de ella con lo que necesitara. Finalmente el barco, maltrecho, y sus tripulantes y pasajeros tocaron el puerto de la ciudad condal y a Paca la recibieron los enviados, que la llevaron a descansar al hotel Continental, donde hubo de reposar tres días.

Ya en París, la recibió el leal Luis Bonafoux, que les alertó de los movimientos extraños que habían sucedido en su ausencia. Hijo de venezolano y española, aunque nacido en Francia, Luis era periodista y escritor, y tenía conocimientos legales. Gozaba de mala reputación, porque era sarcástico y muy crítico, lo que no siempre resultaba cómodo entre la intelectualidad de la pomada. El sentido del humor, síntoma evidente de inteligencia, no era común ni siquiera entre los ámbitos más cultos, lo que le generó muchos enemigos. El peor de todos Clarín, pues fue Bonafoux quien lo acusó por escrito de plagiar a Flaubert. Fuera como fuese, le tenía gran respeto y lealtad a Rubén, y sintió que se estaba cometiendo una canallada con Rubén Darío y Francisca, como en efecto estaba sucediendo.

Paca supo que Rosario Murillo, la legítima esposa de Rubén, sabiendo que se estaba redactando una ley a propósito para que éste pudiera divorciarse de ella, se había presentado en París dispuesta a hacerles todo el daño que pudiera. Amparándose en su aún legal situación de esposa del cónsul nicaragüense, pidió el embargo de todas las cuentas a nombre de éste, así como del sueldo consular, en concepto de pago de pensión retroactiva de todos los años de matrimonio. Avalaron su versión con documentos y testimonios el secretario Sedano y el embajador Crisanto Medina. Ante aquellos testimonios, uno de ellos diplomático, los bancos cedieron, y Rosario dejó las cuentas de la pareja completamente vacías. No contenta con eso, pretendía embargar la casa, con todos sus enseres, muebles y demás lencería, momento en el que llegó Francisca Sánchez. Darío le había dado poderes absolutos para hacer lo que estimase oportuno y, bien aconsejada por Luis Bonafoux, pusieron la casa y las pocas propiedades que les quedaban a nombre de Francisca, de forma que Rosario Murillo no pudiese hacer valer sus poderes como esposa para alzarlos y hacerse con ellos. Fue lo poco que se pudo salvar de aquel expolio, aunque no lo único que perderían.

Francisca llevaba una semana en París, acelerada por tratar de solucionar los problemas con los que se encontró, con el apoyo incondicional del bueno de Bonafoux. Con él había hecho los trámites legales necesarios, vía notarios y abogados, para poner aquel muro para defender la vida que tanto esfuerzo y trabajo les había costado a Rubén y a ella construir, y con la que arramblaba Rosario. Paca estaba un poco cansada de tanto viaje, la tempestad en el Mediterráneo, los nervios, y, por supuesto, el embarazo. Estaba sólo de unos tres meses, el tiempo de reencuentro con Rubén, pero ya se le notaba algo —cada embarazo era distinto— la tripita. Había decidido descansar aquel día, se marcharía en un par de días de vuelta a Palma con su caballero, hechas ya las gestiones necesarias, y estaba en el piso ya a salvo de la rapiña febril que habían sufrido… De pronto alguien llamó a la puerta y aunque se sobresaltó, como era habitual que los amigos aparecieran intempestivamente por la casa de monsieur Darío, abrió para ver de quién se trataba. Quizá fuera Luis Bonafoux, pensó en esos instantes, que venía a darle noticias de alguna cosa. Lina, la chica que seguía a su servicio, incluso cuando no estaban ellos, pues así le daba una vuelta al piso, tenía llaves, o sea que no podía ser ella. Al abrir se encontró con una señora hermosa, enlutada, con un sombrero de plumas negras que hacían que pareciera una figura mitológica de las que tanto gustaban a su Rubén. Tenía el pelo negro, los ojos grandes y verdes, como de fiebre, y las manos alargadas como las zarpas de las panteras que había contemplado en los zoológicos de Madrid o de allí mismo, en París. Supo, por las descripciones que le diera Darío, quién era aquella mujer: Rosario Murillo. La Garza Morena.

—Así que tú eres la que me ha quitado a mi marido —dijo ésta sin dar tiempo a nada, entrando en el piso y mirándolo con una mezcla de odio y curiosidad.

—Ni yo soy una cualquiera, ni usted es una señora, como las dos sabemos —le replicó ella sin arredrarse—. Usted es sólo su esposa por una coacción que les beneficiaba, un engaño urdido por su hermano y usted. Nada más.

—Veo que el señor cónsul, «mi marido» —recalcó—, te ha aleccionado bien contándote esa milonga de los engaños…

—No es ningún engaño, señora. —Seguía manteniendo el tratamiento respetuoso para diferenciarse de ella—. Si usted no fuera tan obstinada, él sería ya mi legítimo esposo, y usted libre de andar con quien quisiera.

—¡Qué ingenua eres, mujer! —Rosario rió como una loca—. ¿De veras crees que te es fiel, que no ha habido otras? —Y todas sus palabras eran como una dentellada o como el ataque de un áspid venenoso…

—¡Eso no es asunto suyo! —la cortó secamente Francisca.

—Claro que sí, cateta —la insultó—. Porque no voy a permitir que una pueblerina me arrebate lo único que quiero de ese hombre, su apellido. ¡Voy a ser vuestra pesadilla! ¡Os perseguiré donde vayáis! Nunca será tuyo del todo por mucho que compartáis la cama y… Él será mío, aunque sea en el último instante de su vida. Seré su castigo y su demonio guardián... Ni después de muerto podrá escapar de mis garras, te lo aseguro...

Rosario se quedó mirando el vientre de Paca, ligeramente abultado, y una mueca siniestra se dibujó en su cara. Algo de su malicioso espíritu se mostraba en sus rasgos pues, siendo una hembra realmente bella, causaba una honda impresión más cercana al miedo que a la admiración. Por momentos parecía uno de aquellos súcubos con los que los párrocos atemorizaban a los hombres en las homilías. Esos demonios que adoptaban forma de mujer para perseguirlos y martirizarlos a perpetuidad, condenando el alma de los varones...

—¡Vuelves a estar embarazada! —clamó entre risueña y encolerizada, pero, en un dubitativo lapso, pareció tener una confidencia con ella—. Yo tuve un hijo de Rubén. ¡Era precioso! Se parecía mucho a él, ¿sabes? Pero me lo arrebataron muy pronto... La semilla de los gigantes no arraiga bien en nosotras, porque engendran ángeles, y su reino no es de este mundo.

Francisca casi sintió compasión por ella; ese enloquecido ser había amado de alguna retorcida forma a Rubén y sufrió la pérdida de su vástago como ella, pero, de pronto, Rosario volvió a revolverse y le espetó:

—¿No te ha servido de escarmiento haber perdido ya dos veces el fruto de la semilla del poeta? —Y Francisca recordó las palabras enigmáticas de la vieja gitana Fuensanta y su advertencia. Como un resorte saltó hacia ella y la agarró de aquel frágil cuello que en efecto semejaba el de su apodo, el de una garza...

—¡No te atrevas a hablar de mis hijos! —Y fruto de la ira, y del recuerdo del dolor de sus pérdidas, sintió que era capaz de estrangularla allí mismo.

—¿De verdad serías capaz de matarme? —preguntó Rosario con la misma cantidad de admiración que de perfidia…

Francisca notó que, mientras la tenía agarrada, las manos de Rosario buscaron su vientre y se posaron, como las garras de un reptil sinuoso, sobre su seno. Era como si buscase a su hijo. Intuyendo el peligro la empujó, apartándola de ella y de su criatura no nacida. Ella rió a carcajadas, como si la misma demencia se encarnase en su ser… En ese instante llegó Luis Bonafoux, y se alarmó al contemplar la escena.

—Francisca, ¿estás bien? ¿Quieres que llame a los gendarmes? —preguntó interponiéndose entre Rosario Murillo, a la que conocía, y Paca—. Venía a avisarte precisamente de esto. Ha estado preguntando por ti…

—No es necesario, señor Bonafoux, ya me marchaba… Hasta otra ocasión —dijo Rosario deslizándose por la sala parsimoniosamente, como si fuera suyo, o fuese a serlo…

Antes de irse se volvió, miró a Paquita, y le dijo:

—Tu hija no llegará a nacer, princesa Paca. Yo no permitiré que mi marido tenga herederos si no es conmigo. —Y con esa terrible sentencia se retiró.

Francisca se quedó muy conmocionada con aquel desagradable encuentro. Ella era capaz de entender el despecho, incluso el odio que Rosario Murillo podía sentir por Rubén o por ella, pero esa mujer, la Garza Morena, hacía mucho que había franqueado los límites de lo sombrío…

Francisca adelantó todo lo que le fue posible la vuelta a Palma de Mallorca. Lina, la chica de servicio, que era como una más, se quedó los dos días que restaban para su partida con ella, haciéndole compañía, y los amigos pasaban muy a menudo a darse una vuelta. Encontraron cosas extrañas en su puerta: dibujos horripilantes de símbolos incomprensibles; rosas secas, casi negras, deshojadas con todas las varas espinadas haciendo una estrella de cinco puntas; restos de sangre o semillas; patas de ave, e incluso, la última mañana, una cría de gato blanco apareció ahorcada en el dintel de la entrada de la casa… Todo resultaba siniestro y de muy mal gusto, y apuntaba en la misma dirección: Rosario Murillo.

Le pareció verla en la estación de Orsay, envuelta en el vapor y la bruma, como una aparición. Incluso creyó que se despedía con la mano. Sintió un pinchazo en su vientre cuando el tren arrancaba con el destino deseado. El sur y los brazos de su amado.

La travesía desde Barcelona fue un poco más apacible

aunque tenía aún en el cuerpo la impresión de aquella mujer envuelta en rencores. Ella podía entender el despecho, el desamor, pero que alguien, tan joven y hermosa como evidentemente era, dedicara todo su aliento a conjurar el mal para el hombre con el que supuestamente se había casado por amor, escapaba de su capacidad de empatía. Eran los primeros días de diciembre cuando arribó a la isla, y Rubén, que había estado al corriente de todo por Luis Bonafoux, aguardaba su regreso con ansiedad. Paca se hizo cargo de las complicadas relaciones de Darío con aquella mujer con la que nada era claro, ni sencillo. Pasaron casi tres meses juntos y felices en compañía de los Sureda y Santiago Rusiñol. Desafortunadamente para ellos, después de avanzado un mes el nuevo año, en enero, el cincomesino embarazo de Francisca, una niña, se malogró, como se había empeñado Rosario Murillo…

Si las artes hechiceras de la mujer legal de Rubén Darío obraron el mal en los hijos de la pareja, nadie puede asegurarlo. Sí es cierto que la Garza Morena jugaba desde niña no sólo con los hombres, sino también con el lado más oscuro de la santería y la Macumba. Le gustaba el espiritismo, que se puso muy de moda, y todo lo que tuviera que ver con sortilegios, invocaciones y amarres. Era difícil para Francisca quitarse la imagen rezumante de odio que dimanaba maldad de aquella señora, pero su hombre, con todos sus defectos y debilidades, bebía los vientos por ella y se lo demostraba constantemente. Tanto es así que volvieron a vivir un idilio, como de recién enamorados, y cuando aún no había transcurrido ni un mes del aborto de Francisca, sobre la fecha del cumpleaños de Darío, ella supo que volvía a estar encinta.

A finales de marzo, con mejor tiempo, dejaron la isla de Mallorca y regresaron a París. Iba con ellos María, la hermosa hermana de Francisca, que tanto la quería, y que la hacía sentir segura y en familia, protegida. Se sumó al viaje en Barcelona, y ya les acompañó hasta la capital del Sena. Rubén se decidió a terminar de una vez, quisiera Rosario o no, su matrimonio legal. Más fuerte y recuperado que a su vuelta de América, resolvió, no sin bronca, los problemas de embargo de su sueldo, aunque ya no hubo forma de recuperar el dinero ahorrado en las cuentas bancarias, se había esfumado. Se enfrentó al embajador Medina y le aseguró que no pararía hasta ocupar su puesto. La Garza Morena estuvo oculta durante un tiempo, seguramente protegida por los contactos de su hermano, Andrés Murillo, y los adversarios de Darío, aunque la red de seguridad, amigos y servicio avisaban a éste de que seguía en París, rondando la casa, el consulado, y todos los espacios sociales y de trabajo de la pareja. No tardaría en salir a la luz, con más virulencia y malicia, si cabe, como la Jezabel de las profecías apocalípticas.

Rosario Murillo se convirtió en una auténtica acosadora. El poco tiempo que había permanecido oculta fue, sin lugar a dudas, para planear mejor su estrategia. Aparecía en los restaurantes donde iba a cenar o a comer la pareja, dejaba toda clase de objetos siniestros en la puerta del domicilio, como ya había comprobado Francisca en su primer encontronazo, interrumpía las tertulias o los actos en el consulado de Rubén; cualquier cosa con tal de incomodarlos. Ellos trataban de obrar con templanza, pero no siempre resultaba posible mantener las formas.

Francisca estaba preocupada con perder de nuevo a su hijo. Era su cuarto embarazo y no quería que su vástago fuese condenado de nuevo con maldiciones ni con enfermedades, aunque ella tuviera que empeñar su alma. Su hombre la secundaba y, en la medida de lo posible, trataba de salir de la ciudad, donde fuera más difícil para Rosario alcanzarles. La estrategia de ésta iba mucho más allá del acoso personal. Se encargaba de soltar bulos en los mentideros de la capital francesa, de los círculos intelectuales, de amigos y enemigos, diciendo que ella y Rubén estaban juntos otra vez y que el único motivo de que no abandonase a Paca era el hijo que ésta iba a tener. Por supuesto se encargaba de que se enterase, pues quería procurarle todo el daño posible por los medios naturales y sobrenaturales… El juego no le estaba resultando del todo bien a la Garza Morena, a la que los íntimos de la pareja, sobre todo el irónico Luis Bonafoux, empezaban a llamar Urraca Portera. Rubén, en vez de dejarse vencer por la presión, los cotilleos, la insidia y el agotamiento, se reafirmó en sus decisiones y sentimientos. Nunca se había sentido tan ligado a Francisca, tan enamorado de nuevo, tan seguro de su amor y de su deseo de envejecer con ella.

Era el verano de mil novecientos siete y Paca estaba ya de seis meses. Para proporcionarle un poco de sosiego y bienestar, se tomó unas vacaciones con ella, encargando el trabajo a nuevos secretarios y siempre con el apoyo de Bonafoux. Julio Sedano, después de la traición, se arrastró, trató de hacerse perdonar asegurándole que todo había sido una conspiración del embajador Medina y la señora Murillo. Cometió el error de darle una segunda oportunidad, porque siguió siendo un enemigo pagado. Sin duda el que seguía dándole a Rosario la información de la pareja, como en una ocasión en la que estaban cenando en Bruselas, con escritores y dignatarios políticos, y apareció Rosario Murillo provocadora.

Pensando en el bien de su amada, sabiendo cómo le gustaba y le serenaba el mar, Rubén planeó retirarse con ella a la costera ciudad de Brest, donde muy pocos sabían que pasarían los meses de verano hasta casi el nacimiento del pequeño, calculado para finales de septiembre o principios de octubre. Una vez más, aquella mala sombra, o maldición bíblica con nombre de mujer, apareció para amargarles la felicidad de enamorados, y tratar de ocasionar un desastre en el feliz acontecimiento de la embarazada. Tal vez sonara terrible, pero Rosario presumía de ser capaz de malograr los hijos de otras mujeres y, en el caso de su rival, haría lo imposible de ser necesario. Paca, en un ataque de nervios, cuando la vio aparecer y llegar hasta su mesa, llegó a arrojarle un vaso de agua. Rubén, no dispuesto a que aquello les costase la vida a su Francisca y su hijo, se reunió con Rosario y le ofreció una importante suma de dinero para que le diera el divorcio y desapareciera. Ella dijo que aceptaba pero, tras llevarse la suculenta suma, volvió a perseguirlos.

Un siete de octubre del mismo año nacía su hijo. Le pusieron idéntico nombre que el desaparecido: Rubén Darío Sánchez. A éste le llamaban cariñosamente Güichín. Nació muy sano, fuerte, con una espesa mata de pelo. Rubén lo conoció recién nacido antes de partir de viaje. Se despidió del bebé y la madre con una promesa: a su vuelta sería libre.

Rubén marchó enseguida a Nicaragua. Cansado de las persecuciones, coacciones y amenazas de Rosario Murillo, decidió viajar a su país y hablar con el presidente Zelaya, personalmente, para conseguir disolver el vínculo matrimonial con Rosario Murillo. No sospechaba que, en París, la debilitada Francisca iba a sufrir un intento más de acabar para siempre con su vida y con el amor de Darío.

Paca había quedado muy debilitada por el parto de su cuarto hijo. El niño estaba muy bien pero ella había perdido mucha sangre y sufrido importantes lesiones durante el alumbramiento. Ninguno sospechaba que el secretario Sedano, al que habían dado una segunda oportunidad y que había recomendado a la pareja un sanatorio a las afueras de París, seguía conchabado con el embajador Medina, y con la aún esposa legal de Rubén Darío. Todo estaba preparado para que, en ausencia del padre, se dejara morir a Francisca, y Rosario se hiciera cargo del infante.

Una vez más el instinto de Francisca fue proverbial y acertado. Le suplicó a Sedano que le dejara escribir a su familia, en Navalsauz, para hacerles partícipes de la noticia. El secretario infiel no cedió al principio, pero su falta de escrúpulos y su deslealtad acabaron horadados por la ternura de una madre conveleciente. Rubén ya les había escrito a Juana y parientes dándoles la nueva del nacimiento, pero Paca sentía la necesidad de pedir auxilio a los suyos, aunque estuvieran tan lejos. Algo cambió en el secretario y, curiosamente también, en el embajador Crisanto Medina. Puede ser que el hecho de que Rosario Murillo abandonase París, tras los pasos de Rubén Darío, aflojase la presión e influencia de ella sobre ambos, y porque, a punto de morir Paca como consecuencia del parto y aquella conjura, ellos podrían acabar, como poco, en la cárcel.

El embajador Medina fue apercibido desde Nicaragua por el propio presidente Zelaya, después de hablar con Rubén Darío, de dispensar cuantos cuidados fuesen necesarios para salvaguardar la vida de doña Francisca Sánchez y la de su hijo. Por esta razón, por remordimientos, o por una mezcla de ambos, se encargaron de traer a la madre de Francisca desde Ávila a la capital del Sena, donde cuidó de ella y del niño junto con su hija María. Por su propia cuenta, Crisanto Medina buscó y pagó al mejor médico especialista de París, el doctor Fouquet, quien, además de toda clase de prescripciones, obligó a Paca a guardar reposo absoluto siete meses, o corría el peligro de morir.

Ella fue rigurosa con lo ordenado, dichosa de estar con su madre y su hermana, y de ver cómo su pequeño Güichín crecía fuerte y sano cada día. Ése era su mayor triunfo. El único cometido en el que no estaba dispuesta a dejarse vencer. Rubén tardó muchos meses en volver, envuelto en un importante litigio nacional. Consiguió que se aprobara en el Congreso la ley de divorcio, que se llamó de hecho la Ley Darío, y fue nombrado embajador de Nicaragua en España. Desde su país, él le enviaba a Paca cumplida noticia de todo.

León, Nicaragua, 12 de febrero de 1908

Mi muy querida Tataya:

Te escribo desde León, adonde he venido a pasar unos días con mi abuelita. Hemos hablado de ti mucho, me ha dicho que si Carmen no se hubiera muerto ella hubiera querido que se la mandáramos. Ella está todavía con fuerzas, y, aunque no muy bien de salud, por su mucha vejez, muy animada.

¿Sabías que el Congreso votó una ley, por la cual el divorcio se puede hacer más fácilmente? Toda esa gente está furiosa y el famoso hermano anda diciendo que me va a matar. No hay cuidado ninguno. Yo ando listo y tengo muchos amigos. Y dentro de unos días me embarcaré, si Dios quiere.

Sin embargo el astuto hermano, Andrés Murillo, y la propia esposa no estaban dispuestos a dejar escapar la presa. Según la ley, que tomó el nombre del poeta porque no era una sorpresa que se hizo a medida de sus necesidades, quedaban divorciados automáticamente todos aquellos cónyuges que por una u otra razón no hubieran tenido trato alguno en más de cinco años. Con este resquicio legal, Rosario Murillo, asistida por su abogado, le tendió una trampa a Rubén. Fue a su domicilio, acompañada de dos señores, y tras encararse a él le preguntó:

—Niegas haber tenido trato conmigo o ¿no te acuerdas de los diez mil francos que me diste hace poco en París? —Con aquel ardite la Garza Morena tendió las redes de su artimaña.

—Rosario, si no fueron diez mil sino dos mil… —no pudo menos que contestar el poeta, y entonces ella, con sus testigos, replicó:

—Eso quería que confesases. Sirvan de testigos, señores.

Ella lo miró triunfante, con el convencimiento de que ni leyes hechas a propósito, ni la misma muerte, harían que dejase de ejercer su particular venganza, su dominio sobre el que era considerado un príncipe en el mundo.

—Antes o después volverás a ser mío, Rubén —le espetó ella mientras él le daba la espalada y se marchaba—. He de verte arrastrándote a mis pies, toda tu gloria arrastrándose, como un mendigo...

Por ese simple hecho, la estratagema de Rosario, quedaron neutralizados los alcances de la Ley Darío. Ante el Congreso, Rosario sacó una cuenta pagada por Rubén en un hotel de Londres, y una carta en la que, según ella, por petición de su esposo, que era cónsul en París, el embajador de Nicaragua en Francia, Crisanto Medina, le entregó una suma para volver a Nicaragua, ambos documentos fechados hacía menos de un año de la proclamación de la ley, que exigía cinco.

A partir de ahí, Rubén volvió a intentar comprar a Rosario para que le diera el divorcio. Un emisario se acercó a ella para plantearle la transacción. Ella aceptó el divorcio por diez mil francos. El emisario le comunicó la aceptación a Rubén Darío, pero entonces ella le pidió cincuenta mil francos para cerrar el trato. Un banquero alemán respaldaba a Rubén, que estaba dispuesto a pagar esa cantidad. Cualquier cosa por ser libre y poder cumplir la promesa dada a su amada Francisca, madre de su hijo. En ese punto Rosario le pidió al emisario que le dijera a Rubén que se alegraba de que tuviera tanto dinero pero que no se iba a divorciar ni por todo el oro del mundo. Darío estaba apenado, aunque creía que, antes o después, bien con dinero o con nuevas modificaciones de la ley, le llegaría el deseado divorcio. Entre tanto, recibía el aplauso y los homenajes de intelectuales, periodistas, empresarios, y él se los transmitía a su princesa Paca, a la lejana París, en puntuales cartas, con algunos recortes de prensa:

León, Nicaragua, 12 de febrero de 1908

¡Cuántas cosas tengo que contarte! Supongo que habrás visto en los periódicos de aquí todas las fiestas y banquetes que me han dado. Pero cuando te cuente verás que ha sido mejor.

Hay que luchar en el mundo con muchos enemigos; pero con la ayuda de Dios y de la conciencia se triunfa de todos.

Francisca se robustecía, consiguió recuperarse con los muchos y afectuosos cuidados de su madre y su hermana pero, sobre todo, por la alegría de ver a su hijo, y saber que pronto se reunirían en Madrid con su amado príncipe, Rubén Darío.

14

El ya embajador de Nicaragua en Madrid, Rubén Darío, presentó sus credenciales a Su Majestad, el rey Alfonso XIII, a mediados de aquel controvertido año de mil novecientos ocho. Al poeta le divertía pensar, y se lo comentó al mismo monarca en alguna de las primeras audiencias, que cuando él lo conoció por primera vez el reino estaba gobernado por su madre, la regente María Cristina. Muchas cosas habían cambiado desde entonces, entre otras que la muchacha hija de uno de sus jardineros, y que el azar quiso que conociera en los jardines reales de la Casa de Campo, era hoy su mujer y madre de su hijo. No le importaba lo que tardara en conseguir el divorcio, o las trabas que siguiera poniendo su pérfida esposa legal y su maldita familia: los Murillo. Francisca Sánchez del Pozo era la mujer que amaba y su esposa real. Tenía muchas ganas de reencontrarse con ella, que ya preparaba el viaje a Madrid, mientras él se hospedaba en el hotel París y elegía la sede de la embajada que, finalmente, junto con la residencia del embajador, para él y los suyos, estaría en la calle Serrano. Estaba ansioso por reunirse con ella y se lo reiteraba en sus cartas.

Madrid, julio de 1908

¡Cuánta falta me has hecho estos últimos días en que no he estado muy bien de salud! Como tú ya conoces mis males como nadie, me habrías puesto bueno enseguida. Hoy voy mejor; así es que no tengas ningún cuidado.

Cuídate mucho, junto con la tataicilla: ambas me hacen falta. Que sea buena, es el consejo que siempre le doy. A ti, que seas la de siempre; que te hagas culta, que leas los diarios que lleguen y que guardes todo bien. Con mucha razón la ausencia hace que te quiera más. Escríbeme todo con la máquina. También los sobres, como lo hiciste últimamente a Anvers. Escríbeme las más cartas que puedas, y sé siempre tan cariñosa y buena con tu,

Tatay

Paca temía que, en su ausencia, Rubén hubiera vuelto a los malos hábitos de la bebida, que tanto daño le hacían, y ansió estar junto a él, cuanto antes, para asegurarse de que su príncipe estaba sano. Aquel mismo verano regresaron, y volvieron a disfrutar, con el pequeño Rubén, del calor del hogar. Una tarde de ésas el Príncipe de las Letras le confesó a Francisca, en el coche de caballos con lacayo que tenía al servicio de la embajada, que había entrado por nostalgia en los lugares donde se conocieron en la Casa de Campo.

—Me he quedado muy triste, Paquita. —Y una vez más aquella ternura triste de su hombre la emocionaba—. No estaba ni la chabola de Celestino, ni los parterres donde tú cultivabas tus rosas ni, por supuesto, mi ninfa, mi princesa Paca...

—Aún no te has dado cuenta —le respondió ella con la misma ternura, pero una solvencia mucho más madura—. Aunque los partos hayan ensanchado mis caderas y el sufrimiento nos haya hecho pagar precios muy altos, aunque la intimidad a veces nos haga demasiado conocidos y por eso lejanos, yo siempre seré para ti esa muchacha, ese jardín donde conociste un amor que no esperabas, la madre de tus hijos, la esposa sin papeles, el amor sin reservas...

Rubén la besó sin mesura, en aquella calesa que sólo debía ser usada para cuestiones oficiales. Luego pidió al cochero que los llevase a sus jardines, y pasaron juntos la tarde a la orilla del río...

¿Puede medirse el tiempo sólo por las medidas de los hombres? Curioso resultaría a según quién se le preguntase o en qué momento. No duró mucho la prometida bonanza del embajador Rubén Darío en Madrid, ni la de su familia. Ya les había demostrado el azar que, para lo bueno y lo malo, solía ser caprichoso. Pronto se dio cuenta Rubén de que se estaban jugando en la sombra muchas partidas simultáneas. Su viejo enemigo, el embajador en París, Crisanto Medina, de quien dependían el dinero y los pagos enviados a la capital española, demoraba éstos, asfixiando las labores de él. No sospechaba el poeta, y probablemente tampoco el presidente Zelaya, que se preparaba un golpe de Estado en Managua que acabaría con su gobierno, y la protección que ejercía sobre su más alto representante en el mundo: el Príncipe de las Letras Castellanas.

Meses después, cuando el ya depuesto y exiliado Zelaya visitó Madrid, Rubén le ofreció una gran cena y homenaje, y luego abandonó su puesto como embajador, que había mantenido el nuevo presidente impuesto, y cerró la embajada. Para poder pagar los salarios de los empleados, y la cena en honor del anterior presidente, tuvo que vender el piano y toda la colección de libros y muebles de la sede oficial.

Animoso, se trasladó durante unos meses a un piso más modesto con toda la familia, cercano a la vieja embajada de Serrano, en Claudio Coello. Paca hacía frente a los tenderos, a los lecheros y a todos los acreedores a los que se les debía, a sabiendas de que su marido era un príncipe, y lo sería siempre, aunque pasaran de nuevo estrecheces económicas. Francisca se sentía dichosa de salir adelante con los suyos, en especial con su hombre, aquel por el que había apostado todo, por el que había superado todo, y con el que tenía un hijo por el que daría su vida y su alma de ser necesario. Qué más fortuna podía desear, pensó, mientras el futuro volvía a difuminarse...

Francisca Sánchez del Pozo recordaba cada día, cada hora, cada minuto, cada emoción entregada y cada pensamiento que cruzara su sien como una espina o una corona de flores. Sin embargo, ¿qué añadiría de más a su historia el pormenorizado itinerario de su peripecia última? El amor siguió guiándola hasta el final. Hubo que dejar Madrid, sí, después del cierre desastroso de la embajada, tras el golpe de Estado contra el presidente Zelaya. Volvieron a París, con toda la familia, y aquel gineceo revoloteaba alrededor de los dos varones de la casa de idéntico nombre: el rey Darío, cada vez más angustiado por el creciente prestigio y la miseria de una crisis en la que se iba sumiendo Europa, y el principito heredero, Güichín, el único que hacía sonreír a su padre entre largos y pesarosos viajes...

Güichín es el corazón de la casa. Su tía María es como un arcángel que no se separa de él. Sus camas están juntas y, cuando el pequeño tiene alguna pesadilla, ella lo mete en la suya para consolarlo. Sí, pasan los años: detalles de nombres, vicisitudes, libros, artículos, amigos, y toda aquella debacle que convierte en miserables a príncipes de las letras a expensas de las migajas de los amigos pudientes, como los Sureda de Mallorca.

No son los únicos que pasan dificultades ni penas de amor, y la pareja comparte lo que tiene con los demás amigos, poetas, periodistas, que le piden auxilio en la capital del Sena. Todos suponen que el prestigio de Rubén Darío es un paraguas bajo el que refugiarse, pues su prestigio es mítico desde hace muchos años. No comprenden que, muchas veces, el brillo, como en los pararrayos, es el metálico reclamo de muchas tormentas. Ni Francisca ni Rubén hacen públicas todavía sus estrecheces. Ella bandea la situación con su hijo, su hermana y su madre como puede, y Rubén se desloma con colaboraciones en toda clase de revistas y periódicos, y con viajes de conferencias, como un trabajo que le ofrecen los hermanos Alfredo y Armando Guido. Ese proyecto parece interesante pues se trata de dirigir una importante publicación femenina de nombre *Elegancias*. Además de las lógicas secciones de moda, cosmética y afeites, él se encarga de contratar a algunas de las plumas hispanoamericanas más importantes como su amigo Amado Nervo, Delmira Agustini, Leopoldo Lugones, Gabriela Mistral, entre otros. Sueñan con un nuevo aire de sosiego en sus vidas, aunque Francisca percibe que los períodos de alcoholismo son cada vez mayores...

Llegó de nuevo el verano parisino, tórrido y húmedo por el río. En el verano de mil novecientos once una pareja enamorada de amigos reencontrados compartió con ellos sueños, risas e ilusiones. El hermano de Manuel Machado, Antonio, se ha casado, perdidamente enamorado de una chica, casi una niña, Leonor Izquierdo, de dieciséis años. Él había renovado una pequeña beca para dar clases de español a los franceses y ella, como una colegiala, ha acompañado a la capital del amor a su ya marido. Francisca recuerda su propia pasión en el espejo rejuvenecido de otros. Rubén y Paca les preparan una cena de aniversario. Saben que apenas les llega para los gastos mínimos de manutención en la cara capital francesa, y que, en esos días de finales de julio, Antonio y Leonor hacen dos años de casados. Ella es de una fragilidad infinita, como si su cuerpo de adolescente no fuera a llegar a ser el de una mujer, o como si estuviese más cerca de los etéreos ángeles que de las personas. Unos días antes de la cena tuvieron un susto de salud y Antonio pide ayuda. Leonor hace muy buenas migas con María, de la misma edad, y disfruta muchísimo jugando con el pequeño Güichín, que la observaba como quien ve a una criatura sobrenatural, de luz. Paquita la había llevado a comprar un vestido para tal ocasión, y un sombrero de los que se estilaba en la moda parisina, y se lo regaló como detalle.

—No puedo aceptarlo, Francisca —le decía a su anfitriona y guía por el elegante París—. Ya abusamos demasiado de vuestra amistad.

—No me rechaces este presente, Leonor —le respondía Paca, con afecto de hermana mayor—. Piensa que mi Rubén y yo no pudimos estar en vuestra boda, así que es como un regalo atrasado de esponsales...

Leonor aceptó el regalo, un poco sonrojada, y Francisca disfrutó de verla lucir para su marido como una auténtica princesa. Sintió que aquella criatura pertenecía más a otro mundo que a éste y, aunque le dio un escalofrío al presentirlo, quiso que tuviese alguna dulzura de la vida, al menos de su parte.

Cenaban amenamente, cerca del río, en el Trocadero, Francisca y Rubén, Antonio y Leonor. Todo son risas, bromas, duelo de recitales improvisados entre los dos poetas, aunque Antonio es más tímido que el expansivo Darío, al que además tiene un enorme respeto como «maestro». Antonio mira con adoración a su Leonor, y Paca toma la mano de su hombre, amorosa, queriendo revivir en la pasión recién nacida de sus amigos. Leonor no deja de sonreír ante las ocurrencias del nicaragüense, aunque una ligera tos, cada vez más persistente, ha estado molestándola todo el buen rato que pasan en compañía cómplice. Brindan con champán, que ha encargado Rubén para la pareja, con la promesa de dejarlos ya a solas a solazarse de su aniversario.

—Porque viváis una vida intensa y llena de amor y poesía, como yo —entona su buen deseo Darío y todos beben.

Leonor de pronto se pone lívida como la cera, y tose violentamente. El pañuelo con el que cubre sus labios aparece manchado de sangre...

Esa misma noche Rubén y Francisca acompañaron a la joven pareja a un sanatorio. Tenían buena amistad con el doctor Fouquet, el médico más importante de la ciudad, que le había salvado la vida a Paca, literalmente, después de aquella extraña conjura en el nacimiento de su último hijo. El médico posee la mejor clínica de la ciudad, al filo de los jardines del bosque de Boulogne, y Darío habla con él para que la atiendan e ingresen de urgencia. Él mismo se hace cargo de la cuenta de gastos y, aunque Machado no quiere aceptarlo, no admite un no por respuesta. Sabe que Antonio no podría permitirse los costes, y tiene gran aprecio a la joven pareja.

El diagnóstico no puede ser más terrible, ni más claro. Leonor tiene tuberculosis, y debe permanecer en completo reposo durante unas semanas. Antonio no quiere moverse de su lado, pero debe atender sus clases o perderá la beca y, con ella, el poco dinero que necesitan para subsistir. Rubén también debe marcharse a promocionar con los Guido su revista. Francisca, aunque le advierten de que la enfermedad es contagiosa, deja a su hijo al cuidado de la abuela Juana y de su hermana María, y se queda cuidando a Leonor. Pasa muchas noches con ella, sólo la abandona cuando Antonio vuelve, para darles un poco de intimidad. Hablan mucho de sus recuerdos de la niñez en Castilla, de cómo se parecen, en algunos aspectos, sus maridos escritores, y lo perdidos que estarían sin su amor... Leonor parece mejorar un poco y pasean, por prescripción facultativa, juntas por los jardines del bosque de Boulogne. Se toman un gran afecto y se hacen confidencias. Tres semanas después Antonio volvía con ella a Soria, para tratar de reponerse. Al despedirse, con una sonrisa, Leonor le susurró a Paca al oído:

—No volveré a verte, amiga mía.

Francisca sabía que no eran sólo palabras. Meses después, fallecía el ángel de Leonor Izquierdo.

15

Toda Europa es un clamor sobre una inminente guerra. Es verano, otra vez, y estalla la Primera Guerra Mundial. Alemania declara la guerra a Francia, ya no estarían seguros en París. Rubén está agotado. Decepcionado por un mundo que no respeta a los artistas, que los engaña, incluso se plantea, en un delirio místico de alcohol y desengaño, ingresar en la cartuja de Palma como monje. Es el otoño en Valldemosa, rodeado de las sombras de los antiguos habitantes de aquel castillo en Palma de Mallorca. El amor a su Paca y a su pequeño Rubencito le devuelve a los brazos de su familia, pero con su alcoholismo, los demonios de su juventud, sus temores, sus neurosis, empeoran.

Antes de que la locura bélica estalle, ellos ya han decidido volver a España, y en la primavera de mil novecientos catorce ya corre por Barcelona la noticia de que Rubén Darío estaba decidido a fijar su residencia allí. Tras haber pasado una época mala, con el hígado hecho polvo y los nervios disparados, tras su gira con los Guido, que le habían ofrecido la dirección de una revista de moda en París.

La relación con estos empresarios no terminó bien pues, después de presionarlo con largas giras promocionales, no le pagaron el dinero que le debían. Ya no tenían ni la embajada, ni el consulado, ni la dirección de *Mundial*, ni de la revista de moda. Sólo los ingresos como articulista de *La Nación*.

Había permanecido unas semanas en la ciudad condal, de paso hacia Mallorca y luego de regreso a París, haciendo una vida sumamente retraída sin contacto casi con literatos y amigos. Su propósito de quedarse se comentó con simpatía en el Ateneo, en las redacciones de los periódicos y en las peñas literarias de los cafés de las Ramblas. Rubén, Francisca, Güichín, María y Julio Sedano, como secretario, redimido aparentemente de viejas traiciones, llegaron a Barcelona la primavera de mil novecientos catorce. Se instalaron en la calle Tiziano, 16, en una torre propiedad del señor Cortés, en la barriada de los Penitentes. Un lugar llamado Can Gomis. Dicen que se la procuró su fiel amigo Eugenio d'Ors.

Vivían muy cerca del Tibidabo. La casa era preciosa, y las mujeres de la familia sienten que vuelven a recuperar sus raíces, en la tierra catalana, con sus plantas, su cocina, su gastronomía… Son discretamente felices. Allí Francisca tenía aves domésticas, como en el pueblo, y sin que se le cayeran los anillos, decidió cambiar los elegantes salones y trajes maravillosos del París bohemio por su mandil de trabajo para dar de comer a los suyos. Había un huertecito que trabajaba con su madre y su hermana. Los domingos iban los amigos catalanes e hispanoamericanos y había música y diversión, como si la vida sonriese: Santiago Rusiñol, el profesor universitario Rubió y Lluch, Federico Rahola o

Eugenio d'Ors, entre otros. Era el único momento en el que, después de preparar el banquete, Paca desempolvaba alguno de sus maravillosos trajes de París, se daba su perfume de lavanda y aparecía como la gran dama que era, y que muchos creían una intelectual francesa. Por unas horas volvía a ser la *princesse* Paca y Rubén parecía regresar de aquellos largos corredores de sombra y aislamiento, en los que cada vez estaba más sumido, y sonreír.

Un último enemigo iba a presentarse a alterar aquella apuntalada felicidad familiar, dentro de la debacle de la guerra y la abulia de Rubén. Un tal Alejandro Bermúdez, al que Darío conociera en París, se presentó buscando al maestro y él lo metió en su casa, lo nombró su secretario y le dio la comida y el techo que, con tanto esfuerzo, conseguían él y los suyos. Sucede con los que nada tienen que lo poco que poseen lo comparten... Tanto Paca como Rubén eran presa fácil en ese sentido porque, grandes de corazón, siempre estaban dispuestos a entregarse a los que nada tenían, como les habían ayudado a ellos muchas veces.

Francisca fue testigo del momento en el que su príncipe, obsesionado con la idea de la muerte, se dejó engatusar por aquel elemento que, desde que llegó a su casa, lo suplantó firmando artículos con su nombre, que luego enviaba y cobraba él solo, o inéditos de Darío que robaba de los arcones que con tanto esfuerzo Paca había hecho traer de la última mudanza de París.

Julio Sedano, el secretario, advirtió a Paca de que tuviera prevención con aquel Alejandro Bermúdez:

—No es trigo limpio, doña Francisca. Sé que anda utilizando el nombre y el prestigio de su Darío, y sacando dinero a editores, periódicos y amigos. Incluso he descubierto que ha puesto un telegrama al marqués de Comillas pidiéndole dinero y pasajes para Nueva York... ¡Ándese con ojo, doña Paca! —Y tenía razón en todo, él, que además sabía mucho de traicionar, incluidos a Francisca y Rubén, a los que ahora prevenía, porque él mismo les había fallado muchas veces...

Los amigos desconfiaban también de Bermúdez, y de la disparatada historia que le había propuesto a Rubén de viajar por toda América, empezando por Estados Unidos, dando conferencias y recitales en favor de la paz mundial. El escritor colombiano José María Vargas Vila, gran amigo de Rubén, que vivía también en Barcelona y los frecuentaba, llevó incluso a un médico para que visitara a Rubén. Le insinuó a Francisca la posibilidad de ingresarlo, por enajenación, en un hospital, hasta que sanase, pero ella no quiso someterlo a ese trance.

Alejandro pretendía aprovecharse de la débil salud y el alcoholismo de Rubén con falsas promesas, para beneficiarse de su prestigio y sacarle cuanto pudiera. Mientras que Paca intentaba que bebiese lo menos posible, que lo dejara, Bermúdez lo enardecía con todo el alcohol posible, aprovechando sus estados de enajenación etílica para que le firmase poderes, autorizaciones, y cuanto quiso, además de alejarlo, cada vez más, de su familia. Ya se había hecho rico a su costa. Sólo con los artículos que había firmado suplantando a Rubén, y enviado a diarios de Madrid y Estados Unidos, ganó setecientos dólares, además de las dos mil pesetas por textos inéditos que entregó a editores en Barcelona. Paca lo supo por Sedano, Vila y Juan Huertas, otro amigo fiel, que fue secretario de Rubén un tiempo, y permanecía leal en la amistad. Era una pequeña fortuna para la época, pero ambicionaba más. Sabía bien que el único anclaje con la realidad y la cordura era el inmenso amor que sentía por su hijo, Güichín, y por aquella mujer, pero Darío estaba enfermo, preso de la ebriedad y los demonios que ésta convocaba. Era más fácil ser simpático sin privaciones, sin prohibiciones, alegrando el oído y envenenando su alma con falsas promesas y humores adulterados, mientras su mujer, porque lo amaba, discutía con él por tratar de quitarle el vino, por tratar de cuidarle. Ella notaba cómo Bermúdez jugaba su baza, embaucándolo, poniéndolo en contra de los suyos, de los amigos de toda la vida, incluso de su hijo, alentando una huida hacia delante en el licor, y un falso sueño de nueva gloria en América...

Aquel canalla sabía que, si retrasaba la marcha, los amigos de verdad de Darío y su mujer impedirían ese viaje suicida del escritor. Estaba preparado para el veinticuatro de octubre, y no lo iban a consentir. Por esa razón se presentó el último secretario traidor la noche antes de lo previsto con un coche en la casa, le dijo que debían salir en ese instante para marchar hacia el puerto. Alejandro Bermúdez pretendía llevárselo sin más y trató de convencer a Francisca de que no les acompañara. Ella, casi a medio vestir, agarrando a su hijo de la mano, le suplicaba a Alejandro que no se lo llevara, y a Rubén que se quedase por ella o, al menos, por su hijito. Pidió auxilio a Juan Huertas, que estaba en la casa, y se montó en el coche con ellos, Paca y su hijo. Con el crío en el automóvil, trataba de convencer a Rubén de lo contrario. Huertas también argumentaba a favor de la mujer y el pequeño y, sobre todo, en favor del propio Darío y su maltrecha salud.

—¡No digan ustedes tonterías! —replicaba Bermúdez—. ¡Pero no ven que está como un toro! —La imagen de Rubén era la de la decadencia, ebrio, amarillento y desaliñado, como nunca, presumido y galante, lo había estado.

Llegaron al puerto de Barcelona, donde los controles, por orden de la autoridad portuaria, no los dejaban pasar. Tenían mandado que nadie, salvo urgencia, pudiese entrar o salir hasta por la mañana. Viéndose contrariado, y que podía perder su presa en esas horas, y aunque minutos antes dijese que Darío estaba perfectamente de salud, Bermúdez les gritó:

—¡Dejen paso, que es un enfermo! ¡Por caridad, señores guardias, no se hacen cargo ustedes de que llevamos a un paciente a América y que no puede estar toda la noche a la espera! ¡Déjennos pasar con su familia y acomodarlo en su barco!

Ante el evidente estado de deterioro de Rubén, los guardias civiles les franquearon el paso, y el conspirador consiguió su propósito.

La nave esperaba, atracada entre sombras. El *Vicente López*, el barco para el que había comprado el pasaje Bermúdez. Con todas sus fuerzas suplicó, lloró, se arrodilló Francisca.

—¡Ay, Tatay de mi alma! ¡Tatay, no se vaya! —le decía hecha un mar de lágrimas, recordándole aquellas palabras sólo suyas. Esas claves sólo suyas y de quince largos años de amor e intimidad juntos—. ¡Usted va engañado!

—¡No, mi hija; yo no me dejo engañar! —le replicó

Rubén, que, aunque ebriamente balbuciente, no podía evitar llorar con su mujer y su hijo, prueba evidente de que no todo su corazón estaba preso de sus demonios.

A cada momento, alarmados, venían a informarse de lo que pasaba los marineros, conscientes de que algo extraño ocurría.

—Verá, Francisca, se me ocurre una cosa —dijo Alejandro Bermúdez, que había estado maquinando con rapidez; temía que en el último momento Rubén cediera al amor por aquella mujer, y había engatusado a Juan Huertas—. Para que usted esté tranquila de que su hombre regresará, se vendrá con nosotros Juan Huertas, que es de su confianza...

—Pero si no lleva equipaje ni nada —replicó confusa Francisca.

—No se preocupe usted, ya lo hemos hablado, y como el barco hará escala en Valencia, en Málaga y en Cádiz, tendremos tiempo entonces de abastecerlo de lo necesario.

Juan asintió.

—Pero ¿y la salud de Rubén? —insistió Paca, preocupada de un empeoramiento en el mar.

—No se preocupe, mujer, todos los barcos llevan doctores para las urgencias, y además ya está el señor Huertas para su tranquilidad...

—Yo no me quedo tranquila.

—Vamos, mujer, que ya no puede quedarse más a bordo sin pasaje y sólo he conseguido el de nuestro nuevo acompañante. ¿No querrá venirse con el pequeño y dejar a su madre y a su hermana solas en casa?

Paca estaba aturdida, apesadumbrada y confusa. Rubencito no paraba de llorar, y llamaba a su padre tanto o más que ella. A las doce y media de la noche Juan Huertas, Alejandro Bermúdez y su Rubén entraron en el vapor, y los marineros acompañaron a la pasarela a Paquita y al niño, que se resistía a despegarse de su progenitor. Paca, con los ojos anegados en lágrimas, tomó a su pequeño en brazos, mirando hacia la sombra del hombre al que amaba, al que no dejaría de amar ni en sus postreros instantes. Mientras bajaba la pasarela, volvió el rostro una vez más y vio el rostro de su hombre, derrumbado sobre la baranda de la cubierta, mirándola. Cuando desembarcaba oyó el grito desencajado de su príncipe:

—¡Tataya, Paquita, princesa, te quiero! —Y aquel grito desencajado fue lo último que oyó del hombre por el que había apostado toda su vida, mientras aquel advenedizo se lo llevaba, a rastras, hacia el interior del barco.

Nada pudo hacer. Los marineros ya no la dejaron volver, aunque ella permaneció toda la noche en el muelle, a los pies del barco, como una dolorosa, acunando a su hijo, que se quedó rendido de pena y de cansancio en su regazo. Mientras ella calentaba al pequeño con su aliento y su cuerpo, un pedazo de papel, arrugado hasta hacerse una bola y escrito a lápiz, cayó a sus pies arrojado desde el barco. Observó cómo le hacía una mueca que pretendía ser una sonrisa el tal Bermúdez. No era más que otra mentira de las suyas. Un engaño más que echaba sal sobre sus heridas. Al abrir el papel leyó: «No llore, Francisca, que Rubén va bien, pronto volverá». Le pareció una última crueldad, una puñalada final sobre su corazón ya extenuado.

Una vez más, con esa inteligencia que poseía de manera

innata y que muchos llaman instinto, sintió que ya nunca más volvería a ver al hombre al que amó, y amaría siempre. Ese Rubén Darío, ese rey de los poetas, el Príncipe de las Letras Castellanas, aquel extraño caballero, un hombre que, un día, se coló en un jardín real y cambió el corazón por una rosa...

Francisca Sánchez contempló impotente, abrazada a su pequeño, cómo su príncipe embarcaba de noche en un barco maldito. Con la luz del alba, y en las estelas que la luz y la proa del barco hacían en el agua, vio desaparecer lo que más amaba...

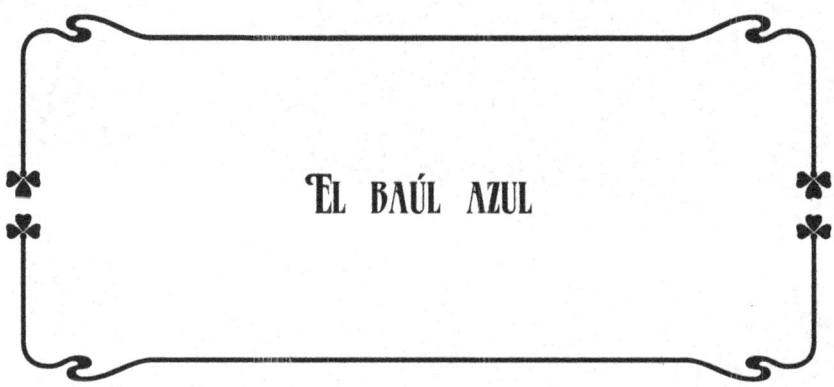

EL BAÚL AZUL

Y los vicios más oscuros
de estos bisnietos del Cid:
de tanta canallería
harto estar un poco debo;
ya estoy malo, y ya no bebo
lo que han dicho que bebía.

MANUEL MACHADO

Saber amar y sentir
y admirar como rezar...
y la ciencia del vivir
y la virtud de esperar.

RUBÉN DARÍO

1

El paño de una vida está tejido con los hilos de otras muchas. Bien sabía esto Francisca Sánchez del Pozo. La suya estaba confeccionada con la más sorprendente historia, con los nombres más importantes de la política, la aristocracia, el arte o la literatura. Nadie podría pensar eso mientras cosía los uniformes de otros, con el fin de ganarse unas pesetas con las que mantener a su familia. El cónsul de Nicaragua le mandaba soldados para que los hospedara en casa y ella conseguía un poco más haciéndoles la comida, lavando o remendando su ropa, lo que fuese necesario para sacar adelante a su familia. Se dejaba los ojos en la aguja y en los hilos, en un piso humilde, en el centro de Madrid, donde se habían trasladado tras marcharse Rubén de Barcelona y dejarlos desasistidos. No era capaz de comprender qué extraño sortilegio había envuelto de esa forma a Rubén, su Rubén, para irse así, sin detenerse ante sus lágrimas o las de su hijo. Ella se empeñó con todos los santos de la ciudad condal para que le devolvieran a su príncipe. Enfermo, enfadado, distante, pero que se lo devolvieran. Hizo toda clase de promesas, triduos, novenas, incluso entregó como exvoto a la Virgen de Bonanova, que tenía mucha fama de milagrosa, una medalla de oro, lo poco de valor que le quedaba, si ésta se lo devolvía… Pero sus súplicas no tuvieron respuesta… A las pocas semanas los echaron de la casa, por una carta supuestamente de Rubén que le había llegado al dueño, diciéndole que no se podía hacer cargo de los gastos del alquiler y de mantenimiento. Con los años supo que aquella carta estaba falsificada, una crueldad más, obra de Alejandro Bermúdez.

Pocos días después de embarcarse el poeta en el *Vicente López* recibió una carta de Juan Huertas, que envió en la escala del puerto de Cádiz, dándole noticias, un tanto extraño, como si también estuviese bajo los efectos del alcohol. Ya le tenía afición a los licores y Bermúdez encontró, en la misma fragilidad de Darío, la forma de manipular al que debía ser guardián de los intereses de Paca, mucho más cuando pudo envenenarle también con el hecho de que estaba enamorado de María y ésta le rechazó. En la carta rezaba lo siguiente:

Cádiz 29 octubre 1914.
A bordo del Vicente López

Querida Francisca:

Todo está igual: otra noche espantosa. Sin embargo creo que don Rubén, en esta crisis no beberá más. Del Anís pasó al Whisky y luego al Champagne con gran desesperación del Sr. Bermúdez; que no cesa de decir que no hay un cuarto. Esto no le quita de dar bailes y de tocar el piano.

Todavía no he pisado tierra ni la pisaré hasta New York. Estoy muy triste; como atontado. ¡Haber dejado lo mío ahí!… ¡Haberla dejado otra vez!

Todos aquí se divierten, menos don Rubén y yo. Él con lo suyo, yo con mis locuras, puede decirse que pertenecemos a otro mundo. Sin embargo esto no es malo, los malos somos nosotros, que cuando somos desgraciados hacemos todo lo posible por serlo más.

Tengo el presentimiento de que no nos veremos más, querida Francisca; porque si no puedo vivir en Europa con mi María [se refería a la hermana de Francisca, que no le hacía caso porque él era un borrachín] y cerca de ustedes me quedo en América y me c… en todas las …mujeres. Dispénseme esta grosería, pero como lo siento lo digo; no puedo mentirme a mí mismo; sería una cobardía.

Estoy tan loco que cuando subo a cubierta lo hago siempre por la escalera que lo hizo ella, por la misma por donde bajó; así la recuerdo. La otra me es antipática.

Adiós; hasta Nueva York.

Un abrazo de

JUAN HUERTAS

Paca consiguió aguantar en Barcelona hasta mayo del año siguiente. Cuando su hijo hizo la comunión pensó que, en Madrid, donde le quedaban muchos amigos, sería más fácil abrirse camino. En aquel apartamento de la calle Abada se guardaba luto. Francisca había perdido en los dos últimos años a su madre, doña Juana, a su hermano mayor, pero sobre todo el luto que llevaba con más rigor sobre su alma era el de aquel hombre con el que, aunque ya mucha gente lo desconocía, vivió la pasión más turbadora. El amor por el que había dado la vuelta a todos sus planteamientos de vida y por el que, afortunadamente, tenía un hijo digno de un rey. Ella no se resignaba a no volver a ver a su amado pero, en lo más profundo de su ser, sabía que aquel a quien ella conoció, al que amó, ya hacía tiempo que no habitaba el cuerpo que ella había conocido mejor que el suyo. De vez en cuando recibía alguna carta aunque, siendo la mayoría escritas a máquina, ella sentía que quien las firmaba no era su Rubén, su Tatay, su Conejo, por mucho que usara esos apelativos, sino un usurpador de su nombre, de su historia, de su vida, que lo alejó de su hogar cruelmente.

Francisca envió algunas cartas que, con el tiempo, supo que habían caído en manos de su enemiga: Rosario Murillo. Fue parte de la insidia de aquel sinuoso enemigo de última hora, Alejandro Bermúdez, que, como otros antes, había estado en connivencia con la perseguidora. Debe de ser que los malvados, como la gente de corazón puro, se reconocen entre sí, y Rosario, gracias a esa sabandija, vio su última venganza cumplida como había jurado. No hubo conferencias, ni grandes reconocimientos o dinero en Nueva York. La cosmópolis americana era un hervidero de noticias, pendiente de la Gran Guerra. Pronto el falso secretario y traidor amigo, suplantador del Príncipe de las Letras Castellanas, dejó abandonado a Rubén en la ciudad americana, llevándose lo poco de valor que había. Rubén estaba gravemente enfermo de alcoholismo y sus derivaciones hepáticas, y, falto de recursos, enfermó por el frío con una gravísima pulmonía. Embarcó para Guatemala pero Bermúdez ya había avisado a su condena por matrimonio, Rosario Murillo, de cada paso. Algunos viejos amigos le ayudaron allí, aunque ya se acabaron sus recursos y su demonio guardián, su aún y ya para siempre esposa por engaño, viajó desde Nicaragua para volver con él a su país. Rubén pensó mucho en su Francisca y en su pequeño Güichín mientras Rosario lo mantenía encerrado en la casa de su hermano Andrés y no permitía a nadie verlo.

Eran los primeros días de mil novecientos dieciséis, y sólo se consintió en que el viejo amigo doctor de Darío, Luis DeBayle, lo reconociera, estando ya de extrema gravedad. Rubén le suplicó a ese amigo de la infancia:

—Luis, por nuestros días de niñez, por nuestro afecto... llévame a morir a mi tierra, a León.

—Pero, Rubén, estás muy grave, no deberías moverte. Además, tu mujer y tu cuñado...

—Bien sabes, querido amigo, que ésos no son mi familia por mucho que lo digan los papeles —le interrumpió, sacando fuerza de donde ya no había—. Sólo dos demonios que me tocaron en suerte... mala... para atormentarme por mis pecados... Mi familia es otra, y está muy lejos...

Luis DeBayle urdió la estratagema que necesitaba, dijo que tenía que llevarlo a su consulta para operarlo y lo hizo, pero no en Managua, sino en León. Allí, antes de intentar salvarlo con intervenciones ya inútiles, Darío le pidió el último favor: la necesidad de testamentar para que nadie pudiera usurparle a su hijo y a su princesa Paca su legado... León era la tierra que quería de arraigo; que Rubén quería como suya. Allí había sido criado por sus tíos, empezó a leer y a escribir, a enamorarse, y se había sentido brevemente feliz... La gran dicha estaba al otro lado del mar, junto a una mujer brava, nacida en tierra castellana, a la que conoció en un jardín real de la Corte, y a la que amó en París, y en Málaga, y en Londres, y en Brest, y en Palma de Mallorca, y en Santander, y en Bruselas, y en Cádiz, y en Dieppe, y en Granada, y en Barcelona... y siempre suya y entregada, apasionada y lealmente suya...

Para su hijo, pero sobre todo para ella, fue su último pensamiento, su último latido, su aliento postrero... Doce días antes de cumplir cuarenta y nueve años, expiraba en Nicaragua, su país, el príncipe de los poetas, Rubén Darío... Luego, como sucede con los príncipes, sobre todo una vez mudos, en la indefensión de la muerte, vinieron los grandes fastos funerales, los homenajes, los oropeles e inciensos arzobispales... Tenía razón su amigo Gómez de la Serna, al que oyó decir en una tertulia con grandes risas: «Todas las pompas son fúnebres»...

2

Sin saberlo de forma consciente, Francisca seguía pensando en cómo estaría su Rubén, qué sería de él, qué padecimientos sufriría tan lejos de ella y de su amorosa guía... Y es que hay cosas que uno conoce de forma inconsciente, aunque sea a kilómetros de distancia, aunque un vasto y profundo océano ponga abismos de por medio... Aunque uno no quiera oír, y lo silencie, y lo aparte como uno de esos pinchazos que se da una costurera como ella, en un descuido, sintiéndolo más en el corazón que en el dedo...

Paca miraba de hito en hito un enorme baúl azul que custodiaba como si la verdadera sábana santa estuviese allí dentro. Fue el último lujo que se permitió en los últimos años en París. Cuando su pequeño Güichín, Rubencito, conoció a su hermano mayor, Rubén Darío Contreras, hijo de la difunta primera esposa del poeta, que viajó desde el colegio interno donde estudiaba en Inglaterra. Fue una de aquellas cosas en las que se obstinó Francisca: en que los hermanos se conocieran y que el padre gozase de unos pocos momentos de alegría con sus dos vástagos. Aquel baúl azul fue un empeño de Paquita, porque quería guardar todos los poemas, los textos, las cartas, los libros, todo lo que un día hizo volar desde su inabarcable talento aquel hombre venido del otro lado del océano. Ella, que había aprendido a leer y a escribir con él, se convirtió en la guardiana más firme de aquel legado. Muchas veces quisieron que lo tirase todo, que lo vendiera o lo quemara, que lo abandonase en cualquiera de las casas donde iban viviendo, dando tumbos según la maltrecha economía les permitiese, pues era pesado y costoso llevarlo de una ciudad a otra, de una casa a otra... Pero no transigía. Antes hubiera muerto que dejar atrás aquel baúl azul, porque en él iban la historia y los vestigios de su reinado como princesa de París y, lo más importante, el testimonio de un gran hombre que la había amado y al que ella había entregado su juventud y todo su ser...

En esos pensamientos andaba ensimismada, entre puntada y puntada, mientras María, que faenaba junto a ella la casa, abrió uno de los balcones. Quizá el azar, o una vez más el destino, quiso que su hermana abriera la ventana en el momento en que la voz de los pregoneros que vendían la prensa decía:

—¡Ha muerto un príncipe! ¡Ha muerto un príncipe!
—Y se colaba aquella letanía de los vendedores por la casa.

—¿Qué príncipe será ese que ha muerto, María? —le preguntó Paca—. Anda, ¿por qué no vas a comprar el periódico y vemos de quién se trata?

—¿Y qué más te da a ti un príncipe que otro? —le replicó María.

Fue aquello lo que hizo que le diese un vuelco el corazón. Por un momento pasó por su cabeza el único príncipe que ella había conocido, y amado, y con el que había tenido cuatro hijos. Un príncipe de las letras, de cuya boca salían versos y música, e historias fabulosas. Un príncipe que tal vez la olvidara pero al que ella no podía, ni quería olvidar porque fue su amor, y lo seguía siendo al contemplar a su único pequeño vivo. Precisamente la noche anterior Rubencito había soñado con su padre. Decía que lo veía en una cama, solo, llorando, y no hubo manera de consolar al pequeño, que había cumplido ocho años. Ni siquiera María, que lo había acunado desde que tenía un mes, y que siempre lo calmaba con sus dulces canciones y sus caricias, consiguió que el niño volviera al sueño.

—¡Ay, hermanita, que mi corazón me dice que yo sé quién es ese príncipe! —le dijo Francisca, poniéndose muy nerviosa.

—¡Que no, mujer, verás como no tiene que ver!

Pero ya ella no se tranquilizaba y le recordó a su pariente las pesadillas y visiones de su hijo:

—¡Ay, María, que sí! Acuérdate de qué le decíamos al niño, todo asustado, que se despertó llorando y diciendo que su papito le hablaba a través de los mares. —Y escenificaba lo sucedido la noche anterior—. «No, Rubencito, no es él; era un sueño; duérmete.» El niño no dormía, miraba para todas partes. No le dimos importancia a este hecho, porque el niño había soñado otras noches con su papito.

Entonces alguien llamó a la puerta. Era una hora extraña porque, salvo quienes le hacían encargos de ropa o remiendos, no solían ya venir visitas como en otros tiempos… Su hermana fue a abrir y, parsimoniosamente, fueron entrando en aquel salón, donde ella cosía, viejos amigos, rostros del pasado, acusados de años pero reconocibles: Manuel Machado, Martínez Sierra, Valle-Inclán... Portaban la edición de la mañana del diario *El Imparcial*, que llevaba en portada la noticia y la foto de su hombre... Francisca no recordó luego quién fue exactamente el que dijo aquello que ella ya sabía en su corazón, aunque lo negara.

—Paca, venimos a darle nuestro más sentido pésame: el Príncipe de las Letras Castellanas, el rey de los poetas, Rubén Darío, su Rubén, ha muerto...

Ella cerró los ojos, negó con la cabeza primero, y luego con las manos, y con los brazos, y con todo su cuerpo hasta gritar que no era posible. Aunque ella ya lo había sentido con todo su ser, con cada fibra de sí, con cada poro de su cuerpo... Todos trataban de consolarla, de acercarse a ella y abrazarla. Entonces, en un golpe de sangre, de dolor, empezó a lamentarse:

—¡Ay, Rubén de mi alma, cómo has debido sufrir, tú que tanto miedo tenías a la muerte! ¡Cómo recuerdo ahora las noches en que conversábamos sobre lo que habría en el otro mundo! ¡Qué verías, querido mío, y con qué fuerza pensarías en tu Güichín cuando a las diez y media, en la hora de tu muerte, lo despertaste!

Francisca perdió el sentido y, mientras caía al suelo y se golpeaba la cabeza con aquel baúl azul que tanto de su vida encerraba, vio el rostro de su príncipe sonreírle, como aquel primer día en el jardín del Palacio Real donde comenzó una historia de amor de cuento. Una historia donde el príncipe más exótico y singular, un príncipe que poseía un reino de palabras y de fantasía, convertía en princesa y consorte a una muchacha que sólo sabía amar, y entregarse por ese amor a una vida que rompía todas las reglas, las convenciones, lo sensato de su tiempo y de cualquiera por venir... Que se convertía para él de campesina a princesa de la bohemia de París, pero sobre todo, en la reina de sus horas felices... Así, en su pureza, en su renuncia, ella supo que llevaba dentro de sí aquel amor, aquel hombre, aquel jardín... para siempre.

Bibliografía

Primeras ediciones

Darío, Rubén, *A la Unión Centroamericana*, León, Tipografía de J. Hernández, 1883.

—, *Epístolas y poemas*, Managua, Tipografía Nacional, 1885 y 1888.

—, *Abrojos*, Santiago de Chile, [s. n.], 1887.

—, *Azul...*, Valparaíso, Imprenta y Litografía Excelsior, 1888.

—, *A. de Gilbert*, Imprenta Nacional, San Salvador, 1889.

—, *Los raros*, Buenos Aires, Tipografía «La Vasconia», 1896.

—, *Prosas profanas y otros poemas*, Buenos Aires, Imprenta Coni, 1896.

—, *Castelar*, Madrid, B. Rodríguez Serra, [s. a.] [1899].

—, *España contemporánea*, París, Garnier Hermanos, 1901.

—, *Peregrinaciones*, prólogo de Justo Sierra, París, Librería de la viuda de Ch. Bouret, 1901.

—, *Poemas de juventud*, Madrid, [G. Hernández y Galo Sáez], [s. a.] [1901].

—, *La caravana pasa*, París, Garnier Hermanos, 1902.

—, *Tierras solares*, Madrid, Leonardo Williams, 1904.

—, *Cantos de vida y esperanza. Los cisnes y otros poemas*, Madrid,

Tipografía de la Revista de Archivos, Bibliotecas y Museos, 1905.

—, *Oda a Mitre*, París, Imprimerie A. Eymeaud, 1906.

—, *Opiniones*, Madrid, Fernando Fe, 1906.

—, *El canto errante*, Madrid, M. Pérez Villavicencio, 1907.

—, *Parisiana*, Madrid, Fernando Fe, 1907.

—, *Alfonso XIII*, Madrid, Biblioteca «Ateneo», 1909.

—, *El viaje a Nicaragua*, Madrid, Biblioteca «Ateneo», 1909.

—, *Poema del otoño y otros poemas*, Madrid, Biblioteca «Ateneo», 1910.

—, *Letras*, París, Garnier Hermanos, 1911.

—, *Todo al vuelo*, Madrid, Renacimiento, 1912.

—, *Canto a la Argentina y otros poemas*, Madrid, Biblioteca Corona, 1914.

—, *La vida de Rubén Darío escrita por él mismo*, Barcelona, Maucci, 1915.

—, *Y una sed de ilusiones infinita*, Madrid, Biblioteca Corona, 1916.

—, *El hombre de oro (novela inédita)*, prólogo de Alberto Ghiraldo, [Santiago de Chile], Zig-Zag, [ca. 1940].

Antologías

Darío, Rubén, *Antología: Poesías*, Madrid, Librería de la viuda de G. Pueyo, 1916.

—, *Antología chilena*, selección, estudio preliminar y notas de Eugenio Orrego Vicuña, Santiago de Chile, Prensas de la Universidad de Chile, 1942.

—, *Antología poética*, selección y notas de Arturo Marasso, Buenos Aires, Editorial Kapelusz, 1952.

—, *Antología de poesía y prosa*, edición, introducción y notas de Miguel Ángel Auladell, Alicante, Aguaclara, 1990.

—, *Antología*, Carmen Ruiz Barrionuevo (ed. lit.), Pozuelo de Alarcón, Espasa-Calpe, 1994.

—, *Antología poética*, Allen Philips (ed. lit.), Madrid, Taurus Ediciones, 1994.

—, *Poesía erótica*, Alberto Acereda (ed. lit.), Madrid, Ediciones Hiperión, 1996.

—, *Sonetos*, Valencia, Instituto de Estudios Modernistas, 1997.

—, *Epistolario selecto*, selección y notas de Pedro Pablo Zegers y Thomas Harris, prólogo de Jorge Eduardo Arellano, Santiago de Chile, LOM Ediciones, 1999.

—, *Poesía amorosa*, Valencia, Instituto de Estudios Modernistas, 1999.

—, *Poesía política*, Ricardo Llopesa (ed. lit.), Valencia, Instituto de Estudios Modernistas, 1999.

—, *Rubén Darío*, Eduardo Becerra (ed. lit.), Madrid, Eneida, 2000.

—, *Don Quijote no debe ni puede morir (páginas cervantinas)*, prólogo de Jorge Eduardo Arellano, Managua, Academia Nicaragüense de la Lengua, 2002.

—, *Verso y prosa (Antología)*, Isabel Paraíso (ed. lit.), Madrid, Ediciones Cátedra, 2005.

—, *Obras completas*, edición de Julio Ortega y Nicanor Vélez, Barcelona, Galaxia Gutemberg, 2007.

RECOPILATORIOS

Darío, Rubén, *Obras escogidas*, Madrid, Sucesores de Hernando, 1910.

—, *Ramillete de reflexiones (obra inédita)*, Madrid, Librería de los sucesores de Hernando, 1917.

—, *Sol del domingo (poesías inéditas)*, Madrid, Sucesores de Hernando, 1917.

—, *Lira póstuma*, Madrid, Mundo Latino, 1919.

—, *Obras completas I. Poemas de adolescencia*, edición de Alberto Ghiraldo y Andrés González-Blanco, Madrid, G. Hernández y Galo Sáez, 1926.

—, *Obras completas II. Poemas de juventud*, edición de Alberto Ghiraldo y Andrés González-Blanco, Madrid, G. Hernández y Galo Sáez, 1926.

—, *Obras completas IV. Páginas de arte*, edición de Alberto Ghiraldo y Andrés González-Blanco, Madrid, G. Hernández y Galo Sáez, 1926.

—, *Obras completas V. El Salmo de la Pluma*, edición de Alberto Ghiraldo y Andrés González-Blanco, Madrid, G. Hernández y Galo Sáez, 1926.

—, *Obras poéticas completas*, edición de Alberto Ghiraldo, Santander / Madrid, Aldus, 1932.

—, *Cuentos completos*, edición de Ernesto Mejía Sánchez, México, Fondo de Cultura Económica, 1950.

—, *Obras completas*, Madrid, Afrodisio Aguado, 1950.

—, *Poesías completas*, edición, introducción y notas de Alfonso Méndez Plancarte, Madrid, Aguilar, 1954.

—, *Escritos dispersos de Rubén Darío recogidos de periódicos de Buenos Aires*, edición de Pedro Luis Barcia, La Plata, Universidad de La Plata, 1968.

—, *Poesías inéditas*, Ricardo Llopesa (ed. lit.), Madrid, Visor Libros, 1988.

—, *Páginas escogidas*, Ricardo Gullón (ed. lit.), Madrid, Ediciones Cátedra, 1989.

—, *Cartas desconocidas de Rubén Darío*, compilación general de José Jirón Terán; cronología de Julio Valle Castillo; introducción, selección y notas de Jorge Eduardo Arellano, Managua, Academia Nicaragüense de la Lengua, 2000.

—, *Prólogos de Rubén Darío*, recopilación y notas de José Jirón Terán, Managua, Academia Nicaragüense de la Lengua, 2003.

344

Ediciones críticas

Darío, Rubén, *Azul; Prosas profanas*, edición, estudio y notas de Andrew P. Debicki y Michael J. Doudoroff, Madrid, Alhambra, 1985.

—, *Prosas profanas*, edición de José Olivio Jiménez, Madrid, Alianza, 1992.

—, *Prosas profanas y otros poemas*, Ignacio M. Zuleta (ed. lit.), Madrid, Editorial Castalia, 1993.

—, *Los raros seguido de otras crónicas literarias*, estudio preliminar de Sonia Contardi, Buenos Aires, Losada, 1994.

—, *Cantos de vida y esperanza*, José María Martínez (ed. lit.), Madrid, Ediciones Cátedra, 1995.

—, *Cuentos*, José María Martínez (ed. lit.), Madrid, Ediciones Cátedra, 1997.

—, *Prosas profanas y otros poemas*, Ricardo Llopesa (ed. lit.), Madrid, Espasa-Calpe, 1998.

—, *Prosas profanas y otros poemas*, edición e introducción de Álvaro Salvador Jofré, Madrid, Akal, 1999.

—, *Y una sed de ilusiones infinita*, edición e introducción de Alberto Acereda, Barcelona, Editorial Lumen, 2000.

—, *Azul; Cantos de vida y esperanza*, prólogo de Álvaro Salvador Jofré, Pozuelo de Alarcón, Espasa-Calpe, 2004.

—, *Cantos de vida y esperanza*, José Carlos Rovira (ed. lit.), Madrid, Alianza, 2005.

Estudios críticos

Acereda, Alberto, *Rubén Darío, poeta trágico. (Una nueva visión)*, Barcelona, Editorial Teide, 1992.

Anderson Imbert, Enrique (ed.), *Diez estudios sobre Rubén Darío*, Santiago de Chile, Zig-Zag, 1967.

—, *La originalidad de Rubén Darío*, Buenos Aires, Centro Editor de América Latina, 1967.

Álvarez Hernández, Dictino, *Cartas de Rubén Darío: epistolario inédito del poeta con sus amigos españoles*, Madrid, Taurus, 1963.

Arellano, Jorge Eduardo, y Jirón Terán, José, *Contribuciones al estudio de Rubén Darío. Investigaciones en torno a Rubén Darío*, Managua, Dirección General de Bibliotecas y Archivos, 1981.

—, *Azul... de Rubén Darío: nuevas perspectivas*, Washington, Organización de los Estados Americanos (OEA), 1993.

—, *Los raros: una lectura integral*, Managua, Instituto Nicaragüense de Cultura, 1996.

Augier, Ángel, *Cuba en Darío y Darío en Cuba*, La Habana, Editorial Letras Cubanas, 1989.

Balseiro, José Agustín, *Seis estudios sobre Rubén Darío*, Madrid, Gredos, 1967.

Battistessa, Ángel J., *Rubén Darío: semblanza y florilegio*, Buenos Aires, Corregidor, 1988.

Bellini, Giuseppe, *Significado y permanencia de la poesía de Rubén Darío*, Santiago, Universitaria, 1968.

Bergez, José Antonio, *Rubén Darío y el momento estético de su creación*, Mercedes, Publicación de la Biblioteca Popular Sarmiento, 1945.

Cabezas, Juan Antonio, *Rubén Darío: un poeta y una vida*, Buenos Aires, Espasa-Calpe, 1954.

Cabrales, Luis Alberto, *Rubén Darío: breve biografía*, Managua, Secretaría de la Presidencia de la República, 1964.

—, *El provincialismo contra Darío*, Nicaragua, Ministerio de Educación Pública, 1966.

Capdevila, Arturo, *Rubén Darío: «un bardo rei»*, Buenos Aires, Espasa-Calpe, 1946.

Carilla, Emilio, *Una etapa decisiva de Darío. Darío en la Argentina*, Madrid, Gredos, 1967.

Carrera Andrade, Jorge, *Interpretación de Rubén Darío*, Managua, Secretaría de la Presidencia de la República, 1964.

Concha, Jaime, *El tema del alma en Rubén Darío*, Santiago, Universitaria, 1968.

—, *Rubén Darío*, Madrid, Júcar, 1975.

De Ory, Eduardo, *Rubén Darío. Estudio biográfico*, Cádiz, Editorial España y América, 1917.

De Pedro, Valentín, *La universalidad de Rubén Darío*, Buenos Aires, Ed. Nicaragüense, 1965.

Díaz Plaja, Guillermo, *Rubén Darío*, Madrid, Imprenta de A. Marzo, 1927.

Díez de Revenga, Francisco Javier, *Rubén Darío en la métrica española y otros ensayos*, Murcia, Universidad de Murcia, Departamento de Literatura Hispanoamericana, 1985.

Fernández, Teodosio, *Rubén Darío*, Madrid, Historia 16, 1987.

Flores López, Santos, *Rubén Darío: psicología y tendencia de su obra poética por alcanzar la belleza soñada o absoluta y su lucha entre lo finito y lo infinito: ensayo*, Managua, Academia Nicaragüense de la Lengua, 1958.

García Calderón, Ventura, *Semblanzas de América: Rodó, Silva, Darío, Herrera y Rissig, Palma, Chocano, Gómez Carrillo, Almafuerte*, Madrid, Revista Hispano-Americana «Cervantes», 1920.

García Morales, Alfonso (ed.), *Rubén Darío: estudios en el centenario de «Los Raros» y «Prosas Profanas»*, Sevilla, Universidad de Sevilla, 1998.

Garciasol, Ramón de, *Rubén Darío en sus versos*, Madrid, Cultura Hispánica del Centro Iberoamericano de Cooperación, 1978.

Ghiraldo, Alberto, *El Archivo de Rubén Darío*, Buenos Aires, Losada, 1943.

—, *Análisis de «Cantos de vida y esperanza»*, Buenos Aires, Centro Editor de América Latina, 1968.

—, *Análisis de «Prosas profanas»*, Buenos Aires, Centro Editor de América Latina, 1968.

Gibson, Ian, *Yo, Rubén Darío: Memorias póstumas de un Rey de la Poesía*, Madrid, Aguilar, 2002.

Giordano, Jaime, *La edad del ensueño: sobre la imaginación poética de Rubén Darío*, Santiago, Universitaria, 1971.

González, Manuel Pedro, *La apoteosis de Rubén Darío*, Santiago, Universitaria, 1967.

González-Blanco, Andrés, *Salvador Rueda y Rubén Darío: los grandes maestros*, Madrid, Gregorio Pueyo, 1908.

Jiménez, Juan Ramón, *Mi Rubén Darío (1900-1956)*, edición de Antonio Sánchez Romeralo, Moguer, Fundación Juan Ramón Jiménez, 1990.

Jrade, Cathy Login, *Rubén Darío y la búsqueda romántica de la unidad. El recurso modernista a la tradición esotérica*, traducción de Guillermo Sheridan, México, Fondo de Cultura Económica, 1986.

Larrea, Juan, *Rubén Darío y la nueva cultura americana*, Valencia, Pre-Textos, 1987.

Ledesma, Roberto, *Genio y figura de Rubén Darío*, Buenos Aires, Editorial Universitaria de Buenos Aires, 1964.

Lida, Raimundo, *Rubén Darío: modernismo*, prólogo de Guillermo Sucre, Caracas, Monte Ávila, 1984.

Llopesa, Ricardo, *Rubén Darío en Nueva York*, Valencia, Instituto de Estudios Modernistas, 1997.

López Estrada, Francisco, *Rubén Darío y la Edad Media*, Barcelona, Planeta, 1971.

Lozano, Carlos, *Rubén Darío y el modernismo en España (1888-1920). Ensayo de bibliografía comentada*, Nueva York, Las Américas, 1968.

Lugones, Leopoldo, *Rubén Darío*, San José, Imprenta Alsina, 1916.

Marasso, Arturo, *Rubén Darío y su creación poética*, La Plata, Facultad de Humanidades y Ciencias de la Educación de la Universidad de La Plata, 1934.

Marini-Palmieri, Enrique, *El Modernismo literario hispanoameri-*

cano: *caracteres esotéricos en las obras de Darío y Lugones*, Buenos Aires, Fernando García Cambeiro, 1989.

Martín, Carlos, *América en Rubén Darío: aproximación al concepto de la literatura hispanoamericana*, Madrid, Gredos, 1972.

Matamoro, Blas, *Rubén Darío*, Madrid, Espasa-Calpe, 2002.

Mejía Sánchez, Ernesto, *Cuestiones rubendarianas*, Madrid, Ediciones de la Revista de Occidente, 1970.

Meneses, Carlos, *Poesía mallorquina de Rubén Darío*, Valencia, Instituto de Estudios Modernistas, 1998.

Meza Fuentes, Roberto, *Rubén Darío: poeta clásico*, Santiago, Prensas de la Universidad de Chile, 1936.

—, *De Díaz Mirón a Rubén Darío: un curso en la Universidad de Chile sobre la evolución de la poesía hispanoamericana*, Santiago, Andrés Bello, 1964.

Montes, Hugo, *Rubén Darío, o la fuerza poética*, Santiago, Editorial Universitaria, 1968.

Ortega, Julio, *Rubén Darío*, Barcelona, Ediciones Omega, 2003.

Paz, Octavio, *Cuadrivio: Darío, López Velarde, Pessoa, Cernuda*, México, Joaquín Mortiz, 1965.

Phillips, Allen Whitmarsh, *Temas del modernismo hispánico y otros estudios*, Madrid, Gredos, 1974.

Pinto Gamboa, Willy, *Epistolario de Rubén Darío con escritores peruanos*, Lima, Universidad Nacional Mayor de San Marcos, 1967.

Polidori, Erminio, *Etapas españolas en la vida de Rubén Darío*, Santiago, Editorial Universitaria, 1968.

Quintián, Andrés Rogelio, *Cultura y literatura españolas en Rubén Darío*, Madrid, Gredos, 1974.

Rama, Ángel, *Rubén Darío y el modernismo: circunstancia socioeconómica de un arte americano*, Caracas, Ediciones de la Biblioteca de la Universidad Central de Venezuela, 1970.

Rodó, José Enrique, *Rubén Darío: su personalidad literaria, su última obra*, Montevideo, Imprenta de Dornaleche y Reyes, 1899.

Rojas, Gonzalo, «Darío y más Darío», Universidad de Concepción, revista *Atenea*, 1967.

Rojas Molina, Armando, *Bolívar y Darío*, Managua, Nicaragua, Cuadernos Darianos, 1964.

Ruiz Barrionuevo, Carmen, *Rubén Darío*, Madrid, Síntesis, 2002.

Saavedra Molina, Julio, *Bibliografía de Rubén Darío*, Santiago de Chile, Revista Chilena de Historia y Geografía, 1946.

Salinas, Pedro, *La poesía de Rubén Darío: ensayo sobre el tema y los temas del poeta*, Buenos Aires, Losada, 1948.

Salvador Jofré, Álvaro, *Rubén Darío y la moral estética*, Granada, Universidad, Departamento de Literatura Española, 1986.

Sánchez Castañer, Francisco, *Estudios sobre Rubén Darío*, Madrid, Cátedra Rubén Darío, Universidad Complutense, 1976.

Schulman, Ivan, *Martí, Darío y el Modernismo*, prólogo de Cintio Vitier, Madrid, Gredos, 1974.

Sequeira, Diego Manuel, *Rubén Darío criollo; o raíz y médula de su creación poética*, Buenos Aires, Guillermo Kraft, 1945.

Silva Castro, Raúl, *Rubén Darío y Chile*, Santiago de Chile, Biblioteca Nacional, 1930.

—, *Rubén Darío a los veinte años*, Madrid, Gredos, 1956.

Torre, Guillermo de, *Vigencia de Rubén Darío y otras páginas*, Madrid, Ediciones Guadarrama, 1969.

Torres, Edelberto, *La dramática vida de Rubén Darío*, San José (Costa Rica), Editorial Universitaria Centroamericana, 1980.

Torres-Rioseco, Arturo, *Rubén Darío: casticismo y americanismo*, Cambridge, Massachusetts, Harvard University Press, 1931.

Vargas Vila, José María, *Rubén Darío*, Madrid, Sanz Calleja, 1917.

Villacastín, Rosario, *Catálogo-archivo Rubén Darío*, Madrid, Universidad Complutense, 1987.

Ycaza Tigerino, Julio, *Los nocturnos de Rubén Darío y otros ensayos*, Madrid, Cultura Hispánica, 1964.

—, *La palabra y el ritmo en Rubén Darío*, Managua, Impresiones Técnicas, 1987.

Zavala, Iris M., *Rubén Darío bajo el signo del cisne*, Puerto Rico, Universidad, 1989.

MATERIAL DOCUMENTAL

Archivos orales y grabaciones de la Fundación Carmen Conde-Antonio Oliver Belmás, Cartagena, Murcia.

Archivo Rubén Darío, Madrid, Universidad Complutense de Madrid.

Conde, Carmen, *Acompañando a Francisca Sánchez (Resumen de una vida junto a Rubén Darío)*, Managua, Editorial Unión de Managua, 1964.

Oliver Belmás, Antonio, *Ese otro Rubén Darío*, Barcelona, Editorial Aedos, 1960.

—, Archivo documental y sonoro, Madrid, Universidad Complutense de Madrid.

Villacastín, Rosa, archivo personal.